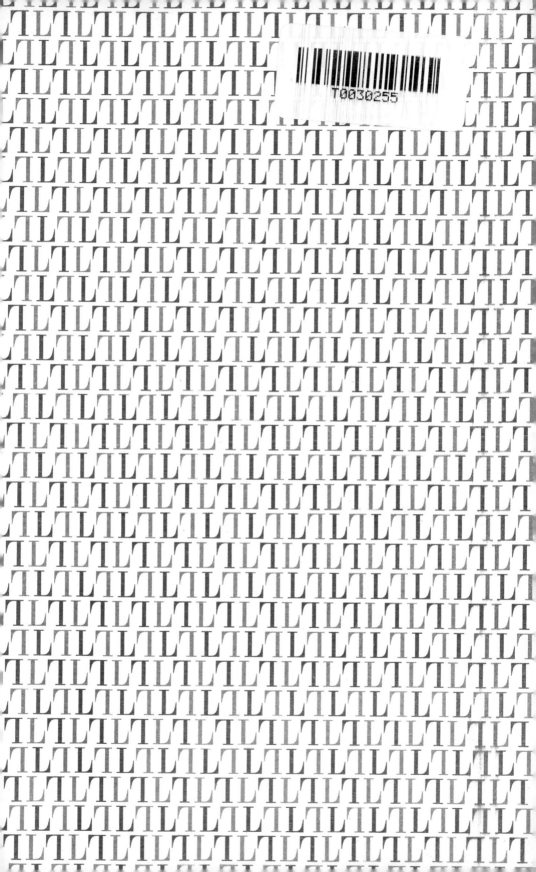

Estaré sola y sin fiesta

Estaré sola y sin fiesta

Sara Barquinero

Lumen

narrativa

Papel certificado por el Forest Stewardship Council®

Penguin
Random House
Grupo Editorial

Primera edición: septiembre de 2021

Printed in Spain – Impreso en España

ISBN: 978-84-264-1022-1
Depósito legal: B-8.999-2021

Compuesto en M. I. Maquetación, S. L.
Impreso en Egedsa (Sabadell, Barcelona)

H 4 1 0 2 2 1

A Laura, que me ayudó a iniciar esta historia,
y a Jorge, que me ayudó a terminarla

Solo cuando cesan los deseos y se pierden las esperanzas puede tener disculpa el olvido.

IBN HAZM,
El collar de la paloma

¿Dónde está el presente?

ANNIE ERNAUX,
Pura pasión

Primera parte

1

El organismo vivo más grande del mundo es un hongo de ochocientas noventa hectáreas. Vive en un bosque de Oregón, Estados Unidos. Empezó siendo una única espora, apenas del tamaño de una bacteria. Invisible. Después, lo conquistó todo. Infectó suelo y árboles con sus filamentos, hizo de sus vidas un hogar. Casi letal: una fuerza que primero invade y arrebata y luego consuela y ayuda.

En el año 2000 científicos estadounidenses descubrieron que se trataba de un único espécimen. Árboles perennes milenarios morían en distintas partes del bosque a kilómetros de distancia, sin motivo. Una civilización más antigua podría haber pensado que se trataba de la obra de un dios, justo o cruel, que exigía la muerte de un árbol como sacrificio o necesidad. Tal vez solo por capricho. Los americanos buscaron una causa común, y allí estaba: el mismo ADN, firmándolo todo. Una repetición perpetua de la misma enfermedad, que hacía del bosque un cuerpo único, perfecto.

Por su tamaño, dice la revista, debe llevar unos dos mil quinientos años sobre la Tierra. A pesar de esto, nadie nunca se ha preocupado de darle un nombre propio, como sí lo tienen otros fenómenos más fugaces pero agresivos. Tifones, huracanes. Solo tiene el de especie: *Armillaria ostoyae*. No se trata de una seta gigantesca y amenazadora, ni de un moho que ensucie la madera o el suelo. Hay fotografías de los árboles caídos, pero el hongo casi nunca aparece. No existe el mal, solo su representación, una fuerza invisible que hace que los árboles se doblen en las fotografías.

Su inclinación lleva a pensar en un cansancio casi humano. Árboles perennes, hechos para durar para siempre pero, de pronto, demasiado cansados. Comidos por dentro. Y ella piensa que le da pena. Que qué horrible es esa sustancia parásita, que se aprovecha de la vida de todo un bosque, sin dignarse siquiera a mostrarse para reclamar su destrucción.

La revista no le da mucho más espacio al bosque de Oregón, apenas una página doble. Después, un artículo sobre inmunoterapia. Otro sobre cómo relajar con yoga a tu perro, los gadgets de moda en Wall Street. No los lee. Sigue pensando en el hongo. *Armillaria.* Compró la revista en la estación con la esperanza de que la calmara y la ayudase a dormir, pero está muy nerviosa. Su compañero de asiento se mueve demasiado. No para de recibir mensajes en el móvil y los contesta sin silenciar el ruido que hacen sus dedos al pulsar la pantalla.

Cierra la revista. Apoya la cabeza en el cristal, siente el dolor del frío contra la piel, la luz contra los párpados cerrados, el ruido contra su sueño, el plástico del asiento contra el cuello, doblado de forma antinatural, torcida como un árbol de un bosque en Oregón. Tal vez no sea tan terrible, el destino de ese árbol. Siempre acompañado hasta en su último instante, arropado. Asesinado por aquel que le daba un sentido más allá de sí mismo. Muerto por la comunidad, como algunos animales se sacrifican por la manada, como lo hacen también algunos seres humanos: ancianos inuit por el nieto que nace, el débil por el fuerte. Una comunidad de ochocientas noventa hectáreas, una conciencia colectiva que no permite ni el miedo ni la incertidumbre ni la duda, como no se siente ni miedo ni incertidumbre ni dudas en el seno de una manifestación. Morirse así no sería exactamente morirse. Marcharse no sería exactamente marcharse. Imposible el abandono. Y qué hermoso sería aquello, que todo fuera al final una misma cosa. Latiendo con todo el bosque a la vez que emites tu último suspiro. Tu muerte inmortalizada en una revista europea. Suponiendo que los árboles suspiren. De repente, una voz en la distancia, luces más brillantes. Una voz que dice que ya han llegado a su destino. Un montón de cuerpos levantándose a por sus equipajes, refunfuñando, riendo, hablando, rozándose solo por error. Baja su maleta, está cansada, no ha dormido nada. Aguarda a que paren por completo. Toca el suelo firme con los pies y tira la revista a la papelera. No hay nadie esperándola.

2

Está en la ciudad por una circunstancia desagradable. Una muerte, con su velatorio y con su entierro. Era la madrugada del miércoles cuando su madre le escribió. Ella estaba despierta. Llevaba semanas sin poder dormir bien por el calor, pero no lo leyó hasta hora y media más tarde. Después no podía dejar de pensar en todo lo que había sucedido mientras no miraba, en cómo los minutos habían sido una cosa tan distinta para su madre y para ella, que solo perdía el tiempo en el sofá. Varios mensajes separados por intervalos desiguales: «Se ha muerto la tía Antonia». «Ángel y yo estamos en el hospital, sus hijos no han venido, tampoco sabemos nada de tu padre.» Una reprobación tácita incluso en un momento así. A las cuatro y media, información práctica: «El velatorio será mañana, el entierro el viernes». Por último, un tímido «¿Vas a venir?».

Le costó asimilar el mensaje. Se. Ha. Muerto. La. Tía. Antonia. En realidad, la tía Antonia no era su tía. Era la tía de su padre y llevaba casi ocho años sin verla. La visitó durante su primer año en la residencia de ancianos y no se atrevió a volver nunca más, pues ya la consideró muerta entonces. Ha muerto, pensó esa noche. Es increíble. Ha vuelto a morir.

—Ha muerto —le dijo al silencio del estudio.

Hizo café. Carlos seguía en el dormitorio sin inmutarse, a pesar del sonido de la cafetera, de su voz alzándose en el salón vacío. Siempre le dice que lo despierte si no puede dormir, pero nunca se entera si abandona la cama. No le pidió que fuese con ella al día siguiente, él aún tenía que trabajar. Volvería el sábado para comenzar sus vacaciones, volar a Cannes juntos. Carlos lo entendió, aunque trató de convencerla de que una tía abuela no era tan importante: ¿quizá podía ella no ir? No. No podía. Comprendía que él no la acompañara, pero tenía que marcharse. Incluso lo prefería: apenas llevaba un año y medio viendo a Carlos, pero él no deja de buscar oportunidades para conocer a sus padres. Así que cogió un tren y luego un taxi y ya está en casa, sin lograr dormir ni un solo instante.

Su madre y Ángel la esperan en un Nissan viejo para ir camino al velatorio con su primo Ignacio. Se pregunta cómo se sentirá Ángel, yendo al entierro de una familia prestada.

—¿Estás mareada?

—Un poco.

Se pierden. No saben cómo llegar a la funeraria. El GPS no ayuda y tardan mucho más de lo necesario. Desde el asiento delantero, Ignacio no para de hacerles reír: risa por los callejones sin salida y las vueltas en círculo; risa por otras veces que Ignacio se ha perdido yendo a sitios importantes y ha llegado tarde, o no ha llegado. Ríen, tienen tantas ganas de hacerlo. Una y otra vez la misma gasolinera y de nuevo la misma risa absurda: ya hemos hecho la tontería del día, dice Ignacio cada vez que vuelven al mismo punto. Pero al final lo encuentran. Un cartel con el nombre de la funeraria. Una flecha a la derecha. Seiscientos metros. Callan, sus risas se detienen de golpe. Su madre llena el silencio en su lugar.

—Murió con la radio puesta. Su vecina de habitación se quejó de que la radio estaba encendida hasta tarde, y cuando los enfermeros entraron, llevaba muerta ya un rato. No se sabe exactamente la hora.

Añade detalles: cómo los despertaron, cómo fueron al hospital. Nadie esperaba que la tía Antonia muriera entonces. Tenía una vejez estable, solo dolores, olor agrio, senilidad. Ella misma tampoco esperaba hacerlo ese día: había dejado sus cosas preparadas para pasar la noche y para el día siguiente. El vaso de agua, el pañuelo, la ropa doblada.

—Es una lástima —juzga su madre—. Le quedaban solo dos semanas para su cumpleaños. El de su hijo mayor acaba de ser. El tuyo es en septiembre y el de tu padre era en noviembre, aunque a saber dónde anda ahora.

Se acercan a los puntitos negros del pasillo, y estos se concretan en personas que dan abrazos y que lloran, que se reivindican vecinos, familiares, amigos. Trabajadores de la residencia y compañeras de patio en una esquina, mirándolo todo sin atreverse a interactuar con nadie; los ojos de algunos cubiertos con una capa traslúcida de estupidez. Le gustaría saber cuándo murió exactamente, qué estaba haciendo ella en ese instante, si tuvo alguna sensación extraña, algún aviso o premonición. Es una pena que todo el mundo permaneciera ignorante mientras un aliento se apagaba. Piensa en las personas que mueren sin que nadie tenga consciencia de ello hasta muchos días más tarde, en esa otra anciana, molesta por una radio encendida a altas horas, en la idea de una ropa doblada para el día siguiente, todas esas labores a medias en los talleres de la residencia de ancianos: en esa candidez. Pasar el día haciendo una montaña y morir subiendo la cuesta. Se acuerda de las postales pintadas a mano que la tía Antonia seguía enviando por Nochebuena, y en cómo su madre repetía cada año: «Qué tierna, se aburre». Llamaba aburrimiento al cansancio porque *vejez* es una palabra muy fea. Pero era la adecuada.

Su madre le aprieta la mano, le señala con la barbilla a unos familiares mientras alza las cejas. ¿Qué haces?, dice sin abrir la boca, acércate a saludar. Ángel e Ignacio se pierden en la muchedumbre que llora.

—No he dormido bien esta noche —se disculpa—. No me funciona bien la cabeza.

Detesta estar allí. El ataúd abierto, como un decorado tétrico para las conversaciones más banales. Voces que se recrean en el pasado, en el pueblo y en infancias de posguerra, otras que preguntan por el futuro: ¿ha empezado tu prima la universidad?, ¿vas a continuar en ese trabajo? O incluso cuestiones más frívolas: ¿os habéis comprado el coche?, ¿cuándo vas a irte de vacaciones?, ¿a dónde? Y la pregunta incómoda, la que esperan que ella o su madre formulen a los miembros de su familia política, la que sin duda debe molestar a Ángel: ¿has sabido algo de tu padre? Sin preocupación real, como si solo quisieran un entretenimiento hasta conseguir permiso para marcharse.

Habla más de lo que suele: de la empresa en la que trabaja, de sus últimos proyectos, de Carlos, de Cannes. Se siente desahuciada, desparramada en todas esas palabras que se ha visto obligada a pronunciar, en las oraciones, llantos, promesas que se acumulan en liturgia. Una hora más tarde hay un embotellamiento en la puerta de la capilla porque todos quieren irse, pero nadie se atreve a ser el primero en abandonar la sala. Menos ella. Dice que tiene que pasear y su madre la censura con la mirada. Qué haces. Pero la deja marcharse. No, no es que la deje. No puede detenerla.

Decide volver a casa a pie. Pasea junto a la orilla del canal y entonces lo ve. No es habitual para ella caminar por esa zona: es la ciudad en la que nació, pero ya no vive ahí, y su casa ni siquiera estaba cerca cuando aún lo hacía. Con todo, camina con el descuido de quien conoce bien el lugar. Con esa tranquilidad. Y casi le da tiempo a pensarlo. Ve un contenedor naranja, desbordado al otro lado de la carretera y se da cuenta: este es un instante único. Va a serlo. Como si ya presintiera ese «sucedió algo» por el que los hechos adquieren la consistencia de una historia. Y se lamenta, le da tiempo a hacerlo mientras cruza la carretera. Lamenta que sea algo que comience por azar y no como respuesta a un acto heroico, o a una rutina consciente que ha podido controlar.

Se detiene frente al contenedor. La forma en que los trastos se amontonan le hace pensar en una catástrofe, como una muerte, una mudanza repentina o un desahucio. Cortinas. Cojines. Lámparas rotas. Vestidos. Estantes. También libros, algunos álbumes, la mitad de ellos asomando en el cubo de la basura, otros en cajas o esparcidos por el suelo. Muñecas, carpetas, cepillos de pelo, zapatos. Se descubre a sí misma rozando algunas sábanas, moviendo bolsas de almacenaje semitransparentes llenas de vestidos de mujer y abrigos de entretiempo. Le recuerda a los veranos en el pueblo, a las fotografías saturadas de una revista vieja, a la casa de sus abuelos, lugares que son en sí mismos el pasado. Sombreros. Manteles. Bolas de nieve con ciudades en miniatura atrapadas en su interior. Felpa, fotografías enmarcadas, trapos, toda una vida desparramada en sus desechos. Se ha agachado, lo está revolviendo todo, las cortinas, los cojines, los muñecos. Frena: ¿qué es lo que está haciendo? Recuerda su primera impresión desde el otro lado de la carretera: un desahucio, una muerte, un desastre. Imagina una casa con las persianas bajadas, a una anciana que muere mientras espera a que suene el teléfono. Quieta, impasible, sus pupilas fijas en el auricular en pleno acto de fe. No sabe por qué se le viene esa imagen a la cabeza. ¿Está utilizando una desgracia para entretenerse? Intenta conjurar el fantasma: tal vez no se trate de algo malo, ¿por qué es siempre tan negativa? Quizá sea algo agradable, el inicio de una vida mejor: han tirado sus cosas para comprarse una casa más viva, más grande. Puede que solo sea eso, ¿qué hace perdiendo el tiempo así?

Quiere irse, pero no sabe marcharse. Está paralizada frente al contenedor sin atreverse a tocar nada. Pasiva. Lo más pasiva que puede, teniendo en cuenta que está a medio metro de un cubo de basura a rebosar. Y entonces lo ve. Ahí, entre las cortinas, las ciudades minúsculas, las sábanas pintadas de suciedad. Es un cuaderno pequeño y azul con una golondrina en la portada que asoma bajo un mantel y un revistero. Lo coge. Una etiqueta en la portada: «Yna. 4-1990». Páginas apenas legibles, un calendario de 1990 con algunos meses tachados, frases sueltas: «I love you, I need you».

Se levanta con el cuaderno en la mano. De alguna forma incoherente considera que puede hacerlo, que es muy distinto a recrearse en las imágenes de los álbumes o a comprobar la consistencia de las cajas; que es algo tan pequeño que nadie jamás podría juzgarla.

Carretera abajo, le parece que en el ajetreo de los coches la acompaña una voz que no deja de susurrar palabras que se acumulan sin peso, que no llegan a convertirse en frases antes de disolverse. Anda muy lento, tanto como es posible hacerlo. Recuerda que cuando era niña estuvo un tiempo obsesionada por caminar sin aplastar ni un solo insecto, buscándolos desesperadamente por el asfalto. Cómo se le olvidó un día y cómo una tarde, de repente, se acordó de que llevaba más de una semana caminando sin mirar al suelo. Rompió a llorar entonces: siete días sin vigilar sus pasos, aplastando familias enteras de hormigas con los pies. Guarda el cuaderno en el bolso y sigue caminando despacio. Es un secreto, un objeto mágico. Es el

Diario — Yna 4~1990

primer jueves de agosto, hace un calor imposible. Pero anda. No toma el autobús.

Sus padres la esperan con la cena hecha. Dice que no tiene hambre y su madre murmura que no se alimenta bien mientras le sirve igualmente en un plato: son los mismos que usaban en su adolescencia. También es el mismo su mal humor, la mirada materna.

—Ha llamado Carlos a casa. No le coges el teléfono.

Ella utiliza esa excusa para abandonar la cocina y encerrarse en su habitación. Adolescencia, sí, es eso, diez o quince años más tarde. Saca el cuaderno azul y lo deja sobre el escritorio. Valora la posibilidad de leerlo ahora. Pero no, no todavía: quiere que sea especial, y únicamente podrá serlo cuando se acuesten sus padres y la casa sea solo para ella. Así que espera. Mira los mensajes de Carlos. Intenta no irritarse demasiado por que él haya creído que tenía derecho a llamar a su madre.

—Hola. —Él contesta al instante—. No me cogías el teléfono.

—Lo siento, he...

—Estaba preocupado por ti. No me has contestado en todo el día.

—Lo siento —repite.

Imagina cómo él pone los ojos en blanco. Imagina un poco más. Lo imagina escribiéndole, mirando obsesivamente el teléfono, usando la copia que tiene de sus llaves para ir a su casa sin permiso.

—¿Cómo está tu madre? —pregunta al final.

—Bien, bien.

—¿Y tú?

No contesta nada y Carlos resopla al otro lado.

—La tía de tu padre... Era muy mayor ya, ¿no? No estabais muy unidas.

—Cuando era una niña sí.

A él parece molestarle su respuesta. Quiere saber cuándo va a volver, si el sábado estará ya en Madrid, si siguen adelante sus planes en la Costa Azul. «¿Por qué no iban a seguir adelante?», se defiende ella, y en el mismo instante en que él insiste piensa en la posibilidad de no ir. Carlos le habla de su trabajo: fusiones, adquisiciones, anécdotas. Persiste en conversar, termina sus frases con preguntas para que no pueda colgarle: ¿Cómo se siente teniendo un mes de vacaciones por delante? ¿Qué va a hacer con tanto tiempo libre? Ella solo contesta que no lo sabe, aguanta: qué otra cosa puede hacer, sino esperar, hacer pequeños sonidos con la boca para que él esté conforme. Igualmente, sus padres aún no duermen, no tendría privacidad. Se pone a pensar en otra cosa, en esa ropa doblada de su tía Antonia, lista para el día siguiente. Prepara su propia ropa. A veces deja el móvil en la mesa y él no se da cuenta de que no está escuchando. Media hora más tarde, Carlos se despide. Dice que tiene cosas que hacer.

—Por cierto, he venido a casa después de currar. —Cuando dice «casa» quiere decir «su casa», la de ella—. Para ver si habíamos dejado todo bien esta mañana, con las prisas. Es tarde ya. A lo mejor duermo aquí.

—Claro.

Escucha ese sonido que Carlos hace cuando abre la boca para decir algo más pero no se atreve a hacerlo. Lo detesta. Murmura un «te quiero» automático y cuelga antes de que él pueda añadir nada más.

Registra los sonidos uno a uno. Los conoce bien: es el ritmo de su infancia, repetido tantas veces como días pasó en esa casa. Primero su padrastro se despereza. Luego se levanta, apaga la televisión, echa la cadena, un diminuto hilo de acero que completa la puerta blindada. Se dirige al cuarto y enseguida se pone en marcha su madre. Apenas unos minutos. Va a la cocina, comprueba algo. Vuelve al salón, comprueba otra cosa, se acerca a la puerta, observa que la cadena está echada. Después se acuesta, y por fin ella está sola en esa casa, la única conciencia funcionando en cien metros cuadrados. Casi había olvidado cómo era que el tiempo pasase así, ansiando silencio, paz y oscuridad total. Coge el cuaderno, se sienta en el suelo y por fin puede leer.

En la contraportada, un calendario de la Jefatura de Tráfico de Huesca. Tiene algunos días tachados y otros subrayados. Ya averiguará por qué. Primera página, tinta corrida. Segunda página, lo mismo. Pasa las hojas despacio. Hay cierta exigencia en esas palabras ilegibles, que persisten en el papel pidiendo a gritos ser leídas. Y entonces llega: la fecha, 8 de mayo de 1990, letra negra incomprensible. Justo debajo, tinta naranja, letra redondeada, y más clara, casi adolescente. Dice:

Estoy obsesionada contigo, tu imagen, tu cuerpo, tu voz. Te espero, pido ayuda a Dios y parece como si nadie da una respuesta a mi deseo. Porque? Estoy sola, cuando no me gusta la soledad, Alejandro por favor sácame de la duda, dame una seña de algo, solo Eso te pido, pienso tanto en ti las 24h del día, me masturbo con tu voz, tu imagen, quisiera tocarte, oírte, otra vez, solo tengo recuerdos de dos o tres horas, es tanto trabajo llamar, o no tienes interés para mi, yo puedo esperar, pero cuánto tiempo quieres que te espere, Dios oye mi corazón y permíteme ese deseo no quieres que soy feliz porque?

Cierra el cuaderno. Suele hacer eso, prolongar la expectativa cuando se acerca algo que desea, recrearse en ese vértigo. No seguirá leyendo hasta que termine de fumar y, mientras lo hace, repasa la fecha: el 8 de mayo de 1990. Ella casi acababa de nacer, tan solo ocho meses antes. Cierra los ojos, visualiza la caligrafía infantil, redonda, su lenguaje mal conjugado y puntuado, las faltas de ortografía: ¿quién es?, ¿cuántos años tiene? No sabe nada. Solo puede recrearse en lo escrito, en esa vehemencia, esas palabras, ese amor; entre la curiosidad morbosa y la envidia, ¿alguna vez ha sentido algo tan intensamente? Si así ha sido, lo ha olvidado. Apaga el cigarro, sigue leyendo: traspaso de tinta en la página, ilegible; otra página, ilegible; el 10 de mayo: «Mañana cumplo treinta y dos años». Hace la cuenta: ahora tendría sesenta años, tendría o tiene; tal vez tiene. Es más o menos joven, ¿por qué estaban sus cosas tiradas en el contenedor? «Mañana cumplo treinta y dos años, no tendré la suerte de que Alejandro se acuerde es imposible». Trata de imaginar todo lo que vio en el contenedor dispuesto en una casa pequeña, una casa con cortinas raídas, sábanas manchadas y manteles en desuso. Sin quererlo, imagina todo lo pasado como ya viejo entonces, cubierto de polvo. «Pero aún no me he dado por vencida, también van ya dos largos años sin hacer el amor y de que Drie pedía el divorcio, estaré sola sin fiesta, bueno pienso tal vez parte de la familia vendrá pero el mejor regalo sería oír tu voz.»

La imagen se completa en su cabeza: una mujer sola, divorciada, preparando una tarta de celebración, pintándose los labios agrietados del color de brasas que arden, esperando que al menos su familia se acuerde de su cumpleaños. No, no tendría los labios ajados, tenía treinta y dos años en 1990, no sesenta. Se le ocurre que algún día, cuando alguien mire sus cosas, pensará que son viejas y pasadas de moda. Los muebles minimalistas en blanco y negro, la decoración *neofifty* o las lámparas de papel de Ikea le parecerán de tan mal gusto como a ella se lo parece la felpa, las bolas de nieve o los leopardos tallados en porcelana. «Alejandro ojalá Dios me escuche», termina la entrada del diario, y firma, como si fuese una carta. Pone «Yna», como en la portada, y una cita en inglés: «I need you, I love you». Qué extraño que use el inglés, teniendo en cuenta su manera simplona de escribir.

Debajo de la firma, repite: «No voy a tener esa suerte y alegría». Corrige su propia esperanza y eso la conmueve, a ella, que no suele emocionarse. Tal vez porque sucedió en 1990, en su infancia, un lugar en el que todo se vive como cierto. Sigue leyendo. La ve a través de sus letras, en su limitación, en su estrechez de mundo: «Efectivamente no ha venido nadie», comienza la siguiente página. Quién vino, quién no, la vida como un perpetuo recuento de daños y perjuicios. No, Alejandro no llamó, como Yna se temía; ni Koldo, ni Wim, ni su hermano. Apunta los nombres en un folio, tratando de trazar orden en el caos. Otro día más en soledad, otro día más en el que pedir a Dios que Alejandro llame, o en el que se dirige a él directamente: «Dónde estás, cariño», pregunta cinco meses después de la última vez que se vieron. «Te quiero», promete. Poco más tarde: «Te necesito, te espero, por qué no llamás». Cambia de bolígrafo, invoca la ayuda de Dios, habla de una vidente a la que visitará, de otros hombres que la acosan para hacer el amor; de dos largos años que pasó sin acostarse con nadie antes de que apareciera él, Alejandro. A veces le llama solo Alex: «Como te explicaría Alex la angustia que tengo la pena que no se nada de ti». Luego menciona a unas niñas y eso la sorprende: ¿cómo puede sentirse alguien tan solo a cargo de unas niñas? El diario le regala unas páginas en blanco para que lo asimile, la tinta tan corrida que apenas puede leerse nada.

Y una entrada tardía, el 18 de mayo, tras varios días sin escribir: «Por desgracia o suerte aún pienso mucho en ti».

Decide no seguir leyendo todavía. Se acuesta. Ya son las tres, pero no tiene sueño. Más bien tiene ganas de cerrar los ojos, de descansar y ensoñarse, y eso es insólito: cuando era una niña le gustaba la hora de irse a la cama para estar sola, pero ahora no soporta el momento de dormir. Hoy se queda un rato así, totalmente relajada, recreándose en ese amor tan violento, en cómo Yna se esforzaba en brillar para una persona, solo para una persona ausente. Qué violencia del sentimiento, cuánta emoción malgastada. Comprensible de forma universal a pesar de la mala caligrafía, de los fallos de lenguaje, como si estuviese escrito en una lengua prebabélica. Lo ve todo: el correr de las horas, la espera de noticias que no llegan, el día cortado por los instantes en que se toma conciencia de que «tampoco» ha llamado; un aprendizaje perpetuo, el de cómo sobrellevar cada intervalo hasta el siguiente. Se le cierran los ojos, pero aún se pregunta por los hábitos de Yna, por cómo esperaba esa llamada, si bebía, si fumaba, tal vez hacía punto de cruz. Y le angustia esa idea, la de una mujer enamorada y sola que corta el tiempo en pedacitos en la cocina sobre una encimera de pladur descolorido.

Cuando ella cumplió cinco años, Yna tenía treinta y seis; nueve, cuarenta; dieciséis, cuarenta y siete. No se permite pensar en más, en si Alejandro llamó o no, en qué hacía ella en cada posible momento de desolación, no, solo dos números avanzando a la par. Su cabeza se divide: imágenes de cosas que pasaron de manera simultánea, en la ciudad, en la carretera, en la montaña, en campos de batalla, cigarrillos de espera en esa casa pequeña que imaginó. Hitos marcados en el calendario, comidas familiares; el desastre ordenado del contenedor dando forma a un salón completo. Pasos moviéndose a medida que vuelan los años, las cortinas tapando un paisaje que no sabe dónde está, aún limpias, blancas, blanquísimas. Se adormece, permite que su mente juegue a establecer secuencias numéricas, que se distraiga en imágenes inconexas. Y así descansa, por primera vez en mucho tiempo; duerme, se duerme pensando en cifras negras que caminan a la vez. Y en montañas hechas de humo.

1990

ENERO
L	M	M	J	V	S	D
1	2	3	4	5	6	7
8	9	10	11	12	13	14
15	16	17	18	19	20	21
22	23	24	25	26	27	28
29	30	31				

FEBRERO
L	M	M	J	V	S	D
			1	2	3	4
5	6	7	8	9	10	11
12	13	14	15	16	17	18
19	20	21	22	23	24	25
26	27	28				

MARZO
L	M	M	J	V	S	D
			1	2	3	4
5	6	7	8	9	10	11
12	13	14	15	16	17	18
19	20	21	22	23	24	25
26	27	28	29	30	31	

ABRIL
L	M	M	J	V	S	D
						1
2	3	4	5	6	7	8
9	10	11	12	13	14	15
16	17	18	19	20	21	22
23	24	25	26	27	28	29
30						

MAYO
L	M	M	J	V	S	D
	1	2	3	4	5	6
7	8	9	10	11	12	13
14	15	16	17	18	19	20
21	22	23	24	25	26	27
28	29	30	31			

JUNIO
L	M	M	J	V	S	D
				1	2	3
4	5	6	7	8	9	10
11	12	13	14	15	16	17
18	19	20	21	22	23	24
25	26	27	28	29	30	

JULIO
L	M	M	J	V	S	D
						1
2	3	4	5	6	7	8
9	10	11	12	13	14	15
16	17	18	19	20	21	22
23	24	25	26	27	28	29
30	31					

AGOSTO
L	M	M	J	V	S	D
		1	2	3	4	5
6	7	8	9	10	11	12
13	14	15	16	17	18	19
20	21	22	23	24	25	26
27	28	29	30	31		

SEPTIEMBRE
L	M	M	J	V	S	D
					1	2
3	4	5	6	7	8	9
10	11	12	13	14	15	16
17	18	19	20	21	22	23
24	25	26	27	28	29	30

OCTUBRE
L	M	M	J	V	S	D
1	2	3	4	5	6	7
8	9	10	11	12	13	14
15	16	17	18	19	20	21
22	23	24	25	26	27	28
29	30	31				

NOVIEMBRE
L	M	M	J	V	S	D
			1	2	3	4
5	6	7	8	9	10	11
12	13	14	15	16	17	18
19	20	21	22	23	24	25
26	27	28	29	30		

DICIEMBRE
L	M	M	J	V	S	D
					1	2
3	4	5	6	7	8	9
10	11	12	13	14	15	16
17	18	19	20	21	22	23
24	25	26	27	28	29	30
31						

Jefatura de Tráfico
Huesca

DGT

3

—¿Cuándo vas a volver a Madrid? —le pregunta su madre después del entierro.

Fuera del coche se está gestando una tormenta de verano.

Ella despega la cabeza del cristal.

—Tenía un viaje planeado con Carlos desde el sábado. A Cannes, creo que te lo dije. Hemos estado ahorrando.

—Entonces, ¿te vas esta tarde? ¿Mañana por la mañana?

Detecta algo de ansiedad en la voz de su madre. Nunca ha soportado el desorden, particularmente el suyo.

— No lo sé. No lo he pensado. Quizá me quede aquí el fin de semana.

—¿Y eso? ¿Por qué? ¿No acabas de decir que tienes un viaje?

—Tengo un mes de vacaciones, y Carlos, dos semanas largas. Quizá lo retrasemos, ya que he venido.

—Pero ¿por qué ibais a hacerlo? —pregunta girándose desde la parte delantera del coche. Siempre sospecha que su hija va a tomar malas decisiones en lo que a hombres se refiere.

—¿No te parece bien que me quede?

—No he dicho eso.

—Entonces, ¿por qué te quejas?

Enseguida se arrepiente de lo que ha dicho: ve la preocupación en los ojos de su madre, el miedo a su inestabilidad. Ya están llegando a casa. Ángel sube el volumen de la radio y ella siente que debe decir algo más.

—¿Os acordáis de cómo era la vida en 1990?

—¿El año 90? Tendría que pensar un poco —responde Ángel—. Pero ¿a qué te refieres? ¿La vida en qué?

Ella comienza a contarle alguna cosa que ha visto en la red antes de ir al entierro, cómo ha empezado a leer los periódicos nacionales de ese año en internet, qué noticias le han llamado la atención.

—¿A qué viene esto? —interrumpe su madre—. ¿Qué te ha dado?

Y ella piensa si contarlo todo. Decir: «Mamá, ayer encontré un diario, de 1990, de una mujer llamada Yna. Cumplió treinta y dos años el 11 de mayo de ese año, nadie fue a su fiesta». Tratar de adivinar con ellos quién era esa mujer, por qué estaban sus cosas tiradas, preguntarse si la llamaría alguna vez Alejandro. Pero sabe lo que diría su madre: qué haces buscando en la basura, qué pensarían si te vieran, siempre igual con tus rarezas.

—No sé. Se me ocurrió ayer en el velatorio —miente—. Pensé en cómo eran las cosas antes. Cuando la tía era más joven.

—En el 90 la tía Antonia no era joven. Tenía más de sesenta años, ¿eh?

—Ya, pero...

Ángel frena la discusión con datos. Le cuenta cómo era su vida ese año, pero su vida, la de ellos.

—En ese año yo aún no conocía a tu madre. Estaba destinado en una oficina en Lérida, me quedé allí hasta el 93 o así. Me mudé con vosotras en el 94, ¿te acuerdas? A esa casa pequeñísima en la que vivíais. Toda blanca, aquí al lado. Cuando enfermabas, tu madre te llevaba donde la abuela, porque decía que con tan poco espacio te ibas a ahogar. Luego compramos un piso más grande.

Su madre les dice que va a bajarse antes de llegar al portal, para coger el pan. Mientras se aleja, ella clava los ojos en su paso no tan ágil sobre los tacones y en su cuerpo ya no tan terso, hasta que la pierden de vista en la avenida.

—A tu madre le gusta tenerte aquí —dice Ángel cuando aparca—. Siempre está deseando que vengas. Es solo que...

—Ya sé —le corta, y desea que se calle.

Intenta ser lo más rápida posible bajando del coche y subiendo las escaleras de la casa para que no termine esa frase, pese a que no es necesario. Ya ha captado el mensaje.

Ese mediodía espera a que la casa se quede en silencio y solo entonces continúa leyendo. Desconoce el origen de su obsesión, pero no la obsesión misma. Es una cualidad suya, obsesionarse, lo fue una vez y ahora se da cuenta de que sigue siéndolo. Vuelve a empezar y solo se detiene una vez, una página antes del final, sintiendo de nuevo ese mismo vértigo.

Saca un papel. Anota en el centro «Todo lo que se sabe de Yna». Una caligrafía infantil, impropia de sus veintiocho años. Escribe: «Yna. 11-5-1958». Hay una frase en otro idioma en la portada. ¿Tal vez alemán? Escribe: «Uso pobre del lenguaje, problemas con ortografía y gramática». Tal vez incultura, quizá extranjera, por eso alterna lenguas; también es posible un dialecto latinoamericano que se mezcle con todo lo anterior; podría ser, utiliza expresiones como «llamás». Anota: «Menciones constantes a lo religioso», a veces furia, otras enfado, otras plegaria: «Porque Porque Porque solo pienso en ti no encuentro respuesta, a tu ausencia?»; o juicio: «Dios no es justo». También superstición: «El oroscopo me dice que tengo que elegir entre dos»; su decisión de consultar a una vidente el 19 de mayo. Confía en su pronóstico, también lo teme: «Tengo miedo que no seas ese hombre», el hombre de su vida, que ella espera, Alejandro, aunque no llame. Y sin embargo, prosigue, continúa escribiendo. ¿Por qué lo hace? ¿Cuál es el sentido de una insistencia tan lacerante, tan delusional?

A principios de junio, se consuela: «En julio habrás escrito ya», dice, como si un mes de dolor y minutos eternos no fuese tan grave o si realmente pudiera suceder. Acepta la espera si no es en vano, si el amor llega después para sanarla. Yna tiene madre, desapegada, pero en la misma ciudad, ¿es eso un argumento en contra de que fuera inmigrante? También tiene un hermano, del padre no habla. Algunos nombres: Drie, Wim, Koldo. No sabe si Drie es una persona o un lugar. Escribe «Drie» en el buscador de su móvil. Es «tres» en neerlandés. Wim también es un nombre neerlandés. Koldo, vasco. Koldo pretende a Yna, la persigue, ella no quiere nada con él, pero es consciente de su poder: «Una presa que se resiste les escita más»; y se lamenta de no haber utilizado esa sabiduría femenina con Alejandro, pues «si hubiese sido presa difícil quizá hubieses insistido». Pero no lo hizo, Alejandro rompió su promesa y ella se queja: «Estoy sola cuando no me gusta la soledad». Antes de conocer a Alejandro, Yna llevaba dos años sin hacer el amor, y desde Navidad, él no llama. ¿Tal vez escribió más cuadernos mientras esperaba? El diario comienza en mayo. ¿Debería volver al contenedor a buscar? Aunque «solo tengo el recuerdo de dos o tres horas», les dio tiempo a hacer planes, Yna lo recuerda bien: un viaje, unas vacaciones. Se aferra a ellos, estaría dispuesta a sacrificarlo todo para que sucediese. Por ejemplo, a sus hijas: «Si Dios quisiera y las niñas se fueran podríamos ir de vacaciones cortas tú y yo eso sería precioso». Aún no se ha repuesto de que Yna tenga hijas y pueda sentirse así de sola.

Pero no son suficiente. Cuando pasea con ellas por el río, la ausencia de Alejandro la acosa: «Qué maravilloso sería no sentir celos por las parejas». Ella los tiene, todo el rato, siente cada goce como incompleto si no está él para compartirlo. No es capaz de quitarse su imagen de la cabeza o de fantasear con la posibilidad terrible de que él llame cuando ella no esté en casa; ¿tal vez solo tiene un minuto para hacerlo y lo desaprovecha? ¿Tal vez justo en el instante que él la recuerda ella no está ahí para recibirlo, para decirle que todo está perdonado? Ese mundo, 1990, en el que las llamadas no llegan en el acto, en el que se podía jugar con la idea de que un mensaje no llegue por imposibilidad y no por falta de ganas.

Podría acusársela de querer demasiado, de sostener demencialmente su letanía, de desatender todo por él. Su amor rompe toda razón, todo juicio, toda ética. Tal vez sean incompatibles la ética y el amor; ser buena y justa, pero amar tantísimo a alguien, un amor que destroza cualquier escrúpulo moral: Yna no dudaría en sacrificar a sus hijas por él, pese a que sean lo único que tiene además del recuerdo de Alejandro; en sacrificarlas mil veces por la posibilidad de unas vacaciones a su lado, al menos de palabra. Las abandonaría, dice en el diario. Aunque en realidad sí tiene más cosas: un psicólogo, un examen —¿de qué?—, un divorcio, un asistente social. ¿Era común todo aquello en 1990? ¿En Zaragoza, en Torrero?

A veces Yna llama a Alejandro «Tonny». Una vez habla de un tal «Mr. Señor». Quizá está mezclando amantes, un conjunto de sus amantes como único cuerpo y única respuesta a una única carencia, que se encarna en una sola voz que jamás contestará. Pero luego se desdice: no cree que sea algo importante, solo una más de sus ínfulas, como escribir frases sueltas en un mal inglés mal conjugado. Una forma tierna de hacer su queja global, a la manera de un estribillo pop. En un punto lee que Alejandro se fue a Nueva York y ella, en 2018, se pregunta por qué, y si era común que los españoles emigrasen a Nueva York en los noventa. ¿Alejandro era español?, ¿no podría Yna dar más datos objetivos, circunstanciales, ser más clara?

Le conmueve cómo la realidad ilumina para ella solo en la medida en que Alejandro la toca. Tan limitada, existiendo solo en la medida en que pasa a través de él. Un mundo completamente saturado de Alejandro. Las páginas ilegibles por su agitación: «Espero tu llamada pero, Y que qué, El alejamiento es total», frases sueltas, fragmentos entre un caos de tinta. Se condena a sí misma y renueva su esperanza: «No vas a llamar ya, tienes a otra persona», pero sigue escribiendo, pese a todo. Es lógico, porque no se pasa de lo imposible a lo posible, sino de lo imposible a lo cierto: esa es la forma en que trabaja la fe. No se espera la llamada de Alejandro, pero sí que Alejandro llame, se calcula minuciosamente el momento en que podría hacerlo para estar en casa cerca del teléfono aunque sepa que no va a llamar, porque seguro que lo hace. La penúltima página. Promete no escribir más. Así Yna dice:

llega a su ultima hoja, en las veces anteriores cuando se terminaban han llamado para venir ojala dios lo quiera y aqui pase lo mismo lo mismo que pienso si Dios quisiera y las niñas se fuesen podriamos ir de vacaciones cortas tu y yo juntos eso seria precioso no te parece mi vida, tendríamos tiempo de hablar y conocernos mejor solo estan en mi imaginación, no se haran realidad porque tengo mala suerte en la vida, porque tendria que ser feliz, Dios no me ha dado esa suerte para mi vida es demasiado tiempo para que sea verdad, tampoco te puedo localizar pues no se tu nombre o domicilio solo me queda la esperanza de que llamés alguna vez que pena te quiero te necesito y estoy sola! adios alex!

El texto está escrito a lápiz, consciente de su fragilidad. Y a pesar de todo, al día siguiente escribe de nuevo, traicionándose a sí misma: «Hasta cuando tengo que esperar». Ya es mediados de junio, va a ser tía —otros niños que no pueden calmarla—, está mareada «entre psicólogo y asistente social», sin trabajo. Pero no le importa: «Solo quiero ser feliz a tu lado amor». Un amor que no sabe siquiera si estará ya en España, o en Nueva York. Un dibujo infantil cruza la última página. Pone «Debra?», y debajo: «mayo de 1990», aunque ya es junio. Debra, un nombre propio. Probablemente su hija.

La sobresalta la vibración del móvil y deja caer el cuaderno. Es Carlos.

—Hola.

—¡Hola! Llegas mañana, ¿no?

Cuando Carlos está inseguro o hacen algo especial siente sus gestos como algo ensayado y mecánico: en cenas de empresa, cumpleaños, vacaciones, o simplemente si cree que está enfadada con él. Incluso a veces al acostarse, si ella quiere probar algo diferente, como si él siguiera unas reglas fijas que ha estudiado antes de empezar. Detesta cuando él se comporta así, y detesta la intimidad pegajosa que le hace ver de forma tan clara su debilidad y también sus defectos. Y así consigue tomar la decisión.

—Creo que voy a quedarme aquí todo el fin de semana.

—¿Qué? —Ni siquiera su sorpresa parece real. Él lo sabía—. ¿Es por algo de tu tía?

—No, no es eso. Mi madre quiere que me quede. La veo poco y...

—¿Y nuestras vacaciones?

Ella chasquea la lengua. No tiene ganas de hablar con él, solo quiere concentrarse en el diario y en Yna, pero sabe que no puede colgar. Debe hacer las cosas bien, lograr una tregua para que no la moleste en el futuro.

—Podemos irnos el lunes. Aun así, estaremos casi diez días.

Es raro en él, pero no la interrumpe de inmediato.

—¿Cómo lo ves? —le insiste.

—No quiero volver justo antes de empezar a trabajar otra vez. Y quería subir a ver a mis padres.

—Volveremos cuando tú quieras. —Traga saliva. Otro silencio—. Es por mi madre.

—Ya...

Sabe que va a comenzar a recordar pequeñas afrentas, todos los ejercicios de tolerancia que él ha hecho, cada diminuto detalle que le disgusta de ella y que puede corregirse. Puede que incluso saque el tema de por fin vivir juntos: qué estupidez pagar dos alquileres, si él está siempre en su casa. Nunca diría nada de eso en voz alta, pero ella sabe interpretar sus frases a medias, todas las censuras a su falta de percepción para saber qué es lo correcto, en contraste con él y sus estiramientos de buena voluntad. Ella también podría quejarse, recordarle que no se va de viaje con sus amigas para hacerlo con él, o todas las veces en las que cede sin que él intuya siquiera que está renunciando a algo. No lo hace. Cuando su decepción es tan grande, ella se inmuniza. No es capaz de hacerse cargo del desastre que parece haber causado.

—¿Estás bien? —Él se da cuenta de que ha presionado demasiado. Cambia de táctica: paternalismo, preocupación aparentemente genuina.

—Sí, sí. —Suspira, deja que se oiga el sonido de la estática del teléfono—. Es por mi madre. Lo entiendes, ¿verdad? No...

—Calcula cuántos segundos de vacilación debe darle—. No sé cómo decirle que no.

—Joder. Me dejas preocupado.

—Lo siento.

—No ha ido tu padre, ¿no?

—No. Creo que nadie sabe dónde está ahora. Aunque mis abuelos no nos han dirigido mucho la palabra.

—¿Y te ha molestado?

—Mejor así.

Calla, espera a que él decida colgar de una vez. Siente su duda al otro lado de la línea.

—¿Está todo bien, nena? Últimamente...

—Sí.

—¿Seguro?

—Sí, sí, confía en mí. —Cuelga.

Siente alivio. No está segura de por qué, pero la idea de volver a Madrid le resulta inaguantable, lo mismo que pasar unas vacaciones en la playa. Primero le avergüenza su desapego, aunque se perdona automáticamente. Hay algo en la preocupación de Carlos que ya no le puede parecer genuino.

—Mamá, voy a quedarme aquí hasta el domingo.

—¿Y el viaje?

—Saldremos el lunes. Carlos lo prefiere: tenía una cena.

—Es buen chico. Te hace bien.

—Sí, es verdad.

Su madre no añade nada. Pero ella sabe que piensa «No lo dejes escapar».

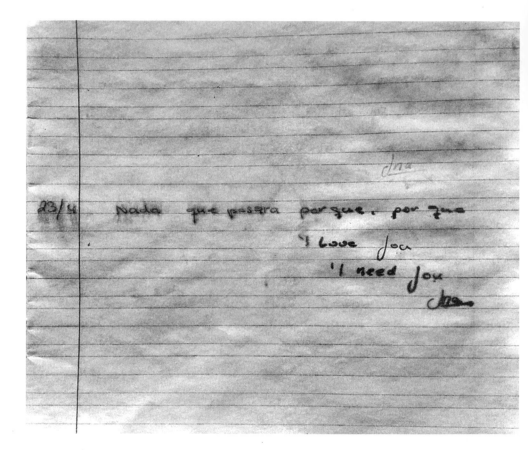

23/4   Nada que passra porque, por que

'I love you

'I need you

4

Su madre y Ángel la invitan a salir por la tarde y lo rechaza. Dice que tiene que trabajar y ellos lo aceptan, aunque en teoría esté de vacaciones. Enciende el ordenador, son casi las siete. Necesita saber más que lo que hay escrito en el cuaderno. Primero teclea «Yna nombre». Apenas hay resultados. Hay una pequeña parte de la población rusa que se llama así, también algunas personas en Perú. ¿Rusa? Peruana es más probable. Anota: «Yna: nombre poco habitual» debajo de la lista de «Todo lo que se sabe de Yna». Debería comprarse un cuaderno. Hace mucho que ha dejado de llevar una libreta para sus pensamientos e ideas, y ahora echa de menos tener una a mano. Transcribe las palabras en idioma desconocido de la portada. Google Translator sugiere neerlandés. No significan nada relevante, algo de «número de serie». Pero neerlandés, como el nombre de Wim, o Drie: «tres». Tal vez se esté acercando a algo. Después transcribe las palabras en inglés, corrigiendo las que están mal escritas. Tiene una intuición al verlas trazadas por su propia mano. Añade «lyrics», y el buscador le devuelve una canción de Elvis Presley: «I Want You, I Need You, I Love You».

La escucha una vez. Un vídeo de YouTube con instantáneas de Elvis en blanco y negro. 1956. ¿No era algo antigua para Yna? La canción se acaba. La vuelve a poner, esta vez sin mirar la pantalla. Imagina a Yna andando por ese salón que ya cree conocer como el suyo, haciendo con mimo las tareas del hogar en un ejercicio de estoicismo y expectativa, persiguiendo la ataraxia en cada gesto. Puede verla arreglándose cada vez que baja a comprar el pan, los huevos, la leche, por si acaso él la viera; por si acaso volviese, o quizá ya estuviera ahí, esperándola: para estar preparada. Está segura de que hacía la compra todos los días, Yna, en el vacío de las horas, dividiendo hasta el infinito las tareas para tener una excusa por la que moverse. A lo mejor eso mismo hacía su tía Antonia, al menos antes de entrar en la residencia, y quizá no poder hacer eso fue lo que la mató.

Vuelve a sentarse al aparato, hojea el diario. La euforia por haber descubierto la canción ya se ha desgastado, también la de la correlación entre los nombres y la frase de la portada del cuaderno. Necesita más, saber qué se esconde detrás de esos nombres: Yna, Koldo, Alejandro, Wim, Debra. Debra. ¿Cuántos años tendrá Debra? Era una niña en 1990. Debe de ser solo un poco mayor que ella.

Teclea «Debra Zaragoza» en Google. Hay una «Debra Zaragoza» en Instagram, que solo tiene cinco fotos y no vive en Europa. Encuentra una segunda en Twitter y se le acelera el pulso, pero enseguida se desilusiona. Escribe en inglés y parece estadounidense; postea en Pinterest y Twitter reflexiones sobre Dios, pero no del mismo modo que Yna lo hace en su diario, más bien como parte de una secta new age de fundamentalismo religioso conservador. Localización: Toronto. No funciona, necesita una Debra en Zaragoza. Se mete en Facebook. Teclea: «Debra». Filtro de ciudad: «Zaragoza».

Hay solo cinco resultados, no es un nombre corriente. Una adolescente que ahora vive en Johannesburgo, Sudáfrica; demasiado pequeña. Una mujer mayor y rubia que viste en trajes color pastel, tampoco. Otra embutida en neopreno y apasionada del surf..., ¿tal vez? Un perfil sin foto, al que no puede entrar. Y una mujer de rasgos latinos de unos treinta años: Debra Guzmán.

Entra en el perfil. Apenas puede ver algunas fotografías, pero tiene la edad y los rasgos adecuados: después de unas horas investigando el lenguaje del diario, está convencida de que Yna era latinoamericana, o que al menos pasó mucho tiempo allí. Argentina o uruguaya, de acuerdo con las webs de variedades del castellano. Debra tiene los ojos azules. Algunos argentinos tienen los ojos azules y, además, está la relación con Países Bajos, ¿tal vez el padre de Debra era holandés, e Yna argentina? Empieza a construir una historia en su cabeza: un holandés rico, Wim, hace un viaje a Argentina, allá conoce a Yna, se enamora, la encandila, la trae a Europa, tienen dos hijas. Luego se cansa, se divorcia; Yna se muda a Zaragoza y tiene que criarlas sola, por eso va a los servicios sociales. ¿Puede ser? Lo anota en otra hoja mal doblada. Titula «Vidas posibles de Yna». Cree que sí, que puede ser. Luego Yna trae a su madre, hace amigos, trata de trabajar y, en medio de ese desorden, conoce a Alejandro: sí, esa podría haber sido su vida.

Vuelve a poner la canción de Elvis mientras fantasea con el escenario que ha dibujado para Yna y mira el perfil de Debra Guzmán. Le da al botón «agregar». Da vueltas por la casa escuchando obsesivamente la canción.

Debra no ha contestado. Ya han pasado casi dos horas. Mirar la pantalla de Facebook, darle constantemente a F5. Su ánimo se ha desinflado: tal vez nunca la acepte. La cena se le enfría en el regazo y Debra no contesta. Tal vez no vaya a hacerlo, ella no aceptaría a una desconocida. Son casi las once, pronto volverán sus padres. Siente las horas vacías y asfixiantes, carentes de sentido. Ojea de nuevo el diario. Ya ha quitado la canción de Elvis, le cansa, incluso la deprime. Se siente igual que en pleno insomnio y ya prevé que pasará una noche inaguantable. Debería haber regresado a Madrid, es estúpida, ha escogido el más estúpido de los motivos para no tener que marcharse, y ahora la está comiendo por dentro.

Vuelven sus padres y Debra sigue sin contestar. Se encierra en su cuarto para evitar cualquier intento de conversación, saca el diario y se entretiene otra vez con el calendario, busca una señal en los días tachados, aunque no sabe de qué. Ignora un mensaje de Carlos: «¿Todo bien, nena?». No le gusta contarlo todo, pero tampoco le gusta mentir, así que decide no contestar nada. Piensa en salir al comedor, preguntarle otra vez a Ángel por el año 90. Pero también le da pereza. Y Debra no contesta.

Cada minuto se hace más pesado que los demás. Hace scrolling en Facebook, mira fotografías de sus contactos e intenta acceder a los de Debra. Entonces ve su nombre, Marcos Morlas, junto a un puntito verde. Por primera vez en un tiempo se fija en él, aunque probablemente esté siempre conectado si sigue siendo el mismo. Piensa en escribirle, pero decide no hacerlo. No aspira a no equivocarse nunca más, pero sí a que cambie su forma de hacerlo, y Marcos es su error más recurrente.

En la cama se enreda con imágenes de la cocina de Yna, la imagen de una Yna que espera en el rellano de un piso de sindicatos. Ninguna de las dos sabe a qué, ni Yna en 1990 ni ella en 2018. Da vueltas en la cama, suda: mañana tendrá las marcas de la sábana en la piel. Ojalá se hubiera duchado. Huele a sudor, a su propia suciedad. La cocina de Yna, cubierta por pequeñas setas doradas, una versión visible del hongo de Oregón que inunda su sofá y su piel. También su cama, la de ella. Carlos. No le contestó. Carlos aguardando a que le hable, a que lo llame. A que vaya, o al menos a que le envíe un mensaje. ¿Está haciendo lo mismo que Alejandro? No, no es igual. ¿O sí lo es? No lo sabe. No siente que de adulta haya esperado nunca nada concreto, nada con esa fuerza, nada como Yna, y le avergüenza la frialdad de sus propias emociones. Nunca ha dicho «te quiero» como Yna lo hizo, sino más bien como algo previsible, automático, una cosa que se dice antes de cada despedida. ¿Se siente Carlos igual? ¿Es él una Yna que espera? No pienses en eso, piensa en otra cosa: piensa en las vacaciones, en Cannes, en la Costa Azul, en qué harás mañana, tu último día aquí. No, no funciona. Piensa en el mensaje que le escribirás a Debra mañana. No, tampoco en eso. Piensa en tonterías. Cierra los ojos. Mañana tienes muchas cosas que hacer.

Despierta con la boca seca y el silencio negro de la casa amontonándose a su alrededor. No, no tan negro, ya ha amanecido. Se levanta, Facebook sigue abierto en la pantalla de su ordenador. Una notificación en la parte superior derecha.

Debra la ha aceptado.

No ha escrito nada. Abre su chat, hace cuatro horas que no se ha conectado. ¿Por qué hoy ha decidido acostarse temprano si nunca lo hace? Teclea igualmente un «hola», pero no llega a enviarlo. Debería escribir algo más. Escribe y borra muchas veces: tiene que ser un buen mensaje, no puede desaprovechar la oportunidad de preguntarle qué sucedió, si Alejandro llamó, si se quedó siempre sola, si su madre está viva. Escucha sonidos en la cocina: Ángel está despierto.

—Tienes cara de no haber dormido bien, ¿quieres café? —le ofrece cuando la ve aparecer en la cocina.

La ventana está abierta, pero no entra ni una brizna de aire, solo un calor seco y árido.

—Hace bochorno. No podía dormir.

Se sienta con ella a desayunar. No habla, solo la acompaña. A ella siempre le resulta más sencillo tratar con él que con su madre. Él hace un autodefinido y ella lee las noticias en su teléfono.

—Entonces, ¿te vas a Cannes el lunes?

—Sí. —Sin saber muy bien por qué, añade—: No me apetece demasiado.

—Eso pensaba. ¿Va todo bien?

—Creo que sí. Solo estoy un poco cansada, este año he trabajado mucho. Me apetecería más quedarme.

—¿Y por qué no os venís aquí tú y Carlos?

—No sé. Es raro. Tengo ganas de estar sola. Además, en teoría no me he ido de viaje con las chicas porque me iba a gastar todos mis ahorros en Cannes. Ahora me sentiría mal si no voy y las he dejado solas.

Continúan desayunando en silencio, y la forma en que todo se desarrolla le recuerda a otros momentos pasados, cuando aún era una niña y Ángel ocupaba un estadio intermedio entre familiar e invitado.

—¿Recuerdas cuando me enseñabas a leer en esta mesa? —pregunta, aunque es poco dada a recordar en voz alta.

—Pues claro que sí. Te he enseñado muchas cosas en esta mesa, ¿te acuerdas de cuando estabas empeñada en saber qué significaban palabras raras? No te conformabas con cualquier explicación para salir del paso.

—¿Por ejemplo? —insiste, pese a que se lo han contado hasta la saciedad. A su madre le gusta recordar los gestos heroicos que tuvo que hacer Ángel para ser uno más de la casa.

—No sé. Qué era el vacío. Yo no tenía ni idea. O qué era el tiempo, de qué estaba hecho. Con eso sí que nos liaste: no entendías bien la diferencia entre el tiempo y el espacio, o no querías entenderla. Hablabas como si «antes» o «después» fueran lugares que podían visitarse, como si fuesen países muy lejanos, solo una cuestión de distancia. Sobre todo te sucedía con el pasado: querías ir a ver la Prehistoria, o tu cumpleaños.

—Eso fue vuestra culpa. Cuando se murió el yayón, me dijisteis que estaba en Canarias.

—Eras muy pequeña —dice Ángel, riéndose—. ¿Qué tenías, cinco años?

—Pero aun así sabía que se había muerto y que cuando se muere alguien, ya no está aquí. Así que pensaba que Canarias era un sitio donde las cosas eran como antes. Que era antes. Además, sabía que allí pasaba algo raro con el tiempo, lo decían en la radio todo el rato. Una hora menos en Canarias.

Ríe; Ángel también lo hace antes de concentrarse de nuevo en su autodefinido. Ella piensa en el tiempo como habitaciones: la habitación de la infancia, la de la adolescencia, la del ya. La habitación de los veranos en el pueblo, cuando la tía Antonia les dejaba la casa porque su madre no tenía dinero para ir a otro lugar en vacaciones.

—Qué pena lo de la tía Antonia, ¿eh? —dice él, como si le leyera el pensamiento—. Tendrías que intentar hablar con tus abuelos antes de irte.

—Ni me miraron en el entierro.

—Son mayores. No te lo tomes a mal.

Ella asiente y termina el café de un trago, se levanta de la silla para no tener que contestar.

—¿Te acuerdas de las torrijas que hacía esa mujer? Yo es de lo que más me acuerdo. ¿Y cuando un coche le atropelló al gato? Fingió que no le importaba mucho, pero lo sintió.

—Fue en la carretera del pueblo —añade ella, para regodearse en el recuerdo—. Siempre se dejaba la ventana abierta.

—Y decía todo el rato que le daba igual, ¿te acuerdas? Que cuando era chica ahogaban a los gatitos en el lavadero si eran demasiados. Pero no le daba.

—No, no le daba.

—Era una buena mujer. Se portó genial con tu madre.

A ella no le gusta recordar nada de eso, los años de duda constante y caridad. Cómo es posible que hayan sido tan injustas, que haya muerto así, tan sola, sin que ni ella ni su madre se dignaran a visitarla en los últimos años.

—Es verdad —concede, y por fin puede marcharse.

Después de desayunar escribe un mensaje a Debra, no tiene ningún sentido postergarlo. Le pregunta si su madre se llamaba Yna y si era de origen latinoamericano. «Encontré algo que creo que pertenecía a tu madre —escribe—, ¿tu madre se llamaba Yna?» Según lo redacta, se da cuenta de que no le gustaría tener que entregarle el cuaderno: se ha acostumbrado a Yna, a pensar en ella, aunque solo haya estado a su lado un par de días.

Debra tarda unas horas en leer el mensaje y no contesta de inmediato. Ella sigue buscando noticias de 1990 en el periódico, vuelve a escuchar la canción de Elvis, busca una playlist de canciones de amor y desamor de los noventa. Guarda las noticias más interesantes en una carpeta del ordenador que llama «Dosier 1990», como si se tratase de una investigación seria. Su madre la interrumpe varias veces, quiere saber si va o no a marcharse, qué quiere comer. Ella mantiene la vista fija en la pantalla del ordenador.

Debra contesta a la una. Se le acelera el corazón, pero su única respuesta es «No entiendo nada». Ella insiste, tratando de explicar sin explicar: no quiere hablar exactamente del diario, ni del contenedor, mucho menos de ella misma rebuscando.

Tú: Encontré un dibujo en la calle, en Torrero.

Tú: Firmado por una tal Debra en 1990. Creo que es parte de un cuaderno de tu madre.

Tú: Sé que esto es superraro, pero me ha entrado curiosidad por ver si podía localizaros.

Tú: Aunque a lo mejor no sois vosotras.

Tú: ¿Tu madre se llamaba Yna? ¿O se hacía llamar así?

Debra: No quiero saber nada de ustedes.

Tú: ¿De quiénes?

Debra: No voy a darles ni un duro.

Tú: Creo que me has confundido con otra persona.

Tú: No quiero dinero!!

Debra: Entonces qué quieres.

Tú: Solo quería saber si el dibujo era tuyo, el que te he dicho que encontré.

Debra: En serio, esto es muy muy raro.

Debra: Si es por lo de la plaza, olvídenlo ya.

Tú: No, no, no es eso, no sé qué plaza es.

Tú: Te estás confundiendo de persona. Yo te escribo por lo que te he dicho. No por dinero, ni por nada.

Tú: Solo te escribo por el dibujo.

Tú: ¿Vives en Torrero?

Tú: ¿Tu madre se llamaba Yna?

Debra: Emmmm... vale.

Debra: En serio, es que no pienso daros nada.

Debra: Déjenme en paz.

Debra: Son momentos difíciles y ustedes unos comemierdas.

Ese «ustedes» excita su imaginación. Insiste una vez más, y Debra tarda media hora en contestarle, aunque ya ha leído su mensaje.

Debra: Mira, mi madre no se llamaba Yna.

Debra: No sé si ustedes la llamaban así.

Tú: ¿Nosotros? Te estás confundiendo.

Tú: ¿Puedo hablar con ella?

Debra: Mi madre está muerta.

Debra: Ya lo saben.

Debra: Déjenme en paz.

Debra: No pienso darles ni un triste céntimo.

Y la bloquea.

Se queda mirando unos minutos la pantalla encendida, a la espera de una salvación que no llega. Después, todo empieza a desmoronarse: tal vez Yna no sea la madre de esa chica, y entonces no esté muerta. Pero si decide pensar que no está muerta, Debra Guzmán no es su hija, pues la madre de esa Debra lo está, ¿puede ser la madre de otra Debra? No lo cree, aunque no tenga tantos motivos: es un pálpito. Se tumba en la cama con los ojos cerrados. Imagina a Yna dormida en la cama, muerta, la tristeza de una bombilla que nadie recordó apagar en el salón. Sola. Si no es la madre de Debra Guzmán, es posible que aún siga viva, pero eso la sitúa como una desconocida total, resistente al descubrimiento. ¿Hay una diferencia entre una Yna muerta y una inaccesible? Cree que sí. Probablemente sí sea la hija de Yna, tiene sentido que esté muerta, y que por eso estuviesen sus cosas abandonadas. Pero sesenta años no es edad para morirse y Debra dijo que su madre no se llamaba Yna. ¿Tal vez Yna es un mote, un diminutivo? ¿Debería intentar hablar con ella de nuevo? Otra pregunta posible: ¿Tu madre cumplía los años en mayo? ¿Debería haber hablado de las cortinas tiradas, de las sábanas, de la colección de ciudades de nieve? ¿Quiénes son «los de la plaza» y dónde está esa plaza? Le duele la cabeza. Vuelve a garabatear en sus papeles.

Suponiendo que Debra Guzmán sea su hija, Yna está muerta. Eso hace que sea imposible hablar con ella, pero no hace imposible averiguar cosas sobre ella: quiénes eran Koldo, Wim o su hermano, si Alejandro llamó o no lo hizo. Pero si esto es así, si la suya es una historia acabada que puede averiguarse, eso significa que Yna está muerta, y tal y como ella lo ve, estar muerta es una cualidad demasiado pesada, densa, como agua sucia y estancada, algo indigno de la vehemencia del amor y de la caligrafía infantil del diario.

Suponiendo que Debra Guzmán no sea la hija de Yna, no tiene por qué estar muerta. Eso hace que no pueda averiguar nada sobre ella ahora, solo fantasear, jugar a dibujarle pasados y posibilidades incomprobables que no pueden tranquilizarla, que la obligan a seguir investigando. Y eso la delata, como un niño listo que hace parecer estúpido a un adulto, pues lleva a la pregunta necesaria del porqué, por qué ese interés en Yna, Debra o Alejandro, por qué arrodillarse frente a un contenedor o posponer un viaje a Cannes.

Pero, sobre todo, si quiere suponer que Yna no está muerta, ni siquiera puede saber si Yna está o no muerta.

$4.50

Alex   Tonny

'I need jou no matter where jouc are
'I Love jou   so machot

Ona

Porque mil veces porque real llamar te, te necesito
tanto, que pasa si pudiera transmitir
que te deseo o fuse vidente, o telepatia, para
comunicarte que tu llamada, y seria tan
feliz solo el tiempo lo dira?
que triste es salir sola!

Ona

5

Empieza a buscar noticias de algunos de los días de 1990 que aparecen marcados con mayor violencia en el calendario, sin orden ni sistema. Petición de cuatrocientos años para dos jóvenes acusados de violar disfrazados de guerreros ninjas, y sendos artículos sobre la lucha contra la violación y los robos a parejas en parques. El Papa declara que los animales tienen alma. Adelanto de las elecciones de 1990 a 1989 por desacuerdo del PSOE con UGT y CCOO; mayoría absoluta del PSOE. «Veneno en la piel», «Enjoy the silence», «Fueron los celos». Restos de siete cadáveres humanos encontrados en un merendero de Manzanares el Real, la búsqueda de los culpables, acusación a estudiantes de medicina, probable vocación ritual. Esoterismo recurrente: en libertad la acusada del crimen de la vidente; acusación a Mariano el Pastelero de un exorcismo que mató a su víctima por ingesta excesiva de sal; otros tantos. Impugnación de los resultados electorales y repetición de elecciones en Melilla en abril de 1990. Muere un hombre apaleado en Castellón después de que sus vecinos se indignen porque ha quemado las maderas con las que jugaban sus hijos, el crimen de Puerto Hurraco ese agosto. «I Want It All», «Gonna Make You Sweat», «Another Day in Paradise», «Voy a pasármelo bien». Primeras preocupaciones del defensor del pueblo por la vulneración de derechos de los extranjeros, rechazo en

Andújar a compartir bloque de viviendas con deficientes mentales reubicados. La historia de un hombre que electrifica su casa en Tetuán para evitar que le desahucien; era soldador. Felipe González se somete a una moción de confianza para confirmar su presidencia. «No me importa nada», «Can't Shake the Feeling», «Pretty Woman», «Ya no me engañas». Atenúan la pena, por estar casados, a un marinero que violó a su mujer y protesta feminista al día siguiente. Preocupación por la violación y sus límites, por la xenofobia, primeras noticias sobre la Expo 92. Marta Sánchez interpreta «Soldados del amor» para las tropas españolas en el Golfo y después una adaptación de «Los peces en el río» para el ministro de Defensa. *Jurassic Park, Nuevo Vale, Interviú, Las edades de Lulú*. El Real Madrid gana la Liga y bate el récord de goles en una sola temporada con ciento siete tantos. Adopciones de seropositivos por un centro en Valencia a la espera de que los acojan, rechazo de que un seropositivo vaya al colegio en Zaragoza.

Decide centrarse en las noticias de Aragón. El Gobierno aragonés recurre el decreto de militarización del aeropuerto zaragozano, noticias sobre la base militar. Una desgracia ya al inicio de enero: el incendio de la discoteca Flying, en el que murieron cuarenta y tres personas al inhalar los gases provocados por el fuego. Los familiares de las víctimas no recibieron ninguna compensación económica, pese a que tanto el encargado de la sala como el propietario fueron declarados responsables, ¿tal vez murió algún conocido de Yna? Busca imágenes de la discoteca y, en cuanto las ve, se los imagina ahí, a Yna y a Alejandro, en una fiesta de Nochevieja. Está imaginando demasiado. Ni siquiera hay alguna mención a Zaragoza en el diario, el único dato certero que tiene es ese calendario de la Jefatura de Tráfico de Huesca, la localización del contenedor en Torrero y algunos apuntes fragmentarios que podrían remitir al río o al Canal. No sabe nada. Solo ha tenido la sensación de que sabe durante un tiempo.

Su móvil comienza a vibrar. Es Carlos. No ha soportado que siga ignorando sus mensajes y va a disfrazarlo de preocupación. Quizá esperaba algo diferente de ella. El verano pasado llevaban poco juntos y ella mantuvo una comunicación continuada y cálida a lo largo de julio y agosto. No pasó las vacaciones con él, pero lo mantuvo cerca, y aun así fue consciente de su ansiedad en algunos mensajes, del apego y dependencia que ella consentía. Cuando en septiembre le pidió que mantuvieran una relación seria y ella aceptó por comodidad, Carlos le confesó que había sido uno de sus veranos más angustiosos desde que era adolescente. «Me escribías, pero yo no sabía dónde estabas, o con quién —le dijo entonces—. No sabía si era el único para ti. Quería invitarte a la playa, pero me daba miedo que te pareciese demasiado.» Ella se rio y le prometió que el próximo año pasarían todo el verano en la playa. Pero de eso hace ya mucho.

Silencia el teléfono, aunque ve su nombre reclamándola desde la pantalla y lo pone boca abajo. Mastica restos de la comida mientras su madre insiste en que llame a alguno de sus amigos de adolescencia. Se encierra en el cuarto, revisa el diario, da paseos por la habitación como si su cuerpo siempre estuviese a unos pocos pasos de sí misma. Guarda el diario en el cajón de la mesilla de noche. Al fondo hay algún cosmético caducado, coleteros y un grinder oxidado que Marcos le regaló por su dieciocho cumpleaños. Por supuesto, Carlos detesta la marihuana. Ella lo coge, pesa más de lo que parece. No tiene nada dentro aunque, de haberlo, estaría pasado. Saca su teléfono y toma una fotografía del triturador para enviársela a Marcos. «Mira lo que he encontrado», subtitula. Él contesta al instante.

—Hace siglos que no te veía —dice Marcos—. Te sienta bien ese pelo —añade ante su falta de respuesta—. Me has pillado esta noche de tranquis, ayer hubo desfase. No pensaba salir hoy, así que me alegro de que me hayas escrito.

Ella no contesta y le da la espalda.

—Polvazo, ¿no? —insiste él, mientras se lía un cigarro. Abre la ventana y al girarse se da cuenta de que ella está buscando sus pantalones—. ¿No te quedas a dormir? Para ponernos un poco al día, aunque sea.

Ella observa su cuerpo enclenque y blanco desparramado en la cama. No le apetece quedarse, pero son las dos de la madrugada y le da pereza irse. Él hace un gesto con la mano, la convence para que se tumbe de nuevo a su lado. Le resulta sencillo acomodar su cuerpo al de Marcos, al olor agrio de su sudor mezclado con marihuana y tabaco que tan bien conoce. Le pregunta cómo le ha ido a él para llenar el silencio y él le contesta que sin novedad. Y es cierto: las mismas historias de sexo, drogas, excesos, algunos conflictos con los personajes recurrentes en su vida, que son los mismos que cuando ambos tenían dieciocho años. Ella le deja hablar solo para poder pensar en otra cosa.

—¿Y tú qué? —dice Marcos—. Hace mucho que no te veía. Dos veranos, ¿no?

—Creo que sí, dos veranos.

—Cuando nos vimos lo acababas de dejar con ese pesado de La Jota y te ibas a mudar a Madrid. Sigues ahí, ¿no?

Ella asiente.

—Conseguí un trabajo en publicidad. Es una mierda, nunca sé cuánto voy a durar, pero de momento estoy bien. El año pasado casi no pisé Zaragoza —miente—. Pero creo que voy a quedarme lo que queda de este.

Marcos no hace más preguntas y le acaricia la espalda con descuido mientras termina de fumar y tira la ceniza en una lata de cerveza a medias. Cuando pasó por aquí el verano anterior ya había tenido la primera conversación con Carlos en la que este le manifestó los celos que sentía ante sus ausencias, celos por otra parte justificados. Solo estuvo en Zaragoza tres días y sintió que podía pasarlos sin Marcos, casi como si se tratara de una prueba. No es la primera vez que una de sus relaciones termina porque decide acostarse con Marcos. Siempre naufraga de la misma forma.

—Tampoco pensaba venir este año —añade—. Iba a ir a Cannes. Pero se ha muerto mi tía abuela, y ya que estoy he decidido quedarme.

—Tenía que ser mazo vieja —dice él, y ella asiente—. ¿La querías y eso?

—No sé, llevaba casi ocho años sin verla —responde, como si el tiempo fuese una medida del amor.

—A mí dos.

Vuelve a preguntarse qué hace allí, por qué ha llamado a Marcos. Detesta verle. Luego se siente sucia, adolescente de nuevo. No lo decide nunca, es compulsivo, un acto previo al razonamiento. Cómo se pondría su madre si lo supiera: para ella, Marcos es el terror de los dieciocho años, el que la atormentó en sus momentos más rebeldes, el fin del instituto, los primeros años de universidad. Marcos le acaricia el pelo con desgana, ella hace lo mismo con su muslo. Qué piel. Cinérea, resbaladiza, como la de una serpiente o un gato esfinge, tan distinta al cuerpo moreno y largo de Carlos. Él le ofrece un cigarro antes de liarse otro. Lo coge.

—Carlos no sabe que fumo —confiesa—. Carlos es el chico con el que estoy saliendo ahora. Sigo haciéndolo un poco. Con el café de media mañana y por la noche. Si no, no puedo dormir. Pero él lo odiaría.

—¿Y no se pispa?

—Masco mucho chicle y en casa fumo con la ventana abierta. El tabaco siempre está en mi bolso o detrás de unos libros de la estantería.

—¿Vivís juntos?

—Pasa mucho tiempo en mi casa.

—¿Y por qué no le dices que fumas, al tal Carlos? —No hay un ápice de sorpresa en su voz. Tampoco celos. Nunca han tenido esa clase de relación.

—No le parecería bien. Y a mí me funciona.

—¿El qué?

—No sé, mantener algunas cosas que no me gustan de mí misma en privado. Así no se me van de las manos.

—¿No te gusta fumar? —Su sonrisa es escéptica.

Vuelve a no contestar, le sorprende haber dicho algo así en voz alta. Marcos capta el mensaje, apaga el cigarro en la cerveza y comienza a manosearla otra vez. Ella se deja, está acostumbrada a hacerlo así con él. Él la toca con cierta violencia, ella le acaricia el pelo. Le gusta su pelo rubio. Es curioso, pero de él le gustan las partes, solo las partes: su pelo, sus labios, sus dientes, sus manos, pero no el conjunto, nunca la totalidad. Él sigue tocándola, arrugando su ropa para rozarla mejor, se sube sobre ella. Empieza a hacerlo como siempre, las mismas contorsiones, los mismos gestos de esfuerzo, cierta ira, algún «joder». Ella se anima y le toca con la misma violencia. Le muerde. Él babea, no se besan en realidad. Le hace un gesto para que se dé la vuelta, lo hace, se deja sacudir. Siempre que piensa en esos encuentros recuerda eso, la operación violenta y mecánica de sus caderas. Ella también dice «joder», lo repiten varias veces. En esta ocasión se deja llevar, la primera no ha sabido. Todo acaba muy rápido.

No se viste enseguida, sino que se queda tumbada con él, acepta otro cigarro, consiente que se mezclen sus sudores. Marcos pone algo de punk en español en su teléfono.

—¿Sabes?, he encontrado algo. El diario de una mujer que vivió en Torrero en 1990. Lo estoy investigando.

Él se ríe.

—Veo que no has cambiado, me daba miedo que sí. Las últimas veces que te vi estabas muy estirada, muy seria. Casi no se te reconocía.

—La verdad es que estos días me siento un poco adolescente.

Marcos no pregunta más sobre el tema. En su lugar, ella le habla del diario, del amor de Yna por ese Alejandro que no llamaba, de cómo le ha escrito a su hija, o a la que podría ser su hija. Es tan sencillo hablar de algunas cosas con Marcos. Su relación permite una distancia total, nada parecido a la intimidad, y eso es cómodo, de la misma forma que es cómodo hablar de todo con un desconocido. Carlos está demasiado cerca, y por eso no puede contarle nada importante: la absorbería.

—Espera, espera —la interrumpe Marcos—. No entiendo. ¿Desde cuándo tienes eso?

—Desde el jueves. Hablé con la hija ayer.

—¿Y por qué hablas ya de ellos como si fuesen de tu familia?

Se carcajea. Su madre pensaba que estaba enamorada de Marcos y que él no la trataba bien. Ella nunca la sacó del error, no la habría creído si le hubiese dicho la verdad: es imposible que me enamore de Marcos, por eso me gusta estar con él. Además, a su madre le resultaba más sencillo pensar que tenían algo, atribuir su locura al amor y no a un deseo de probar sus límites.

—Entonces, te quedas a dormir, ¿no? —pregunta Marcos al rato.

Ella asiente. Ya es de madrugada. Están juntos, tumbados en la cama, y Marcos le está terminando de contar su último fracaso en el amor.

—¿Y tú qué? —dice al final—. Has dicho que tienes novio.

—Lo conocí hace como año y medio. Nos acostamos durante un tiempo, y en septiembre del año pasado me dijo que quería ir conmigo en serio.

—¿Y tú dijiste que sí? ¿Te has enamorado por fin?

—A él le hacía sufrir que las cosas fuesen de otra manera —dice ella, ignorando la segunda parte—. Además, ¿qué más me daba? Estoy fuera de casa de ocho a ocho en el trabajo, apenas tengo tiempo para nada, menos para ligar o salir. Es más cómodo tener una pareja.

—Y tú te aburres —juzga con una sonrisa.

—Puede ser. —Duda si seguir hablando, pero al final también ríe—: Es que el tío está todo el día en mi casa. No es que quiera tiempo para ligar con nadie, ¡solo quiero estar sola un rato! —Ríe más de lo que la ocasión merece, se siente aliviada al decirlo en voz alta—. ¿Soy una mala persona?

—Anda ya. —Marcos se da la vuelta para dormir, apaga el flexo.

Tras unos segundos en la oscuridad, ella le toca el hombro.

—¿Te puedo contar una cosa que no le he contado a nadie? Es sobre el diario que te he dicho.

Marcos gruñe como asentimiento, y ella le da detalles sobre los datos que ha conseguido sacar del diario y lo que cree que significan. Su obsesión. El dibujo de Debra y su búsqueda, la posibilidad de que Yna esté muerta.

—Y ahora no sé qué hacer —concluye.

—¿Hacer con qué? —dice Marcos, medio dormido.

—No sé si seguir buscando. De hecho, ni siquiera sé si merece la pena. No sé qué estoy buscando o qué haría si la encontrase. A lo mejor que me entretuviese con su diario le parecería una falta de respeto, o que todo es un pelín extraño.

—Su hija lo piensa.

—Si esa es su hija, es que está muerta, ¿ves? Aunque la localizase, habría poco que hacer. Probablemente esté muerta.

—¿No puede ser otra Debra?

—No del resto que encontré, lo he comprobado. A lo mejor no tiene redes sociales, o ya no vive en Zaragoza.

—Pero hay una cosa que no entiendo: ¿qué es lo que quieres? ¿Saber más sobre ella? Porque eso puedes averiguarlo incluso si está muerta, ¿no? Solo tienes que entrarle mejor a la hija. Y si no es ella, pues bueno, a seguir buscando. ¿Has pensado en poner un anuncio en el periódico, o en Twitter? ¿En volver al contenedor a ver si hay más cosas?

—La verdad es que no. A lo mejor es buena idea.

—Quizá así encuentres algo mejor que decirle a la hija, o una pista nueva, qué sé yo.

Ella se remueve en las sábanas, inquieta. Cree que Marcos ya está dormido.

—¿Sabes?, creo que lo que me llamó la atención fue imaginármela esperando, tan sola, algo que nunca va a venir. No me interesa tanto lo que pasó o no. Por ejemplo, no me importa si encontró a otra persona. Es la imagen de ella esperando a Alejandro la que me angustia. Y todo lo que implica —se sorprende a sí misma por su descubrimiento, y sigue hablando, aunque sabe que Marcos ya no escucha—: Esta mañana mi padrastro me ha recordado que cuando era una niña pensaba que el tiempo era una cuestión de espacio y que Canarias estaba una hora atrás en el pasado. Fingí que no lo recordaba del todo, pero era mentira. Recuerdo que me gustaba pensar en algunas cosas del pasado como algo que estaba disponible si te movías lo suficientemente rápido. No puedo dejar de pensar en que hay una versión de Yna, infinitas versiones de ella, que están en una habitación del pasado esperando eternamente a algo que no llega. Así lo tenía que vivir Yna: como una tortura perpetua que nunca terminaría, porque ella no quería que terminase. No quería desenamorarse de Alejandro por nada del mundo y, si lo hizo, fue a pesar de su voluntad. Me resulta incomprensible ese amor.

—Es aquí —informa al llegar al Canal—. Vamos.

Marcos y ella caminan juntos haciendo el camino inverso al que ella recorrió días atrás. Esta vez no pasea. No corre, pero querría hacerlo, y le molesta que Marcos haraganee por detrás. Si cerrase los ojos, sería capaz de marcar las diferencias imperceptibles en el ambiente desde el pasado jueves, como la luz, la humedad, variaciones de tono u orden en las plantas. Hay algunas familias que pasean camino al Parque Grande. Diez, quince, veinte pasos, y ya están ahí.

Pero no hay nada.

No hay nada no es la expresión correcta. Hay un contenedor lleno de cosas, tal vez incluso las mismas cosas. Hay cortinas, cojines, bolsas, cajas. Pero no las mismas. No sus cosas, las de Yna. Incluso le parece que el contenedor es distinto, que está más limpio.

—¿Es este?

—Creo que sí.

—No jodas. ¿Rebuscamos?

Ella calla. Examina el contenedor, las botellas de vino vacías amontonándose sobre revistas, latas, ropa usada.

—No. No son sus cosas. Deben de haber limpiado.

—Ah, joder —responde él con crudeza—. Era de esperar. Mala suerte. —Se enciende un pitillo. Ella sigue parada a escasos metros del contenedor—. Eh, ¿te has quedado mal?

—No. Bueno. No sé. —Sigue mirando, como si fuese peligroso perder detalle y al observarlo pudiera volver atrás y restaurarlo al instante en que lo encontró.

—Es lógico que no esté. Habrán limpiado ya —dice Marcos a su espalda.

Tiene razón, pero de algún modo esperaba que estuvieran sus cosas esperándola, como lo habían estado la primera vez. Sigue mirándolo, ya sin esperanza. Negocia con el pasado, con el camión de la basura, con las ordenanzas municipales de limpieza: si se le hubiera ocurrido el mismo jueves o el viernes, si hubiese decidido volver entonces, si en estos cuatro días nadie se hubiese ocupado de este contenedor.

—¿Estás segura de que era aquí? —insiste Marcos, incómodo ante su quietud.

—Sí. Era aquí. —Pero «aquí» no significa nada. Señala un lugar que tiene sentido en su mente, pero no en el mundo—. Déjalo. Aquí no hay nada que mirar.

—Lo siento, tía.

—No pasa nada. En realidad, no sé qué buscaba exactamente.

Marcos trata de animarla: hacía mucho que no estaba en la calle tan temprano un domingo por la mañana, todo un logro. Tal vez puedan tomar un café en el barrio, propone.

—En realidad, no sé qué buscaba —repite, delante de un café demasiado amargo en una cafetería vieja.

—Las cosas de Yna, ¿no?

—Pero para qué. Si ya te dije ayer que no me interesaba ella. Hablar con ella. Me interesa su angustia. La de esperar a Alejandro.

—Bueno, para bien o para mal, eso pasó. A lo mejor está muerta. O si no, por fuerza se ha olvidado ya de él. Será uno de esos amores que se recuerdan con la gente cuando no hay nada más que contar.

—Ya te dije ayer que lo que me interesaba era eso.

Trata de contener su ira, no hablar de forma vehemente. No puede pedirle a Marcos que lo entienda. Mira por la cristalera del café, las cosas que una vez Yna vio, o en las que tal vez nunca se fijó porque no pensaba en ellas, sino en el eterno ausente y en la esperanza. «Para julio habrás llamado ya.» Si Alejandro hubiera vuelto, habría merecido la pena la ceguera, la duda, la angustia, todo. Y a lo mejor vino. O a lo mejor no. De hecho, probablemente no, o solo reapareció meses más tarde, sin signos de acordarse de ella, tal vez casado. ¿Qué explicación podría haber satisfecho el deseo de Yna, todos esos meses de sufrimiento? ¿Qué habría estado dispuesta a creer? En cualquier caso, de haber aparecido con otra persona, habría sellado la incertidumbre en condena definitiva, y eso habría sido suficiente para dotar todo de una dirección de la que carecía, de un porqué del amor o el sufrimiento, por muy tarde o pronto que llegase. Si se encontraron, ¿se atrevería Yna a preguntar, o le podría el orgullo?

—Ya sé —le dice a Marcos—. Ya sé lo que tengo que hacer.

—¿Qué?

—No tengo que seguir investigando a Yna. Tengo que encontrar a Alejandro.

Marcos se va. No recuerda qué le explica, cómo se despiden, pero lo hace. Ella se queda paseando, excitada por la idea de encontrarle, preguntar por qué. Anda por las calles cercanas al Canal, se pierde. Busca la plaza de las Canteras, los lugares por los que Yna paseó y puede intuir en el diario, como si la ciudad tuviese un trazado luminoso del que no podía salir. Habla de la casa de la familia de Alejandro y ella trata de adivinarla en todos los portales, tal y como Yna trató de adivinarle a él desde la fachada, su figura recortada contra el cristal. El hábito humano del amor erróneo. Vuelve a recorrer las calles, la avenida América, el camino al cementerio. Siempre que quiere saber cómo llegar a un lugar u otro le resulta sorprendente qué sencillo es, cómo todo el mundo parece deseoso de ayudar. Intenta imaginarse preguntando por Yna, Debra, Alejandro, buscando su rastro. Pero no se atreve. Se limita a maravillarse de cuán distinta es la vida para la gente del barrio, los olores, los sabores, la forma de andar.

Empieza a mezclar los rasgos de los hombres que ve para construir al Alejandro que ha imaginado: las manos fuertes de uno con los ojos azules de otro; los vaqueros de un adolescente con el reloj de un hombre en un bar; la barba y las gafas de un señor que espera un autobús, pero sin sus labios; los labios de ese otro, el que se baja. Y las contradicciones: piel lisa y patas de gallo, sudor y limpieza, canas y color, como una letanía distribuida entre los cuerpos. Se hace mediodía y la gente se recoge, pero ella no quiere volver a casa. Entra en uno de los restaurantes que Yna tal vez visitó, pone «fundado en 1939» en el escaparate: quizá trabajó allí, o tuvo algo que celebrar. Pero el restaurante lo regentan dos asiáticos, así que sale. No cree que estuvieran allí en el año 90.

Se queda parada en la calle sin saber adónde ir. Una pareja de mediana edad pasa a su lado cogidos del brazo, y ella les para con un gesto, les pregunta si conocen algún restaurante clásico del barrio, de «los de toda la vida». Ellos le indican uno grande, camino al cementerio.

Tiene un ventanal inmenso, una máquina de tabaco y un cartel con el menú del día; dos máquinas tragaperras y una mesa de mármol veteado llena de raciones. Se sienta, pide la comida, examina a las escasas personas que están dentro del local y no en la terraza. Dos parejas con niños, una mujer de piel castigada que lee el periódico, tres hombres solitarios que comentan en voz alta las noticias entre ellos sin mirarse nunca ni contestarse directamente. Siente algo de vergüenza. Pero está dispuesta a preguntar.

8-5-90   Mi amor hoyo reza al cristo para [...]

[...] yo te quiero y te necesito sácame de esta duda,

[...] también decía, que [...] quiero ahí pienso

[...] estoy, necesito más

[...] [...]

Estoy [...]contigo tu imagen tu cuerpo, [...] pido ayuda a Dios y parece como si nadie da una respuesta a mi deseo. Porque? estoy sola, cuando no me gusta la soledad, Alejandro por favor sácame de la duda, dame una seña de algo, solo Eso te pido, pienso tan

6

Está sola en una mesa pegajosa, con el logo de Ámbar en el centro del metal. Ya quedan solo tres personas en el restaurante, dos hombres que comen y uno que lleva veinte minutos azuzando la tragaperras. Aparta el plato y se acerca a la barra.

—¿Qué pasa, pues? —dice el camarero.

—¿Hace mucho que tienen este restaurante?

El camarero la mira entre los sifones de cerveza. Es un hombre delgado, con la piel arrugada por los lados y descolgada por el centro, unos milímetros más abajo de lo que debería, como si estuviese a punto de desmoronarse.

—Casi treinta años.

—¿Y siempre está usted en la barra?

—En las comidas al menos. Sí. Siempre. Mi mujer y mis hijos a veces. —Otro silencio—. ¿Estaban ricos los huevos? No has comido na.

—Estaban muy ricos. Tengo poc...

—¿Quieres café? —la interrumpe con impaciencia.

Pide un cortado con hielo y él empieza a preparárselo de espaldas. No puede posponerlo. Tiene que preguntar.

—Estoy buscando a una persona. Una mujer que vivió aquí en el año 90.

—¿Por qué?

—Es mi tía —miente sin pensarlo. Cree que resultará más sencillo encontrar el rastro de Yna que el de Alejandro—. Es de la poca familia que me queda.

El camarero se pone a servir un carajillo a otro de los parroquianos y ella le odia por un instante.

—Ya. ¿Y tienes una foto o algo? ¿Cómo se llama?

Reconoce que no: sabe de ella por unas cartas que le mandó a su madre. A ella misma le empieza a resultar extraña su historia cuando la verbaliza.

—A lo mejor la recuerda, era latina. Mi familia es de origen argentino. Tenía dos hijas, la mayor se llamaba Debra, y vivían aquí, en este barrio. Eran muy pobres. Se apellidaba Guzmán. Aunque no sé si lo usaba, ese era su apellido de soltera. —Se está arriesgando demasiado. No sabe cuánto de lo que dice es verdad o conjetura, pero quiere parecer solvente—. Había estado casada con un europeo, un holandés. Pero cuando se mudó aquí ya no...

—No sé qué decirte. No me suena ninguna latina que lleve tanto tiempo aquí. Empezaron a venir algo más tarde, en el 2000 o por ahí.

—Ya. —Se desinfla. No solo por no tener información, sino porque siente que todas sus tentativas se arman sobre la pura nada.

—Lo siento, chica —dice él, al ver su gesto—. Pregunta más cerca del cementerio, más en el barrio, ya me entiendes. Allí se conoce todo el mundo, a ver si tienes más suerte. Por aquí vive mucha gente que ha venido más tarde. Es mejor zona.

A ella no se le escapa la relación que establece entre «peor zona» y «latinoamericana», y el cierto orgullo que mantiene por ser de una zona mejor.

—En los noventa, sin ir más lejos, aquí vivían muchos militares de la base americana —continúa—. Sabes lo que te digo, ¿no? ¿Eres de Zaragoza?

Dice que sí y pide la cuenta. El camarero le sigue hablando de cuándo abrió el restaurante, un poco antes del 90. Ella apenas presta atención, hasta que dice:

—Espera un segundo. A lo mejor él sí sabe.

Le hace un gesto a uno de los hombres que quedan, uno de los que han estado comentando las noticias en voz alta. Le llama por su nombre: David. Unos setenta y cinco años. Ella trata de imaginar partes de su cuerpo como las de un posible Alejandro ya envejecido. ¿Tendrá su edad? Camisa a cuadros muy rozada y pantalones altos. Huele a puro. Repite la historia:

—¿Le suena una latinoamericana? Con dos hijas.

—Algo me quiere sonar.

Pide que les sirvan dos cafés y se sientan en la terraza. Él toma el suyo con un chorrito de coñac y empieza a hablar sin que haga falta tirarle de la lengua, en un discurso ensayado que solo espera a tener permiso para desparramarse.

—Yo trabajaba en la Tudor, ¿sabes lo que es? Pues una fábrica. ¿Y dices que eres de aquí? Bueno, aún eres joven. Mucha gente de este barrio trabajaba allí. No teníamos mucho, pero éramos honrados.

Ella le deja hablar sin interrumpirle, ignorando algunos comentarios crueles que tiene hacia sus vecinos, que tal vez trabajaban menos, o no eran buena gente, o no trabajaban en absoluto.

—Pero, ¿recuerda a mi tía? —pregunta al fin.

—Creo que sí. ¿Cómo se llamaba?

—La llamaban Yna —dice, y él no parece sorprendido por esa construcción extraña—. En el 90 tenía treinta y dos años. No llevaba mucho tiempo aquí.

—Ya, ya. Vino alguna gente de Argentina por esa época. No recuerdo por qué. El caso es que me suena. No había muchos panchitos aquí por aquel entonces, ¿eh? No es como ahora, era una novedad. Y estaba soltera, ¿sí?

—Divorciada, con dos hijas.

—Ya. Sí, creo que me suena. Aunque yo le sacaba casi diez años. —Coge un puro del bolsillo de su camisa. Ella duda de si sabe algo o solo tiene ganas de hablar con alguien; al fin y al cabo es un hombre de unos setenta años comiendo solo en un bar en domingo—. Creo que se juntaba con gente de malvivir. No pasa nada, pero hay que decirlo. ¿Entiendes lo que te digo? En los noventa este no era un buen barrio. Igual que el Oliver. Mucha droga y mucha gente sin ganas de trabajar nada, gentucilla. Mezclados con nosotros, los que sí.

—Claro.

—Pero bueno, nos acabábamos juntando todos. Nuestros hijos iban al mismo colegio y esas cosas. Eran años un poco... Había mucha droga, mucha gente sin ganas de trabajar —repite—, todos metidos en los barrios de la gente trabajadora, tú me entiendes.

—Y cree que mi tía se juntaba con esa gente que no trabajaba mucho —le interrumpe ella. Siente que la conversación no va a ser fructífera—. Con la «gentucilla». Los latinos se juntaban con la gentucilla, me imagino.

—Eh, no, no, para nada. No estoy diciendo eso. No digas que he dicho cosas que no he dicho, ¿eh? —eleva el tono de voz, pero no la mira a los ojos cuando le habla, sino un par de centímetros más arriba—. No tengo nada en contra de los inmigrantes. Pero es que además era una cosa rara. No había. No había, de verdad. Por lo menos en este barrio. Me suena la historia, en serio. No me acuerdo de su nombre ni de nada, pero estoy seguro de que otros sí. Aquí nos conocíamos todos.

—¿Y le suena un tal Alejandro?

—¿Alejandro qué?

—No sé. Es un hombre del que hablaba mucho en sus cartas.

—Pff, sin apellido ni nada no sé decirte, es un nombre común. Aunque a lo m...

Le observa mientras se explica, ya sin atender por completo a sus torpes intentos de ser de utilidad, de seguir hablando. Le pregunta por el año 90 en concreto, por «esa gente».

—Se pasaban el día vagando en las calles sin hacer nada, escuchando música a todo volumen desde los coches, por ejemplo, Los Chichos. El barrio siempre olía a porro, y también se robaba mucho. Era muy habitual que a alguien le desapareciera el coche, o el casete del coche y tuviera que ir de propio al rastro para recuperarlo, que estaba en la Romareda en aquellos años. Mucha gentuza vivía por aquí en los noventa, en los pisos de sindicatos: solo noventa pesetas pagaban por alquilar, y así pasaba. Y se juntaban con nosotros, sobre todo los jovencicos, y muchos morían de sobredosis.

—Y cree que Yna le suena. Mi tía.

—Me quiere sonar algo, sí. ¿No sabes más? Por qué zona del barrio iba, si sus hijas iban a las monjas o...

Ella calcula qué debería contar. Si hablar del psicólogo y el asistente social, de sus hijas o de qué. El nombre de Alejandro no le ha dicho nada, ya ha probado varias veces. En su silencio, él vuelve a recomendarle pasar por la mercería al día siguiente, cuando abran, y eso le recuerda que al día siguiente tendría que estar rumbo a Cannes si todo hubiese sucedido de otra manera.

—¿De verdad no tiene más datos? —insiste él.

—Vivía cerca del Canal —repite ella por enésima vez. Él chasquea la lengua. No queda nadie en el restaurante excepto ellos dos—. Su exmarido era holandés. —Nada—. Hablaba de un hombre del barrio a veces, un amigo suyo, o un ligue.

—Alejandro, has dicho —dice él, cansado.

—No, otro más. Se llamaba Koldo.

El hombre sonríe mucho. Da un golpe en la mesa.

—Eso ya es otra cosa. Te dije que era de los de malvivir.

David amontona datos sin orden lógico, dándole carne y vida a las noticias que ella ha encontrado en los periódicos de los noventa: había tres muchachos en el barrio, dice, dos hermanos y uno más, que siempre estaban en todos los ajos, ¿entiendes? Ella dice que sí. Él habla de la pobre madre de los dos hermanos, de cómo tuvo que sufrir.

—El mayor estuvo en la cárcel —le cuenta—, en la cárcel de aquí. El Miguelico. Y luego murió en el barrio, sobredosis de caballo a los treinta y cinco, después de trapichear desde los quince. Su hermano no estuvo en la cárcel, pero siempre andaba metido en líos igual, los dos juntos a todas partes. Eran de los que te he dicho, de los que se tiraban todo el día en la calle, sin oficio ni beneficio, todo el día tirados con los coches abiertos, los muy gurriatos.

Ella asiente, fascinada por esa ventana al mundo de Alejandro e Yna, pero inquieta, aún sin ver la relación.

—El hermano pequeño, el Manuel, también murió. Le llamaban el Chani. Ese era algo más espabilado, mecánico, aunque un poco zaborras. Parecía que iba a salir del pozo, pero un día, cuando su madre volvió a casa, no pudo abrir la puerta. Y es que estaba el chico muerto, tirado en el rellano y bloqueando la entrada. Igual había intentado salir a buscar ayuda, como su hermano. Fue todo un suceso en el barrio. Tenían un hijo más, no sé qué fue de él. Los dos hermanos eran el terror del barrio.

—Ya. Pero ¿uno de los dos era Koldo? No entiendo.

—No, no —niega él, como si fuese casi insultante que ella pudiese confundirse con los detalles que aún no le ha dado—. Esos dos que te he dicho y Koldo eran el terror del barrio, pero Koldo no era familia. Todos lo sabíamos, sobre todo los que teníamos hijos jóvenes. Nos daban miedo.

—¿Koldo murió también?

—No, qué va. Tenía más entereza que los otros dos y caía mejor. Solo jugaba a ser un liante. Pero su padre era guardia civil, y él y su madre se habían venido aquí desde el País Vasco, ya sabes, esos años.

—Ya, ya —le frena ella.

David se entretiene en detalles sobre Koldo: cómo se pasaba el día con los hermanos en la calle, rodeados de gente igual que ellos. Sin trabajar, remarca continuamente: qué bandarras eran. Y trapicheando todo el rato.

—Una vez Koldo atracó la caja de ahorros del barrio. Le pillaron, claro, y lo mandaron una noche al calabozo. Entonces estaba aquí al lado. Al día siguiente su madre tuvo que ir a pedir un préstamo al mismo sitio donde había robado el chico para la fianza. Imagínate qué escena, todos lo sabían, qué vergüenza tuvo que pasar la mujer.

Él tiene ganas de hablar y le cuenta más detalles sórdidos sobre Koldo y otros hombres que se daban a la mala vida en los ochenta y noventa. Algunos le parecen francamente exagerados, pero no se lo dice: juega a imaginar a Alejandro, a Koldo y a Yna en ese ambiente que describe. Le pregunta qué pasó con Koldo para encarrilar la conversación y su gesto cambia.

—Al final, se le acabó cogiendo cariño por el barrio. Cuando murió el Miguelico, se centró bastante. Empezó a trabajar en un café, a no darles tantos quebraderos de cabeza a sus padres. De hecho, creo que eso fue más o menos en el 90. Los años malos malos fueron antes. Aun así, seguía siendo un poco malaje y, al morir el segundo hermano, el Chani, dijo que se marchaba, que se iba con su familia la de Bilbao. Sus padres se quedaron aquí, no estaban muy conformes, aún seguía la cosa revuelta con ETA. Tú no te acordarás, tenías que ser una niña. Pero él quería escaparse de la droga y de la mala vida, irse al pueblo de sus abuelos. Además, se quedó fatal cuando murió el Chani. Así que se fue. Y le sentó bien, ¿eh? Años después, empecé a llevarme algo con su padre. Eran buena gente, guardia civil. Me hablaban mucho de su hijo, puso un restaurante donde sus abuelos. En Algorta. Se enderezó el muchacho.

—¿Y cree usted que él podría saber algo de Alejandro?

—¿De quién?

—De mi tía —se corrige ella—. Si él pudiera saber algo de mi tía.

—Si la conocía y se acuerda, claro. Debe de tener unos sesenta o así. Su restaurante se llamaba Sikera. Creo que sigue en activo. Seguro que está encantado de ayudarte. Pasó unos años malos, pero su familia es buena gente —insiste—. Es un chico muy majo, y le tiene mucho cariño al barrio.

Llega a casa pasada la media tarde. Tiene el móvil lleno de llamadas perdidas de sus padres y de Carlos. Incluso un mensaje de Marcos: «¿Apareció algo?». Lo ignora todo.

—Tienes que ir a ver a tus abuelos antes de marcharte —le dice su madre como saludo—. O al menos llamarlos. Te vas esta noche, ¿no? Te lo he lavado todo, ya estará seco y...

—No me voy a ir.

Su madre se para. La mira.

—Bueno, sí me voy. Pero no a Madrid.

—¿A la Costa Azul directamente? Vais en tren, ¿no?

—Tampoco —le cuesta pronunciar las palabras. Siente que se le atascan en la garganta, que se resisten a escapar. Se adelanta a la siguiente pregunta, al entonces a dónde, a la pregunta por Carlos—: Estoy investigando algo. Es difícil de explicar. Pero no voy a irme de vacaciones con Carlos este año y...

—Así que tienes que trabajar más. Ten cuidado, no se vaya a enfadar Carlos. Los hombres llevan muy mal que...

No la saca de su error. Deja que su madre siga creyendo que se trata de algo laboral, que la única preocupación posible es cómo conservar a un hombre a tu lado. Cuando le dice que saldrá hacia Bilbao mañana por la mañana, lo acepta sin dudar, en una ceguera elegida. Incluso cariñosa, aunque no suele serlo, como si barruntara la posibilidad de que no vaya todo bien. Cenan juntas hablando de nada, pero rechaza ver una película con ella y con Ángel; es el momento de llamar a Carlos, contestar a los mensajes que preguntan una y otra vez cuándo volverá.

—Me estabas preocupando —dice él sin saludar.

—Lo siento. Son días difíciles por...

—¿Qué pasa, nena?

Calla. La respiración de ambos mezclándose a través de las ondas. Ella traga saliva.

—Creo que tengo que cancelar el viaje. Sé que es raro. Pero tengo algo que solucionar aquí.

en ti las 24 h. del día, me masturbo
con tu voz tu imagen, quisiera tocarte
oírte, pobre vez, solo tenga recuerdos
de 2 o 3 horas, es tanto trabajo
llamar, o no tienes interes por mi
yo puedo esperar pero cuanto tiempo
quieres tu esperar Dios oye mi
corazón y permíteme ese deseo por
quieres que sea feliz porque?

7

Podría haber llamado por teléfono, podría haber dicho «Estoy buscando a Koldo», explicarle la historia, preguntarle qué sabe de Yna o Alejandro, qué recuerda de aquellos años. Pero sintió que tenía que marcharse, aunque fuese todo más complicado. Tenía ganas de verle la cara a aquel hombre, buscar en sus pupilas el rastro de la imagen que quizá vio una vez, escuchar por fin una voz real. Y de nuevo una estación, ahora de autobuses. Durante el camino, escucha la canción de Elvis y una playlist de música de los noventa. Ha llevado el diario consigo, no se atreve a separarse de él.

Es la primera vez que está en Bilbao, pero no se recrea en admirar la ciudad. En la cafetería de la estación, pregunta cómo llegar a Algorta y le señalan el metro mientras le sirven un café de sabor suave. Aquel hombre, David, había estado en una ocasión en el restaurante de Koldo. Es fácil de encontrar, tampoco es un municipio muy grande, le había dicho. Llega. Pregunta por el restaurante de Koldo y por su hotel y, aunque el restaurante está más cerca, decide que el hotel será su primer destino. Le ofende la frialdad aséptica de sus balcones blancos cuadrados: es idéntica a la de cualquier otra parte. Paga por adelantado: con el dinero que se ha ahorrado en su viaje a Cannes puede permitirse cosas como esta. Sube a una habitación en tonos blanco y crema con un televisor de pantalla plana incrustado en la pared. Desayuno incluido, le han dicho. Suba a la azotea, le recomiendan.

Se imagina allí hospedada semanas enteras, sin más obligaciones que atender a la hora del desayuno y salir mientras le limpian el cuarto, subiendo a la azotea cada noche, viviendo el tiempo como un mar en calma. Rememora la conversación con Carlos el día anterior, su preocupación casi infantil por perder el viaje, como si lo que sucediese entre ambos fuese una cuestión menor y solucionable.

—Puedes irte tú de viaje. Necesito pensar —le había explicado ella, y él le había dado detalles de lo que pensaba hacer, de qué planes podían hacer juntos más adelante o cuándo cuidaría sus plantas, como si su cambio de humor súbito fuese algo comprensible y no tan extraño.

Esta mañana le ha escrito de nuevo. Le ha dicho que iba a ir a visitar a sus padres a la Sierra, como si se tratase de una decisión propia y no algo a lo que ella le había forzado. Después le ha enviado una fotografía en la montaña haciendo los cuernos con la mano mientras saca la lengua. Ahora, una de un plato de solomillo y un «qué tal». Es la hora de comer, pero no tiene hambre todavía. Ha cogido la vuelta para el día siguiente por la tarde. Decide no contestarle.

—Así que estás de paso por aquí. ¿Qué has visto? —le pregunta el hombre desde la cama.

Esa sensación cuando sale del baño, de goce mezclado con tristeza, el silencio antinatural del hotel amontonándose a su alrededor.

—La verdad es que nada. —Y es cierto. Lo intentó: pasear por Bilbao, ir al Casco Viejo, entrar en el Guggenheim, pero no tenía fuerzas—. Di una vuelta, estuve en el hotel y luego busqué un lugar por el que salir.

Lo mira. Rasgos redondos, ojos claros, pelo rubio oscuro recogido en un moñete. Delgado, unos treinta y cinco años. No está del todo cómodo, ella tampoco. La seguridad que ambos mostraban en la aplicación de citas, en el bar o en la cama se ha desvanecido. Nota cómo él busca algo de que hablar. Ya hablaron de estudios —él estudió Historia y la oposición, ella Bellas Artes—, crianza —él nació en Bilbao y nunca se ha movido de allí, ella en Zaragoza y ha vivido en Madrid y Bruselas—, libros —su autor favorito es Hermann Hesse, los de ella Annie Ernaux e Ingeborg Bachmann—, trabajo —él es interino en un colegio de secundaria, ella está en una empresa de publicidad—. También han hablado de lo que ella ha visto en Bilbao —nada— y lo que él vio en Zaragoza —la Expo—. El chico busca algo más que decir, o tal vez está pensando en formas eficientes de volver a su casa. No recuerda su nombre.

—Nunca lo había hecho en un hotel —dice nervioso.

No funciona, todo sigue siendo igual de incómodo. A ella le enternece, parece que se quiera esconder bajo las sábanas. No sabe si se sentirá mal si él se marcha, o si de hecho debería invitarlo a que se fuera. ¿Por qué se ha acostado con él? ¿Y por qué cree que se sentirá aún peor si se queda sola en ese cuarto de hotel, repasando la noche como en diapositivas? Él balbucea algo más y se tapa con pudor.

—Sabes, antes no te he dicho la verdad —dice ella—. No estoy aquí exactamente por trabajo. Vamos, no es por un trabajo de la empresa. ¿Te enseño una cosa? —Duda. Es la primera vez que le enseña el diario a alguien. Él dice «vale» muy rápido, aliviado mientras lo saca de un sobre entre dos libros—. Cuidado. Lo encontré en la basura.

Empieza a pasar las hojas del diario mientras ella comenta las páginas como la audioguía de un museo: Yna, 1990, enamorada de Alejandro, sola, probablemente latinoamericana, vivió en Torrero, un barrio de Zaragoza, dos hijas, una de ellas llamada Debra. Según habla teme que él diga, por ejemplo: ¿cómo puedes estar tan segura de que era latinoamericana? ¿Y si vivió en otro barrio y luego se mudó?; pero parece demasiado sumergido en el texto para cuestionarla. Así que ella prosigue, le habla de cómo nadie llama a Yna, de su sexualidad reprimida, de su divorcio.

—¿Has pensado en preguntar las causas por las que una persona iba al asistente social en el año 90? ¿Algo sobre leyes de inmigración?

—No —reconoce ella—. La verdad es que en el año 90 yo acababa de nacer. No sé mucho de ese año y no he hablado de esto con nadie. —Nota cómo a él le cambia el gesto, un sutil brillo de ilusión entre los párpados—. Creo que mis amigos y mi familia pensarían que soy una colgada. —Ríe.

—Yo no lo pienso. ¿Y cómo vas a seguir?

—Es un poco raro, pero estoy leyendo los periódicos del año 90.

—¿Todos?

—Bueno, *El País* y el *Heraldo de Aragón*. Guardo las noticias que me ayudan a entender un poco cómo era la vida de Yna.

Ahora es él quien se ríe.

—Sí que estás bastante loca. Pero ¿qué haces aquí? ¿Qué tiene que ver todo esto con Bilbao?

El ambiente se ha distendido en parte, y él actúa como si estuviese en su propia casa. Se ha puesto las gafas, ha ido y vuelto del baño a servirse un vaso de agua templada, y no está segura de si esa familiaridad le hace sentir bien.

—La única pista que tengo para seguir es el contacto de un hombre que aparece mencionado en el diario. Se llama Koldo y trabaja aquí, en un restaurante de Algorta. Se acordaban de él en el barrio. Quizá recuerde a Alejandro

—¿Por qué a Alejandro?

Ella enciende un cigarro.

—Creo que Yna está muerta. Por eso encontré sus cosas, porque alguien vació su casa.

Él le pide más datos: quiere saber cómo dio con el diario. Ella se lo cuenta con detalle y vuelven a leerlo juntos.

—Es bonito lo que estás haciendo. Como esa gente que trata de salvar las cosas pequeñas tras una gran guerra. ¿Has leído *El queso y los gusanos*? Pero ¿por qué lo haces?

Adivina en él esa curiosidad que ha detectado en otras parejas, el intento persistente de saberlo todo sobre ella, penetrar lo impenetrable. Ha empezado a acariciar distraídamente su muslo y ella se retira con suavidad. Ni siquiera ha roto con Carlos. Se le ocurre de repente que dentro de unas horas irá a ver a Koldo ojerosa y con el pelo encrespado. Es consciente de su propio olor, de sus líquidos íntimos. Ojalá pudiera darse una ducha a solas. Le dice que no hay ninguna razón real, que no sabe, y él aventura que tal vez estaba harta de su vida, que tal vez buscaba escaparse de ella.

—No lo creo. Es por ella. Por Yna. —Le ha molestado su condescendencia. Él no dice nada—. Desde que leí el diario me obsesioné con la imagen de Yna esperando a Alejandro, con esa escena repitiéndose una y otra vez en alguna parte, en una perpetua espera. Y sentí que se lo debía. Sé que es raro. No tienes por qué creerme.

—Lo cierto es que pobrecilla. Estaba muy enamorada.

—Solo pensaba en él.

—A lo mejor, si piensas mucho en algo, haces que no pueda pasar —dice él. A ella le molesta esa especie de pensamiento mágico. Pseudoprofundo, infantil—. ¿Alguna vez has estado así de enamorada?

Ella cree que no, él dice que muchas veces, que al menos lo ha intentado, le habla de una mujer a quien amó cuando acabó la carrera. Ella le pregunta por educación qué pasó y él no contesta en realidad, amontona evasivas sobre cómo todo parecía difícil, aunque muy bonito, y cómo al final se separaron.

—Sabes, en realidad me da envidia lo que me cuentas —dice ella—. Me pasó igual cuando leí el diario.

—¿A qué te refieres?

—Me gustaría poder sentir alguna vez algo con esa intensidad. Soy demasiado fría. Nunca he sido capaz de abandonarme a los sentimientos, de sacrificarme por alguien, nada. En todo caso puedo tener una breve obsesión con alguien hasta que lo conquisto. Pero nunca he sentido nada así.

Él se ríe ante su afirmación, dice que es él quien la envidia: «Siempre estoy persiguiendo a alguien y hoy en día eso ni siquiera está de moda». Sigue bromeando sobre su pasado amoroso mientras ella solo le observa. Observa a ese chico sin entender por qué ha hecho lo que ha hecho.

Él se da cuenta de que lo está mirando fijamente y se pone nervioso.

—Y ahora, ¿llevas mucho tiempo soltera?

—He roto hace poco con mi novio. Bueno, no del todo. Pero creo que vamos a romper.

El chico enarca una ceja, se tensa de golpe.

—¿Tienes novio? ¿Ahora mismo? —La mira como si ella le hubiese insultado—. ¿No crees que eso es algo que hay que decir antes de acostarte con alguien? No quiero líos.

—Nunca se enterará. —Y qué mal se siente diciendo algo así, casi un cliché—. Sé que no ha estado bien lo que he hecho, no tengo excusa. Pero no estamos bien.

Él se relaja.

—¿Por qué?

—Desde hacía unas semanas no aguantaba la relación. No es que pasara nada malo, nunca discutíamos, es solo que ya no podía más.

—¿Y por qué te sientes mal? Esas cosas pasan.

—Porque soy estúpida. —Suspira y se estira en la cama—. Desde el principio supe que no quería una relación con Carlos. Me gustaba bastante y me hacía sentir cómoda, pero no era lo que yo buscaba. Sabía que le estaba haciendo sufrir cuando teníamos sexo casual, y aun así seguía haciéndolo. Lo mantuve así más de seis meses, casi un año, y el verano pasado él lo pasó fatal. En septiembre, después de una gran crisis, pensé, ¿por qué no? A lo mejor nunca me enamoro porque no me permito hacerlo, quizá no le doy a nadie esa oportunidad. Así que probé, aunque sabía que no saldría bien. Esperaba que algo cambiase en mis sentimientos si aumentaba mi nivel de compromiso. —El chico no dice nada, parece que está calculando algo—. El caso es que no ha funcionado. Supongo que cuando leí el diario sentí que esos sentimientos contrastaban demasiado con lo que yo sentía. Obviamente es una historia triste y obsesiva. No es eso lo que quiero. Y...

—Pero obligarte a estar con alguien por quien no sientes algo solo porque crees que se lo debes no va a cambiar nada —responde él—. Tienes que abrirte a otras cosas y no obligarte a hacer algo que no quieres. No sé. Prefiero pensar que en cualquier parte puede surgir un amor que a la vez sea sincero e intenso, por casualidad, en un rollo de una noche, con algún amigo, lo que sea. Un amor en el que solo te exijan exactamente lo que quieres dar. Aunque yo tampoco he tenido mucha suerte. —Ríe con desgana—. Siempre que consigo conectar con alguien, o vive lejos, o tiene pareja, o acaba de romper con la suya, o en cualquier caso yo nunca soy ni su principal problema ni su primera opción.

—Lo siento—responde ella. No sabe si va con segundas—. Seguro que...

—Tranquila, ya tengo las suficientes amigas que me dicen que sería el novio perfecto. Y no me refería a ti, esto es una cita Tinder.

Se quedan unos segundos tumbados en la penumbra. Mira el reloj: son ya las cinco de la mañana. ¿Va a quedarse, o a marcharse? Cuando está pensando en la forma más suave de decirle que se vaya, él vuelve a hablar.

—Creo que es un defecto profesional, pero Yna me recuerda a Penélope. A Penélope, la que está esperando a Ulises en Ítaca.

—Es cierto. No lo había pensado.

—¿Sabes algo sobre ella? Mientras esperaba a Ulises, tejía y destejía día y noche un sudario para el rey Laertes. Le había dicho a sus pretendientes que escogería a uno de ellos cuando terminase, por eso nunca acababa. No quería hacerlo. Confiaba en que Ulises volvería.

Vuelven a quedarse en silencio. Ella intenta observarlo de otro modo, construir por un instante en su cabeza una narrativa en la que de su encuentro surge una pasión pura y simple que lo desborda todo. Dibuja ese escenario en su cabeza durante unos segundos y luego lo mira, mientras él se estira en la cama. Ninguna clase de sentimiento surge, no otro que la incomodidad o la molestia. Ella espera a que él decida irse o dormir. Ya se ha fumado dos cigarros. Los apaga de forma violenta, confiando en que capte el gesto. Bosteza de nuevo. Nada. Decide ser más directa, darle la espalda, cerrar los ojos. Él la rodea con el brazo. Sus manos huelen a látex.

—Oye, no te ofendas, pero necesito dormir un rato —dice ella—. El desayuno es de nueve a once y me gustaría por lo menos echar una cabezada antes. —No lo invita a quedarse y nota que él duda—. Si quieres, déjame tu número y si mañana me sobra un rato, te escribo un wasap, o te contacto por la app.

—Perdón, perdón. No quería molestar.

Se queda de pie, esperando un «no molestas» o una invitación. No llega. Comienza a vestirse. Ella mantiene los ojos cerrados. Cuando termina, se lava la cara y se da unos golpes en las mejillas que a ella le parecen antinaturales, buscando hacer ruido.

—Oye, me ha encantado conocerte —se despide él al pie de la cama—. No esperaba una cosa así. Y lo del diario es una pasada.

—Gracias. Yo también lo he pasado bien.

Él se queda callado esperando a que ella insista con el teléfono. No lo hace.

—Mejor dame tú el tuyo —propone él—. No vaya a ser que no me llames, como Alejandro.

Ella sonríe débilmente.

—Buena idea.

Baja al límite de la hora de desayunar y solo toma un café. Se durmió demasiado rápido para pensar de qué forma valoraba el encuentro con ese chico, si se sintió incómoda o culpable, y hacia quién. Aunque agosto acaba de comenzar, no hace tanto calor en la calle y hay algo de niebla lechosa. Se arregla y va andando desde el hotel hacia el restaurante tratando de mentalizarse: vas a conocer a Koldo, vas a conocer a alguien que conoció a Yna. Llega al restaurante a la una del mediodía. Se sienta en la terraza y enseguida la atiende un chico joven. Obviamente no puede ser Koldo. «Una cerveza», pide, aunque segundos después de hacerlo piensa que preferiría un zumo de naranja.

—¿Va a comer?

—En un rato.

—Le traigo la carta.

Rebusca en su bolso el diario y lo ojea mientras decide cómo abordar a Koldo. Se plantea la posibilidad de que hoy no trabaje: qué estúpida ha sido al no llamar. El chico sale y le sirve la cerveza. Atiende a una familia que le palmea la espalda de forma ritual. Sale otro hombre del interior del restaurante y palmea la espalda a uno de los que han palmeado la espalda al muchacho. Cree que puede tener la edad, aunque aparente menos. No. No es joven. Parece sano, robusto, y su salud actúa como bandera de la lucha contra el tiempo. El chico entra en el restaurante y el posible Koldo se queda hablando con la familia. Escucha cómo Koldo comenta algo que ha visto en televisión, cree que hablan de política, aunque no alcanza a distinguir de qué. El muchacho regresa y sirve unas cervezas. El posible Koldo se da la vuelta y ella le hace un gesto. No sabe si abordarlo directamente o trazar una excusa, tal vez comer antes, pero no está segura de si puede permitírselo. Su autobús no sale tan tarde.

—¿Qué va a ser?

—Eh...

—¿Quiere pensárselo?

—Vengo de Zaragoza —responde ella—. Me recomendó este restaurante un tal David. De Torrero. Amigo de sus padres. ¿Sabe quién le digo?

—Ay, Dios, pero por qué estás tan seria. ¿Se ha muerto alguien?

—No, no. Es solo...

—Menos mal —contesta, exagerando su alivio—. ¿Eres del barrio, chica? Hace casi treinta años que no vivo allí. ¿De quién eres hija? ¿Qué vas a tomar?

Del mismo modo que la gente de Torrero, Koldo tiene ganas de hablar, pero no tiene tiempo para atenderla ahora. Podrá hacerlo más tarde, cuando acaben las comidas, y qué remedio sino acceder. Parece que él nunca va a terminar de trabajar, que las cinco no llegarán nunca, pero llegan y él le sugiere que pase al interior del bar. Para ese momento ya le ha contado alguna cosa en sus idas y venidas: que también es de Zaragoza, que está investigando a una mujer.

—Yna. Aunque a lo mejor es un diminutivo.

—La verdad es que no me suena —reconoce él—. ¿Ina como diminutivo de Martina, Paulina...? Pero bueno, chica, tal vez me acuerde. ¿Por qué crees que la conozco?

—Usted sale en su diario. Aunque a lo mejor había otro Koldo en el barrio.

—Qué va, chica, no lo había. —Se sirve un carajillo de pacharán y le sirve otro sin preguntarle—. Al menos que yo sepa, y lo sabría. Vamos mejor a una mesa. La tengo que recordar, seguro. Además, el barrio en aquel entonces era como una familia grande, casi como un pueblo. Lo conoces, ¿no?

Ella asiente.

—El lado derecho, ¿sí? Entre la avenida América y el Canal. Pues todo eso era como una gran familia. Bueno, y lo pegado a la avenida también. La gente vivía como en una aldea grande, con la puerta abierta: a las hogueras de San Blas podías ir sin llevar tú nada de comer, cualquiera te invitaba. Nos conocíamos todos.

Koldo explica cómo era su vida entonces. Se deleita, le gusta hablar de ello. Termina el carajillo y se sirve un par de dedos de pacharán a secas. Ella interrumpe su relato para preguntarle cuánto tiempo vivió allí.

—Uff, la hostia de años. Desde niño hasta el 92. Ya te contarían en el barrio alguna cosa de mis padres, de por qué vivían allí. Mi padre era guardia civil. Yo era un poco bala. La verdad es que fui muy feliz por allá.

—¿Y por qué se marchó?

Koldo sonríe de forma ensayada, como si hubiese respondido la pregunta una y mil veces.

—Ya te he dicho que fui un poco bala. Vamos, en el barrio te lo han tenido que contar también. Pasaron cosas chungas —promete, aunque habla de su pasado con orgullo—. No me voy a extender en detalles, si no te importa. Cosas que preferiría olvidar y que me hicieron ver que la vida iba en serio. Es que para mí no lo era entonces. Era una cosa que yo hacía mientras crecía, pero que no iba a marcarme, o eso pensaba. No sé si era una cuestión de educación. Algunos de mis amigos no tenían nada de eso. Eran casi huérfanos, por así decirlo; sus padres vivían en el bar. Eran buenas personas en el fondo, pero no tenían aspiraciones, y yo sí, así que quería cosas diferentes. O sea, quería divertirme, pero no siempre. Luego quería hacer cosas importantes: tener un trabajo, una esposa, esas cosas. Y por eso me tuve que marchar. Porque sentía que si me quedaba un minuto más allí, acabaría como ellos. Y mis abuelos vivían aquí.

—Ya...

—O sea, no me malinterpretes. El barrio está llenísimo de buena gente. La mejor gente. No digo que no se pueda ser feliz y ordenado en ese barrio, casi todo el mundo lo es. Pero yo no sabía serlo allá. Por eso me fui.

Koldo continúa hablando de su vida de barrio. Menciona algunos nombres: el Chani, el Riquitis, el Tarzán. Nunca mujeres, nada de Yna o Alejandro. Ella empieza a impacientarse.

—¿Le puedo preguntar por la mujer?

—Claro, claro, perdona. —Se queda mirándola, esperando a que hable. Sirve más pacharán para los dos—. ¿Yna, habías dicho?

—Usted sale en su diario. Tenía treinta y dos años en el 90 y dos hijas. Las criaba ella sola...

—La verdad es que ese nombre no me suena de nada. Y así una mujer soltera con hijas...

—En el diario dice que usted... quería algo con ella. Creo que era argentina, o uruguaya. Por cómo escribe.

Koldo se queda pensando.

—Algo me quiere sonar. Sí, una muchacha así latina, pero el nombre no me cuadra; creo que era Lorenza, o algo así. Entonces casi no había latinoamericanos por España. Pero tengo un recuerdo difuso. No puedo decirte mucho. Ya te digo que no me suena demasiado, sí, había por ahí una chica de Argentina, o de Brasil, o de algún lugar de por ahí. Y ahora que lo dices, sí, puede que tuviera niñas, dos niñas sin padre. Me parece que trabajaba limpiando escaleras, pero eso no sé si me lo estoy imaginando. Me quiere sonar, ya te digo.

—Pero ella dice que usted la cortejó.

Koldo sonríe y bebe el resto del licor de un trago. Le insta a hacer lo mismo.

—Bueno, yo siempre he sido un romántico, ya sabes. Quería enamorarme, casarme con la mujer de mi vida, tener críos, esas cosas. Y lo conseguí, aquí ya, con mi Aiora, si quieres ahora te enseño una foto. Y claro, en aquellos años solo pensaba en mujeres. En acostarme o marear a todas las mujeres posibles, nada más.

Ella se ríe.

—¿No es un poco contradictorio?

—Tengo una teoría del amor, ¿sabes? En realidad, sirve para todas las cosas importantes. Cuando estás enamorado no piensas, solo te dejas llevar y no haces las cosas con cabeza. Solo cuando se termina del todo puedes valorarlo: aquí hice bien, aquí mal, esto me convenía, esto otro no. Pero solo al final del camino, no mientras pasa. Así que tienes que vivir muchas historias de amor y aprender. Para que así, cuando toque la buena, lo hagas bien, sin errores, reconociendo las señales: mira, en esto es idéntica a Adela, aquí es igual que cuando me equivoqué con Carmen, esta cosa que no soporto es lo que me hizo romper con Clara. Pero eso solo lo puedes entender cuando todo ha terminado y ya no tiene solución. Por eso durante esos años yo quería vivir todas las historias posibles, muy rápido. Para estar preparado cuando viniese la buena. No es que no quisiese a esas mujeres, a algunas sí, aunque desde luego no a esa de la que me hablas.

—Entiendo —contesta. A Koldo se le han iluminado los ojos, y ella comprende qué es lo que a la gente le gusta de él—. De hecho, tú no fuiste el amor de Yna. Ella estaba enamorada de otra persona. Y en realidad —duda antes de pronunciarse—, es a él a quien estoy buscando. Pero no sé apenas nada sobre él.

—¿Cómo se llamaba?

—Alejandro. —Cree que le cambia el gesto, pero no sabe si es una ilusión. Sigue hablando—: La dejó para marcharse a Nueva York. O eso le dijo a ella.

—Sé exactamente de quién me hablas. —Su gesto se anima de forma sincera—. Creo. Puta casualidad.

—Alejandro era como yo, un poco al menos —le dice—. A ver si me sé explicar bien. En el barrio había como dos clases de personas. La gente así más normal y los que eran considerados mala gente: gente con menos pasta, metida en chanchullos, en el rastro... Bueno, pues Alejandro y yo éramos un poco iguales, si es el Alejandro que yo creo, que me imagino que sí. Le llamaban el Pitu. Habría más Alejandros en el barrio, pero en mi grupo no. Teníamos unos padres así más normales, pero nos gustaba la canallada: así lo decía mi madre, no lo digo yo. Pero ni él ni yo queríamos quedarnos atascados en el barrio. No, no éramos muy amigos el Pitu y yo, pero nos movíamos por los mismos ambientes, y él era un mujeriego. Me pega lo de la latinoamericana. Era un romanticón, se las traía de calle. Un tipo un poco agonías, a veces, un tristón. De esas personas que se nota que piensan de vez en cuando en morirse, ¿sabes a lo que me refiero? Yo nunca me planteo esas cosas, soy más alegre que todo eso. ¿Que por qué se fue a Nueva York? Bueno, es que no me has dejado seguir del todo. En los ochenta y los noventa había una base americana en Zaragoza. Creo que aún sigue, no estoy seguro. Él trabajaba en las cocinas. Tenía mano, el chico. Eso también le gustaba a las mujeres, me imagino yo. Lo veían como un padre de familia. Era guapo, no te lo he dicho, pero me acuerdo: alto, con planta, tenía el pelo muy negro y la piel muy clara, siempre se le estaban sonrojando las mejillas, sobre todo al beber. Si es quien yo creo. Ah, no, no tengo ninguna foto. Ya te digo que amigos amigos no éramos. Solo de estar en las calles. En esos años nos pasábamos horas y horas en las calles, ahora te cuento cosas de esas.

—Entonces, ¿se hizo militar?

—No, no me has entendido bien, era cocinero, cocinero en la base militar. Y él quería dedicarse a eso, tenía mano, ínfulas. Supongo que quería tener un restaurante como este que tengo yo ahora, o a lo mejor uno un poco mejor, no sé; la verdad es que a mí me daba igual un bar que un restaurante que una ferretería, pero él quería cocinar. Me imagino que fue a probar suerte por el mundo, pero no me acuerdo. En el año 90 yo también estaba pensando ya en irme, un amigo murió y... En fin. Lo tengo todo algo liado.

—Pero cree que es el Alejandro al que me refiero —insiste ella—. Alejandro es un nombre corriente.

Él la calma solo a medias.

—Tienes razón, podría ser otro, pero por la edad y lo poco que me has contado, creo que tenía que ser él. Ligaba un montón el monicaco. Discutimos por eso, algunas veces, te puedo contar mil historias.

Koldo empieza a darle datos de un Alejandro posible: un chico más bien tímido al principio, hasta que bebía; buena gente, un tío fuerte; le gustaba la música pero odiaba bailar. Siempre se expresaba como dudando, sin dejar nunca claro nada, tocaba la guitarra pero lo que mejor hacía era cocinar. Ella le pide más información: quiere más detalles, más rarezas.

—Comía como un cosaco, bebía como una esponja, pero no engordaba, era flaco. Muchas chicas se enamoraban de él, porque parecía más caballerito que los demás y era un lagotero. Le tenía algo de manía —añade, sonriendo—. Seguro que la Yna esa sufrió, pobrecica. No recordaba que se fue a Nueva York, pero me pega de él. Era de las pocas personas del barrio que podían hacer esas rarezas, y de los poquísimos que tenían dinero para pagarse un pasaje.

Koldo calla. Espera a que ella le pregunté más, pero no puede. Está colapsada por la posibilidad de una historia física y verdadera. No acierta a decir nada.

—¿Era buena persona? —se le ocurre de repente, solo para que él siga hablando.

—Sí y no. No del todo. Era un bala, como todos. A veces hacía cosas como beber, fumar, meterse en grescas, correr colocado en moto. Cosas dudosas, tú me entiendes. Pero tenía buena intención, creo yo. Era un culposo y todo el rato lo repetía si sentía remordimientos o algo. Ahora que lo dices, recuerdo algo que decía y me hacía mucha gracia: me duele el corazón de ser tan malo. Aunque no sé si eso lo decía en serio o para hacer gracia. O como forma de defenderse.

Habla con Koldo durante casi dos horas. Él sigue bebiendo pacharán hasta que ella tiene que tomar un taxi para llegar a tiempo al autobús. El final de la conversación es más decepcionante que el inicio: no, apenas supo de él después de dejar el barrio. No, no recuerda exactamente cómo se llamaba. Gutiérrez, Martínez, un apellido normal, pero es que para él era el Pitu. Se acuerda de que por la plaza de las Canteras, por si ella quiere ir a preguntar. Si quiere, puede contarle más cosas de sus padres —no, gracias—, o enseñarle una foto de su Aiora y de sus niños —tampoco—. Le pide el teléfono por si puede sacar algo de información a través de otras personas.

—Supe de él en el 92 —recuerda—, el año de los Juegos Olímpicos. Llamó cuando murió el Chani, un amigo nuestro, se lo dirían sus padres. Parecía que se estaba serenando, el Chani digo, y un día su madre fue a abrir la puerta de casa y se lo encontró tirado en el rellano. El Pitu llamó al tanatorio mientras estábamos velando el cuerpo y nadie más se lo quiso coger. Aún me acuerdo de ese día: 11 de octubre de 1992. Ninguno sabíamos muy bien qué decir por teléfono. Dijimos los dos que lo sentíamos mucho y que era una desgracia muy grande. Me contó que estaba colocado en Barcelona, como tantos, en un restaurante cerca de Santa María del Mar, el Set Portes o algo así, y que por eso no había podido venir. Me acuerdo del nombre porque me sonó a sitio de postín. Me dijo que le pondría una vela al Chani y a mí me dio mucha emoción, pero me sentí raro escuchándolo. El Chani y él sí que habían sido muy amigos, ¿sabes? Muchísimo. Pero él no venía al entierro como los demás, él estaba trabajando en Barcelona. No me malinterpretes, no quiero decir que me pareciese mal. En cierto modo me daba envidia. Bueno, no envidia. No sé. Supongo que ya entonces estaba barruntando lo de irme de Zaragoza de una vez, ¿sí? Y al ver que lo que él iba a hacer era poner una vela en la jodida basílica de Barcelona en lugar de venirse al cementerio de Torrero me hizo clic en la cabeza. Nunca lo había pensado, pero hablar con él a lo mejor me ayudó a decidir que tenía que marcharme. Después no volví a hablar más con él, creo, en toda mi vida.

10-5

Mañana cumplo 32 años no tendré
la suerte que Alejandro se acuerde es
imposible, yo lo se pero aún no me he
dado por vencida, también han pasado dos
largos años sin hacer el amor y que diré
pedía el divorcio, estaré sola sin fiesta
bueno pienso parte de la familia vendrá
pero el mejor regalo sería oír tu voz
Alejandro ojalá Dios me escuche,

I need you
know Jaas!

No voy ha tener
esa suerte
y alegría

8

Al volver a Zaragoza duerme doce horas seguidas del tirón y sin soñar. Despierta casi al mediodía, deshidratada y perdida. Busca a tientas el espacio conocido de su cama doble de Madrid, de la lamparilla de noche o el cuerpo de Carlos, sin saber ni dónde está, ni cómo, ni por qué. Por unos segundos no recuerda el estado de excepción en el que se encuentra, sumida en una dulce inconsciencia. No recuerda que no va a ir de vacaciones, que Carlos está enfadado y su madre preocupada, el diario. Los pensamientos se deslizan poco a poco, envolviéndola, inundándolo todo con su pesadez, y aún le dedica uno a Yna: ¿cuántas veces le pasaría algo parecido? Despertar una mañana en calma, todavía sin descorrer las cortinas o tal vez haciéndolo sin pensar, sumergida todavía en el sueño. Hasta que el dolor regresa. Primero como una desazón incomprensible, la sensación de que algo no está bien, que luego se concreta en una queja específica: estoy sola, Alejandro no ha llamado, estoy sola, alguien ha muerto, estoy sola, sola, y nadie va a devolver a mis ojos las lágrimas que derramé ayer. Tal vez eso era lo que la despertaba por completo, la conciencia de su desamparo. Todo pesa más. El aire se vuelve fantasmas que acechan y dan forma a la tristeza, que repiten una y otra vez tu nombre buscando aferrarse a esa palabra. Un momento contrario a la ceguera, a la sordera, a la cerrazón. Es así como despierta.

—Estas cosas son terribles. Cambia, anda. No lo aguanto —pide su madre.

Ella finge no escucharla. Lleva toda la comida esforzándose en ignorar sus pullas, sus preguntas: «¿Qué tal ha ido el trabajo?», refiriéndose a su viaje; «¿Qué tal está Carlos?», ignorando adrede que su hija se está comportando de manera extraña.

—Anda, quítalo —insiste.

Es la cadena aragonesa. Un anciano ha muerto solo en su piso de la avenida Goya, tardaron cuatro días en encontrarle. Es el séptimo caso parecido a lo largo de este verano, y entrevistan al vecino que lo encontró cuando llegó un olor fétido a su piso.

—Quiero enterarme —se defiende ella.

—No seas morbosa.

El hombre murió con el pasador cerrado. Lo había puesto antes de acostarse, para protegerse durante la noche, y ella se pregunta si también había dejado preparadas sus cosas para el día siguiente.

—¿Sigues con eso?

—Ya cambio.

Pone un documental de La 2. «Mejor», dice su madre, y ella le pregunta por qué le angustia tanto, qué hace esa noticia tan insoportable.

—Me hace pensar en tu tía Antonia —confiesa—, tan sola en la residencia al final. ¿Has llamado a tus abuelos? Mañana comemos con tu otra abuela, lo sabes, ¿no?

—Creo que me voy a Barcelona.

—¿Asuntos de trabajo?

—Sí —dice después de una pausa.

—Podría acompañarte Carlos. Pegaos unos días en la playa.

—Se lo diré —miente—. Buena idea.

Ninguna de las dos añade nada. La tarde transcurre tranquila y sin sobresaltos: la madre hace cruceta, la hija consulta periódicos y registros del año 90, de Zaragoza, de la base aérea. La madre la mira por encima del hombro cuando pasa, pero no hace ningún comentario. Ángel vuelve a media tarde del trabajo y se pone a hacer gazpacho para la cena. Lo lamenta mucho cuando se entera de que volverá a marcharse al día siguiente.

A la mañana siguiente recibe un mensaje de un tal Miki y una llamada perdida de un número desconocido. Tarda unos segundos en asociarlo al hombre con quien se acostó en Bilbao. Le pregunta qué tal le ha ido y cuál es el próximo paso, ella no contesta. En el autobús camino de Zaragoza investigó el restaurante al que se refirió Koldo hasta que localizó uno que se ajustaba a la descripción que le dio antes de marcharse, cerca de la basílica de Santa María. Ciento ochenta años abierto. Cuando llamó anoche, le atendió un camarero con prisa que solo quería saber si deseaba o no una mesa, sin prestarse a ninguna clase de conversación. Revisó su cuenta corriente: todavía le quedaba gran parte del dinero que no va a gastarse en Cannes, así que compró un billete de tren a Barcelona para el día siguiente. Y allí está, hastiada al principio, algo menos cuando desciende del andén y comienza a pasear rumbo al restaurante: Alejandro tuvo que hacer ese camino alguna vez. Todos esos adoquines los pudo pisar, en todos esos bancos pudo sentarse. Tal vez el porvenir empezó aquí, se dice, al menos para él.

Llega al restaurante a las dos de la tarde. Lo observa, acogido por unas arcadas, fachada de madera oscura, mesas de terraza elegantes en tonos blanco y negro. En el frontal reza «Fundat l'any 1836». En la terraza hay una familia de turistas muy ruidosa y una pareja de cincuentonas con gafas de sol. Les sirve un hombre vestido de impoluto blanco. ¿Conocería a Alejandro? ¿Será tal vez el propio Alejandro? Koldo dijo que trabajó allí en 1992, pero no sabía si se marchó o se quedó en Barcelona. ¿Debería sentarse, pedir algo?

No ha comprado billete de vuelta para ser flexible con la hora y no tiene hotel para esta noche, así que debería comer, preguntar y marcharse, pero no hay sitio en la terraza, acaba de sentarse un hombre solo y ya no quedan mesas. ¿Debería entrar? ¿Por qué duda? Alejandro podría estar allí dentro, o podría estar la clave que conduzca hacia él, ¿no es eso lo que buscaba?

Le sabe la boca a hierro, le duelen los pies. El hombre que está solo la mira. Le suda la frente, está húmeda, y ella siente ganas de vomitar, un mareo repentino. Todo le parece obsceno, demasiado material. No es capaz de entrar, ni siquiera de dar unos pasos hacia las arcadas para que ese sol de justicia no le golpee la nuca, mareándola todavía más. Se mete en otro café y pide agua con gas.

—¿Qué haces aquí tan sola?

Ella alza la vista del libro. Aunque no le estaba prestando toda su atención, sonríe y lo señala.

—Estoy bien acompañada.

—Vale, vale, te dejo tranquila si quieres —dice el chico, pero no se marcha. Finge mirar a la barra, a la espera de la camarera, pero poco después se gira de nuevo hacia ella y pregunta, señalando su escote—: ¿Eso es un tatuaje?

—Sí, me lo hice hace tiempo. —Baja unos centímetros la camiseta de algodón para que él lo observe mejor. Carlos detesta los tatuajes, piensa que son una tontería adolescente midcult—. Es una frase de Ginsberg.

—Yo tengo dos —responde él, desatendiendo las cervezas que le llegan en la barra—. Aquí tengo los nombres de mis padres. —Le muestra la muñeca—. Se separaron cuando tenía ocho años, pero les debo mucho. Y aquí, en el hombro, tengo una *bola de drac*. Lo veía todos los días con mi hermano.

El chico levanta su camiseta como ella había hecho segundos antes, y luego le pregunta qué está haciendo allí. Ella le explica que es de fuera y que tenía un asunto pendiente en la ciudad, pero que se le ha alargado.

—Debería ir a la estación a por el último AVE. —Mira el reloj. Han pasado cinco horas desde que no se atrevió a entrar en el restaurante y ha cambiado tres veces de bar. Al levantar la vista se percata de que lo que antes era una cafetería hípster se ha convertido en un local de copas y cervezas.

—¿Y por qué no te vienes con nosotros? —El chico hace un gesto hacia una mesa—. ¿Has visto algo de Barcelona? Luego iremos a la Apolo.

—No tengo dónde quedarme y no me sobra el dinero —recuerda ella.

Él sonríe, pícaro.

—Algo apañamos.

Duda unos instantes. En otro contexto rechazaría a cualquier persona cuyos tatuajes fuesen una *dragon ball* y los nombres de sus padres en la muñeca como excusa para hablar a tías en bares y fingir un ápice de profundidad. Desde luego, nunca tendría una segunda cita, pero quizá para una noche es más que suficiente. Tampoco le hace gracia pagar un hotel, ni marcharse sin entrar en el restaurante. El chico la guía hasta sus amigos, un grupo de cinco jóvenes que están jugando a un juego de mesa vestidos para ir a una discoteca. Parecen más jóvenes que ella y contentos de recibirla. Los tres hombres del grupo lanzan miradas interrogantes al chico que la ha traído. Ella se sienta e intenta aprender las reglas del juego con desidia. Por una noche puede valer.

Cuando se acuestan tiene la perturbadora sensación de que sus cuerpos son una suma de órganos: unos pechos que se pueden morder, una piel de espalda que se puede arañar, dos pares de nalgas que se mueven, unos genitales que no acaban de coordinarse. Después de una dosis de sexo oral, alternan posturas cuando uno de los dos manifiesta que no está del todo cómodo. Luchan para que él mantenga la erección hasta que él dice, media hora más tarde:

—Creo que no me voy a correr. Lo siento, no sé qué me pasa. Podemos parar si quieres.

—Yo tampoco.

Y paran. Él abandona su habitación aséptica para ir al baño y se toma más tiempo del necesario. Ella espera en la cama sin saber cómo ponerse, y ni siquiera tiene batería en el móvil.

—¿Quieres que te pida un taxi? —dice él cuando vuelve. Ella se tensa—. ¿O quieres quedarte?

—No tengo hotel, ¿te acuerdas? Y tengo que terminar un trabajo aquí.

—Ah, es cierto, sí —dice él sin prestar atención—. Toma esto si quieres —añade, señalando la camiseta básica y sudada que ha tirado al suelo justo antes de que se acostaran—. Y ese trabajo, ¿qué es, para la uni?

—Trabajo en una empresa —responde, recogiendo la camiseta del suelo a su pesar. No le gusta estar desnuda allí, ahora, ante sus ojos. Busca sus bragas sin éxito—. Te lo dije antes, hablamos un rato de ello.

—Ah, es verdad —repite él, y se tumba a su lado—. Pero mañana tendré que madrugar, viene una amiga a desayunar a casa y quiero limpiar antes.

—Claro, no pasa nada.

Quiere irse, pero no sabe dónde podría alojarse y cuánto le costaría un hotel y un taxi en mitad de la noche. Sus ahorros no son infinitos, y quién sabe si tendrá que viajar más. Una noche se pasa hasta en la cárcel, como diría Ángel. Cuando él se tumba a su lado y entre los dos se instaura un silencio incómodo, ella decide hablarle del diario, aunque él solo la escucha a medias.

—La entrada más graciosa es cuando Yna le habla de otro hombre. Compara sexualmente a Alejandro con él y le llama «Mr. Señor». Pero «Mr. Señor» no vuelve a aparecer en toda la historia, así que no creo que fuera muy importante, quizá ni siquiera existía. Te leo, espera —dice, levantándose a coger el bolso—: «Dios, cómo deseo que me toques, ya estoy harta de masturbaciones, necesito sentir tu miembro en mí, aunque me temo que es pequeño al lado del de Mr. Señor, a él también lo echo de menos».

Él no contesta nada, algo que ella no esperaba. Pensaba que todo el mundo se sentiría tan fascinado por el diario como ella.

—¿Te importa que fume? —dice nerviosa.

Enciende un cigarro y él le abre la ventana con un suspiro de fastidio, musita que quiere dormir cuanto antes, pero ella fuma con lentitud. Él la observa en silencio y abre la boca para por fin decir algo, aunque calla.

—¿Qué? —insiste ella.

Él sonríe con algo de vergüenza y le señala los genitales.

—Nunca me había acostado con una piba sin depilar. Qué moderna.

Dice «qué moderna» como antes le ha comentado que uno de sus amigos era «muy buen tío». Ella contiene una respuesta hiriente, tira el cigarro y le pide que apaguen la luz. Se tumban sin tocarse y a los pocos minutos él ya duerme. Qué estúpida soy, piensa. ¿He pagado con mi cuerpo una noche de hotel? ¿O de verdad pensaba que incluso en él, en cualquier parte, podía surgir un amor intenso y sencillo, como había dicho Miki, el chico de Bilbao?

Hace muchísimo calor y no puede dormir en toda la noche. Cuando clarea se escabulle de la cama y busca su cargador para enchufar el teléfono mientras se viste. Se marcha más o menos media hora después, cuando tiene suficiente batería para averiguar dónde está. Son las ocho de la mañana. Él simula estar dormido.

Vaga durante casi cinco horas por la ciudad, se entretiene en librerías y cafés, compra por fin un cuaderno. A la una se encamina hacia el restaurante, y el mismo camarero de impoluto blanco que vio ayer le toma nota en la terraza. Demasiado joven para ser Alejandro. Su móvil se ha apagado de nuevo, pero ha conseguido un billete de AVE para las seis de la tarde. Ya no hay escapatoria posible: tiene que hacerlo. Se bebe la Coca-Cola de un trago, y cuando el camarero vuelve, le pregunta si es el encargado.

—La hija del jefe está dentro —contesta él con cierta sospecha en la voz.

Pasa dentro. Tras la barra hay una mujer de unos cuarenta años, oronda y con el pelo quemado por las mechas. Le pregunta si va a comer o a tomar algo, y ella dice que no sabe. La mujer se queda parada, la observa con la misma suspicacia que el otro camarero.

—¿Puedo hacerle una pregunta?

La mujer no responde, así que prosigue:

—¿Trabajó usted aquí en los noventa?

—En los noventa era una niña, hija. ¿Por qué?

—Estoy buscando a un hombre que trabajó aquí el año de las Olimpiadas. Es importante para mí encontrarle —dice con nerviosismo. Teme que le pregunte por qué, no ha ensayado una respuesta.

—Mi padre era el encargado en los noventa. Es un negocio familiar. Si quieres, puedes llamar por teléfono...

—¿Ya no viene por aquí? —La mujer duda—. De verdad, no es nada malo o peligroso. Solo estoy buscando a un familiar del que sé muy poco.

—A veces viene aquí a la hora del café para echar una partida con sus amigos. Vive cerca.

—¿Y a qué hora es eso?

A la mujer le fastidia su insistencia. Tal vez debería disculparse.

—Es importante para mí —repite—. Y tengo que marcharme de la ciudad por la tarde.

—Ve comiendo si quieres, ¿vas a quedarte a comer? —al ver que ella asiente, añade—: Siéntate ahí, y le llamo para preguntarle.

Dos horas más tarde, la encargada le señala a un viejo que acaba de entrar.

—¿Estaba bien la comida?

—Sí, sí, mucho.

La encargada se aleja para hablar con su padre, que la mira desde lejos y resopla. Hablan unos instantes y luego él se acerca. Coge la silla de su derecha y la pone de forma deliberadamente incómoda en uno de los cantos de la mesa, dejando claro que no tiene intención de perder mucho tiempo ahí.

—Me ha contado mi hija —dice, haciendo un gesto de invitación con la mano.

Ella le hace un par de preguntas de rigor cuya respuesta ya conoce.

—¿Lleva trabajando aquí mucho tiempo?

—Sí.

—¿Trabajó usted aquí en los noventa? ¿En el 92?

—Sí, sí.

—Y... ¿recuerda a la gente que contrató entonces?

—Sí, sí, tengo muy buena memoria.

Ella cree que él ya ha estado pensando en ello. Probablemente su hija le adelantó algo de información.

—Pasaron muchas manos por aquí aquel año —sigue el hombre—. Este es un sitio muy turístico, ya ves. Y había muchísimo trabajo.

—Yo soy de Zaragoza. Estoy buscando a alguien de mi tierra. Quería saber si le recuerda, aunque no sé su nombre completo... Es una historia familiar complicada —improvisa—. Se llamaba Alejandro.

—¿Un zaragozano?

—Sí.

—Tuve dos maños trabajando ese año, uno cien por cien zaragozano y otro que había trabajado en Huesca y en Zaragoza. Tengo muy buena memoria —repite—. Uno estuvo bastante tiempo por aquí, otro poco más que el verano.

—Y... ¿alguno se llamaba Alejandro?

—Los dos se llamaban Alejandro. Nos hizo mucha gracia cuando empezaron: dos maños que se llamaban igual. —Abre los ojos con incredulidad, ¿tal vez se esté burlando de ella?

—¿En serio?

—Y tanto. Mucha casualidad, ¿eh? A uno le llamábamos por el nombre y al otro por el apellido.

—¿Y era...?

—Rodríguez. Estuvo poco tiempo aquí, pero cundió mucho.

—Ya. ¿Puede hablarme un poco de los dos? Para que yo pueda...

—Claro, si quieres. Pero ¿esto para qué es?

—Estoy investigando a un familiar que...

—Entonces sabrás cómo se llama.

—Sí, sí: Alejandro. Lo que no sé es el apellido. ¿Sabe si alguno pudo trabajar en Estados Unidos?

—Rodríguez no creo, el otro tal vez. Venía de una buena familia. Al otro no lo veo viajando, era un muerto de hambre.

—Y el otro, ¿era el de Zaragoza? —Sería sencillo que así fuese, porque así elegiría al otro. Según el relato de Koldo, Alejandro era de Zaragoza. Pero el hombre niega con la cabeza—. O sea, era el que había trabajado en Huesca y en Zaragoza.

—Sí. Creo que venía de Ejea, pero eso ya no te lo sé decir.

—Hábleme de los dos —pide, ya abandonada la cortesía—. Y deme el apellido del otro, si puede. —Saca su cuaderno y un bolígrafo del bolso.

Aunque no parece cómodo, él accede, y le pregunta que de quién primero. Elige a Rodríguez.

—Rodríguez trabajó aquí solo unos meses. Era un chico un poco raro, buena persona en el fondo, pero un desastre. Lo acabamos despidiendo porque no cumplía, pero tenía una mano buenísima para la cocina. Y le gustaba. Hoy en día habría sido uno de esos chefs que cobran una millonada por hacer una cosa muy delicada. Pero era un negado de cara al público y con los horarios, muy tímido. No hablaba nada, solo en los descansos para fumar. Fumaba como un carretero. Entre eso y que tenía la piel así como muy fina, muy blanca, siempre estaba sonrojado.

Ella hace más preguntas: si sabe algo de él, qué trabajos había tenido antes, dónde había vivido, qué hacía, si tenía novia. Apunta todo en el cuaderno, aunque el hombre no le da mucha información útil. Al final, se desvía de los datos objetivos: quiere saber qué le gustaba, cómo vestía, qué prefería cocinar. La hija del encargado va a la mesa a revisar de cuando en cuando. El restaurante ya termina de servir comidas.

—Pues hacía platos de tu tierra: cardo en salsa de almendras, pollo en pepitoria, empedradillo. Tenía mano. También hacía a veces huevos benedictinos y americanadas de esas que aún no estaban de moda entonces. No sé de dónde sacó la receta. Tenía mucho instinto, pero no era un buen trabajador.

—¿No cree que pudo aprenderlo en Estados Unidos?

—Ya te digo que era un muerto de hambre, no creo.

—¿Cuánto tiempo estuvo aquí?

—Apenas seis meses, los de más trabajo. Recuerdo perfectamente que mi padre quiso despedirlo varias veces. Por ejemplo, el día de la final olímpica de baloncesto. Ese año ganaron los americanos, era el primer año que jugaban con su equipo bueno. Y el tío no se presentó, con el trabajo que tuvimos esa noche. No vino a trabajar hasta el día siguiente y tarde. Supongo que se quedó viendo el partido, o yo qué sé. Le gustaban demasiado las cosas de los yanquis y esas chorradas. Ni siquiera se disculpó mucho. Hizo eso varias veces más, y al final lo tuvimos que despedir. Nos dio pena, pero tocaba.

—¿Y sabe si trabajó en la base americana? En Zaragoza.

—No me suena —dice él, y no lo cree—. Era un muerto de hambre —repite.

—¿Sabe qué hizo después?

—No. Entonces mandaba mi padre, no yo. Supongo que se colocaría en algún bar aquí. A principios de los noventa había mucho trabajo en la hostelería, aunque siempre decía que quería probar en el mundo de los barcos. No tenía las ideas muy claras.

Ella insiste con alguna cuestión más, pero nota que se irrita con ella, y decide pasar al otro Alejandro.

—El otro trabajó aquí más tiempo, era un buen empleado. Siempre cumplía —recuerda, y también le cuenta cómo ve en esos dos la demostración de que importa más el trabajo que el talento—. Por nosotros, podría haberse quedado siempre aquí, se le daba muy bien la gente.

—¿Cómo era?

—Pues era alto, fuerte, tenía planta. Se notaba por su forma de ser que estaba bien educado, que su familia tenía pela. No estoy del todo seguro de por qué se puso a trabajar aquí. Estuvo dos años y luego lo dejó para abrir su propio bar con un amigo.

—¿Qué tipo de comida hacía?

—Catalana, de todo. Aprendió todos los platos. Hablaba el catalán que era un gusto, era uno más.

—Y el restaurante, ¿cómo le fue?

—Bien. Tenía mucha mano para los negocios. Después, cuando se casó, traspasó el local y puso una juguetería. La novia era una chica de buena familia que había hecho el secretariado. Se conocieron aquí. Hicieron una inversión grande con el dinero del traspaso y el de los padres de ella, y les fue genial. Nosotros les comprábamos en Navidad cuando los nietos eran pequeños. Ahora nos vemos poco.

—Así que mantienen el contacto.

—Claro que sí.

—¿Y me podría decir qué juguetería es? O cómo se llaman ellos.

El hombre duda un instante. «Pero ¿esto para qué es?», repite, y ella le recuerda que está tratando de localizar a un familiar. Nada malo.

—Venga, papá, no seas rancio. ¿Qué va a querer hacer esta chica con esos nombres? —interviene su hija, que acaba de sentarse.

—Ya bueno. Qué leches, es igual. El primero se llamaba Rodríguez, ya lo he dicho. El otro, García, y su juguetería se llama Eureka. Es muy bonita. También tiene un outlet, pero lo encontrarás fácil, la sede está en el Raval.

—Y del otro, ¿tiene algún contacto?

—No, no tengo.

—¿Y alguna foto?

—De García sí, fuimos a su boda. Pero no la tenemos aquí, así que...

—Dame tu teléfono y te envío una foto —propone la hija. A su padre parece disgustarle—. Por si se nos ocurre alguna otra cosa.

—La verdad es que hace mucho que no sabemos de él. Nueve o diez años. ¿Algo más? —corta el padre.

No se atreve a decir adiós, siente que es su última oportunidad de hacer las preguntas adecuadas. Empieza a divagar en silencio. Los datos que hacen más probable que Alejandro Rodríguez sea su hombre: su interés por lo americano, ser de Zaragoza, la piel blanca. Las probabilidades sobre Alejandro García: un hombre atractivo y serio, que pudo haberse permitido viajar a Nueva York, al que se le daba bien la gente, y por lo tanto ligar. ¿Hay alguna pregunta que pueda hacer para averiguarlo? Padre e hija la miran incómodos.

—Nada más —se rinde—. La cuenta, por favor.

Decide renunciar al billete del AVE y quedarse una noche en Barcelona, tal vez buscar esa juguetería. Paga un hostal cutre del

Raval y carga su teléfono a la espera de que entren mensajes. Cama individual a la izquierda, contraventanas de madera, alfombra mullida aunque pasada de moda, una mecedora enfrentada a la cama junto a una mesa auxiliar. Le suena el teléfono, es un mensaje de la hija del encargado de Set Portes: «Hemos recordado algo», dice. Explica más cosas, detalles irrelevantes que ella pasa por alto: por qué lo sabe, por qué ha escrito, buenos deseos, mucha suerte. Llega al núcleo del mensaje: «Sabemos que Alejandro Rodríguez abrió un restaurante en Salou, más bien una discoteca. Se ha acordado mi madre. Se llamaba Chamba». Ella saca su ordenador. Teclea: «Chamba discoteca Salou».

Algunos artículos. Pequeños escándalos, problemas con drogas o extranjeros pasados de rosca, todo reseñas locales, nada a nivel nacional. Incluso encuentra la noticia: «Apertura de Chamba, 18 de mayo de 1995». Un restaurante con zona de copas a cuatrocientos metros de la línea de playa. Y una foto: dos hombres ante un umbral anodino, negro. Uno de ellos mira a la cámara con una jovialidad agresiva. Encorvado, negruzco, con bigote. No puede ser Alejandro Rodríguez o, más bien, si ese es Alejandro Rodríguez, entonces Alejandro Rodríguez no es Alejandro, su Alejandro.

El otro es distinto. Alto, delgado, blancuzco. Tiene el pelo casi rapado, las orejas algo hacia fuera, un gesto infantil en un rostro que ya no lo es tanto. Está fumando y entrecierra los ojos con un toque seductor. Los cree claros. Sí, podría ser él, el hombre del que Yna se enamoró. Busca con avidez más fotografías. Apenas hay nada. Lo busca en Facebook: hay demasiados Alejandro Rodríguez allí, y no sabe qué filtro de ciudad debería poner.

Cena unas patatas grasientas del kebab de abajo. Luego busca la juguetería de Alejandro García. También ve su fotografía: un hombre con porte, elegancia, virilidad. Un cuerpo hecho para vestir un traje y a la vez difícilmente contenido por él, un hombre al que también parece sencillo admirar, enamorarse, pero de una forma completamente distinta al anterior.

Apaga el ordenador. Se entretiene desmenuzando los restos de la cena, aún no está preparada para realizar el siguiente movimiento. Debería llamar a Koldo, piensa, telefonear al restaurante, darle los nombres, describir las fotos. Revisa el teléfono, los mensajes acumulados de su propia vida no resuelta: Carlos, el trabajo, amigas, su madre. Y ella tan cansada, con tantas ganas de dormir. Apaga la luz, se tumba en la cama sin deshacer. Busca cosas de los noventa en el teléfono: canciones, ropa, series de televisión de moda, esperando que el descanso llegue como un milagro. Divaga. Reconstruye los elementos del contenedor en dos habitaciones distintas. La primera, la habitación A, la habitación de Yna enamorada del Alejandro juguetero, Alejandro García, pobre pero con pretensiones de grandeza. Hiperpulcra, dignidad sencilla, orden calibrado. Justo al lado, la habitación B, la Yna enamorada de Alejandro Rodríguez, algo más desordenada pero hogareña, porciones de vida cotidiana escondidas entre bodegones de suciedad y caos. Las visita alternativamente antes de dormir: la cama bien hecha en la habitación A; las colillas amontonadas en un cenicero de cerámica en la B. Jugando con la posibilidad de que una de ambas sea real, de que tal vez las dos lo sean, de algún modo.

11-5-90 Efectivamente no ha llamado, nadie

wim, rrarisimo de (él)

koldo puedo emaginar

Alejandro - No se acuerda,

mi permano tampoco,

Yo deseo tanto tener una familia con

amor y cariño, y la respuesta es fraldad

pague? Que esperanza me queda,

el 19 de mayo he quedado con una

ordente mi moda me a preguntado

tienes miedo, Si tengo miedo,

Pero solo quiero saber si Alex es mi

hombre, Si lo deseo tanto!

Ana

Segunda parte

9A

Apenas consigue dormir esa noche. Se levanta y se viste, casi sonámbula, recorre las calles a tientas buscando la juguetería de Alejandro. Está en la zona del Raval, y qué fácil le resulta imaginarlo caminando por esas calles a los treinta años, vestido con camisa, vaqueros y mocasines mientras cuenta monedas sueltas para ver si le da para un café. ¿Madrugaría Alejandro? ¿Dormiría bien? ¿Leería el periódico cuando tenía su edad? Y ahora, ¿lo hará? ¿El *ABC, El País, La Vanguardia*? ¿Dejó el mundo del restaurante para dedicarse al juguete, o eso significa que es el Alejandro equivocado?

El establecimiento es un espacio extraño y angosto, portones de madera vieja en contraste con un escaparate de colores brillantes y artificiales. Todavía no hay ningún cliente, solo unas personas tras el mostrador. ¿Dueños? ¿Empleados? Aún no se atreve a mirarlas, a encontrarle, así que se entretiene contemplando los juguetes, la mezcla de plástico estridente, juegos de mesa y brillos metálicos. Marvel, peluches, Scattergorie. Son tres, dos mujeres y un hombre. Discuten algo sin llegar a alzar la voz. Ella levanta la cabeza solo cuando está cerca. Primero se decepciona: ninguno de ellos podría ser Alejandro. El hombre es un chico muy joven, tal vez incluso más que ella; las otras dos son mujeres, una de unos sesenta años y otra de unos veinte. Luego se percata de esa mandíbula cuadrada y del pelo agresivamente negro del chico, tan parecidos a los de Alejandro García.

—¿Qué desea? —le pregunta la mujer mayor.

Solo entonces se da cuenta de que, si ella los ve y los oye, eso significa que también puede ser vista.

—Estoy buscando al encargado —improvisa.

—Yo soy la encargada —responde la misma mujer.

—A Alejandro García. Creía que él era el dueño.

La mujer suspira molesta. La chica joven también chasquea la lengua, se mete en la trastienda del establecimiento. El chico se mira los zapatos.

—Era mi marido, pero falleció hace tres años. Ahora soy yo quien lleva esto.

Al oírlo siente un principio de culpabilidad, como si sus dudas sobre si Alejandro García era el Alejandro correcto lo hubiesen alejado definitivamente de ella, matándolo. Después, la sombra de una certeza absurda: tuvo que ser él. Esa era la habitación correcta, la primera, aunque no estuvo convencida de ello hasta ese instante, cuando ya no puede consumarse. Sí, tuvo que ser él el elegido por Yna: quién lo dudaría mirando lo que construyó, esa juguetería, esos hijos, esa vida. Siente el mismo vacío que cuando Debra le dijo que Yna estaba muerta.

—Eh...

La mirada de su esposa se clava sobre ella. Una mujer que amó a ese hombre, tan distinta o tan similar a Yna. Unos sesenta años, pelo alisado con mechas, olor a vainilla y bergamota. Baja la mirada. El mostrador de madera de roble, las manos llenas de venas de la esposa de Alejandro, la caja registradora que tantas veces tocó; el joven que tanto le recuerda a él, con la vista fija en sus zapatos. Qué decir. La acumulación de juguetes a ambos lados del pasillo, asediando los estantes con su pesadez, materia muerta escondida en envoltorios de colores, ejerciendo su minúscula porción de gravedad. Se recrea en cada uno de los objetos sin parpadear, por miedo a perder detalle de las cosas que una vez él miró, en ese lapso tan corto del que dispone antes de que tenga que marcharse. El joven la mira, su duda se suma a la de su madre. ¿Lleva demasiado tiempo quieta?

La esposa contesta algo. Las palabras salen tan lentamente de su boca que parece que no se mueva en realidad. Ah, dice ella, como única respuesta a la frase que no ha escuchado. La mujer alza los ojos exasperada, suspira de nuevo, vaciando la atmósfera a su alrededor. Y ya todo ha terminado.

—¿Qué? —pregunta ella.

—Decía que para qué le buscaba. Que si puedo ayudarla en algo.

—Estoy haciendo una investigación sobre negocios particulares abiertos en Barcelona a principios de los noventa. Especialmente los que abrieron personas que no eran naturales de aquí. Que nacieron en otras partes de España, quiero decir. Creo que su marido no era catalán. He estado... Es una investigación universitaria. Y querría preguntarles algunas cosas, si puede ser.

Los dos la están mirando.

—Ya. Pero ¿esto va a publicarse en algún lado? —dice la madre.

—Sí. No. Bueno, en publicaciones universitarias. Algunos congresos. Me interesa el aspecto económico, pero también el vital. Todo aquello que no aparecería en un informe, sino en una biografía. Cómo se abrió el negocio, si fue difícil, cómo fue recibido en el barrio...

Al decirlo en voz alta, descubre que no miente del todo; eso es en cierto modo lo que quiere: averiguar qué había en Alejandro que le hiciese merecedor de ese amor, buscar pistas que le confirmen si es el adecuado.

—Qué interesante —interviene el chico, y la otra mujer sale de la trastienda.

La esposa de Alejandro vuelve a suspirar. Su voz suena alterada aunque su rostro no lo esté.

—Ya. Ahora no tenemos mucho tiempo, señorita. Si me deja un correo electrónico, le puedo enviar algunos datos. Cuándo abrimos, lo que a usted le interese. Tal vez pueda volver en septiembre. El próximo sábado cerramos por vacaciones tres semanas y...

Deja de escuchar, presiente que no va a decir nada importante. Imagina al Alejandro que Yna amó escogiendo los muebles y los peluches, colocando los juguetes en las vitrinas. Lo dudó durante la noche anterior, pero ahora está segura de que es el adecuado. Tuvo que ser él, y está muerto, qué injusto. Y esa mujer no le quiere decir nada.

—Puedo volver más tarde. Al cierre, o a mediodía. Solo quiero preguntarle algunas cosas. Estoy interesada en algo más que datos. En construir algo así como una historia viva.

—A papá le habría encantado eso —interviene el chico.

Su madre hace un mohín.

—Mire, entiéndame: su proyecto es interesante y nos halaga que nos haya escogido. —Sus modales le recuerdan quién es, lo que el cocinero de Set Portes dijo de ella: una mujer de la burguesía catalana—. Tal vez a la vuelta de vacaciones podamos ayudarla. Pero ahora mismo estamos pasando por una situación delicada y no es el momento.

—Pero...

—No es el momento.

Ella insiste sin fuerzas, sabe que ha perdido. La hija vuelve a meterse en la trastienda, enfadada. Tiene la intuición de que hay algo que se le está escapando y que entienden únicamente esas tres personas. Pierde las energías para persistir en su empeño, pero, aun así, habla de la memoria de la ciudad y de sus gentes sin convicción, de la importancia de los detalles y las vidas ocultas. La esposa de Alejandro es cada vez más férrea, la expulsa poco a poco con cada sílaba, como si el corredor de la juguetería fuera una de esas cintas móviles de los concursos de televisión. Alejandro muerto, inalcanzable. ¿Qué más da lo que pudiera preguntar a su esposa? ¿Qué más da si de algún modo ella le confirma que era el Alejandro correcto? Incluso si pudiera ser honesta y preguntarle: cómo te miraba, cómo se enamoró de ti, ¿qué? Nunca podría preguntarle a él por qué abandonó a Yna.

Se da la vuelta de repente y se despide demasiado rápido, casi descortés. Empieza a pensar en el otro viaje, en la otra vía, la habitación del pasado del Alejandro B. Vuelve a la calle y pisa las baldosas húmedas, algunas manchadas de un líquido viscoso, la gente se mueve demasiado deprisa a su alrededor, un recordatorio de que existe un mundo que avanza sin todo lo que a ella le parece importante. Y una mano en su hombro. Se gira.

—Hola —dice el chico joven de la juguetería—. Andas deprisa.

Ha tenido que correr para alcanzarla. Su cuello está cubierto de una fina capa de sudor.

—Siento lo de mi madre. La familia... Pasamos por un momento complicado.

—Siento lo de tu padre. Que esté muerto.

—No te preocupes, fue hace mucho. Bueno, tres años ya.

Se quedan en silencio. Ella percibe su olor, cítrico y almizclado, ¿similar al de su padre? Ojos marrones profundos, pestañas femeninas, una camisa estridente que se diría de segunda mano y unos Levi's desgastados. Espera a que diga algo más, no quiere despedirse todavía.

—Eh...

—No eres de aquí, ¿verdad?

—No. Vengo de Madrid.

—No sé por qué pero lo había notado. Intuición. O por cómo hablas.

Se quedan callados otra vez. Ella le sonríe y eso le hace sonreír más a él.

—¿Te gustaría quedar para comer el próximo lunes? Esta tarde me voy a la montaña, pero puedo enseñarte la ciudad e intentar ayudarte con tu investigación.

Cuenta los días. Hoy es sábado, y ni siquiera ha decidido aún si va a volver a Zaragoza o irá directamente a Salou. No sabe si le da tiempo.

—Claro —responde al fin.

El chico saca un teléfono diminuto, con una pantalla ridícula y unas teclas enormes, la clase de modelo que ella no ha visto desde la década de los dos mil.

—Soy Julián, por cierto.

Anota su número, le hace una llamada perdida y después se aleja tras apretarle el hombro y sonreír, dejándola paralizada en medio de la calle.

Si Alejandro García es Alejandro, entonces está muerto y no puede hablar con él. Solo rastrearle en su legado y en cosas como un negocio modesto, una familia, unos juguetes de importación. Imaginarlo una Nochevieja en la discoteca Flying, liderando el espacio con su magnificencia, y ver a una Yna sorprendida de su atención, si es que verdaderamente alguno de ellos fue allí. Yna, tan insegura, tan a la espera de un hombre como él, de la promesa de paz que anuncian sus hombros cuadrados, sus cejas pobladas o el pelo engominado en un tupé perfecto. Y aunque no puede preguntarle directamente si llamó o no, si sabía quién era Yna o lo olvidó, puede buscar en esos espacios que construyó en vida los rastros de su aura, la que le hizo amarle, la que le hacía merecedor de esa cantidad loca de cartas que ni siquiera podían tener una dirección a la que llegar.

Si Alejandro Rodríguez es Alejandro, entonces es posible que viva en Salou, que tenga un restaurante o un bar de copas y que ella pueda visitarlo. Hablarle sobre Yna, imaginarlo en la discoteca Flying una Nochevieja bebiendo en una esquina, tímido, y a Yna enamorándose de esa torpeza, de esa timidez que promete un secreto, una aspiración a un mundo mejor. Tal vez pueda hablar con él, pedirle explicaciones, ilusionarse o decepcionarse al conocerle. Preguntarle por qué no llamaste, por qué te marchaste, cómo era ella; exponer ordenadamente esa dosis desmesurada de expectativas y amor.

Si Alejandro Rodríguez hubiese estado en esa fiesta con Alejandro García, no habrían hablado, no como iguales. No habrían sido la clase de hombres capaces de conectar con el otro sin incomodarse mutuamente con sus presencias. Cuando Alejandro García coincidió con Alejandro Rodríguez en el Set Portes, probablemente pensó que era un mal trabajador. Si una mujer se enamorase de Alejandro Rodríguez, tal vez no podría enamorarse de Alejandro García. O tal vez sí, no está segura de los límites y las posibilidades del querer. Si Alejandro Rodríguez juzgase, quizá pensaría que Alejandro García es demasiado impecable. A él, en cambio, tal vez le disgustara que el otro fumase o sus ademanes desenfadados. De hecho, ¿podría Alejandro García ser tan descortés y marcharse en medio de una mentira, una promesa no cumplida? Tal vez sí. Alejandro Rodríguez sí, seguro, tan desastre con sus orejas de soplillo. O tal vez no. Tal vez era la clase de persona que no sabría escapar de una loca necesidad de amar.

4:25 pm.

12-5 Por que, Porque, Porque solo pienso
en ti, no encuentro Respuesta, a tu
ausencia?

13/5

Donde estas cariño, Es inutil toda espera
esperanza por mi parte, quisiera saber el porque
de este silencio y larga espera, no puedo imaginar que tienes esperanza por mi o interes
tanto cuesta una tarjeta postal en el
fondo soy una romantica. que te pienses
en mi no me dice nada, pues no lo se
lo que si quisiera es que tus pensamientos
cuando pienses en mi los manifestases.
te quiero
Juca

9B

El sol la ciega al despertar y eso aumenta la sensación de no saber dónde está. Se incorpora en la tumbona. Huele a cloro, a crema solar, a humedad. Salou. Está en Salou.

—Entonces, ¿estás segura de que tenía hijas? —quiere saber Samuel. Ella no puede contestar porque se está desperezando y él continúa hablando—: ¿Tú has pensado en si quieres tener niños?

—No sé. No creo que se me diera bien —contesta ella a la segunda pregunta.

Samuel también se estira a su lado en la tumbona. Aunque acaban de conocerse, actúan como si llevasen juntos un tiempo y no solo unas horas—. Y sí, tenía hijas. Salen en el diario. Una incluso le hace un dibujo en la última página. Se llamaba Debra.

—¿Eran hijas de Alejandro?

Le explica que no: Yna tuvo un matrimonio anterior, cree que en Holanda, con un hombre llamado Wim. Le dejó dos hijas y se separó de ella, le dice, y quizá después se mudó a Zaragoza para trabajar.

—También vivía allí su madre —añade—. No sé si la trajo de su país o ya estaba allí. Pero seguía sintiéndose sola. Le daba igual tener a sus hijas o a su madre, necesitaba a Alejandro. O necesitaba algo que no eran ellas, que no estaba en la ciudad.

Empieza a esparcir la crema por sus piernas. Samuel quiere saber más. Por ejemplo, tiene dudas de que sea latinoamericana, le parece una asunción problemática. Él hace las preguntas a las que ella ya se ha acostumbrado a responder en su cabeza: le cuenta cómo buscó y encontró a Debra, cómo viajó a Barcelona, lo que le dijo el dueño del Set Portes.

—Así que hay dos Alejandros posibles —se cerciora Samuel.

—Sí, así es. Pero creo que este es el adecuado. Por la descripción.

Aunque eso mismo pensó en Barcelona.

—¿Quién te dio la descripción? ¿Su hija?

—No. Ella no quiso hablar conmigo en realidad. Fue un hombre que encontré en Bilbao y que conocía a Alejandro, pero no recordaba su apellido.

—¿También fuiste hasta Bilbao? Estás loca. ¿Y por qué no lo llamas, para confirmar?

—Llevo días haciéndolo. No me lo cogen en el restaurante.

—Estarán de vacaciones, aunque es raro, en agosto.

—Alejandro era cocinero —dice como si fuera relevante—. Fuera el Alejandro que fuese, era cocinero.

Mira la hora: son las once de la mañana. Dos mensajes de Carlos, que quiere saber cómo está, hasta cuándo va a quedarse en Zaragoza, si quizá podrían hacer una escapada corta, aunque no vayan a Cannes. Tiene sueño, apenas han dormido. Se plantea si intentarlo mientras Samuel termina de trabajar, tal vez pedirle que la acompañe a la discoteca, el lugar que Alejandro Rodríguez abrió en 1995.

—No sé si seguirá trabajando aquí, pero seguro que alguien sabe algo —dice él—. He estado alguna vez en el Chamba, aunque casi no salgo desde que vivo en Salou. Lo de anoche fue una excepción.

Él alarga el brazo para tocarla y ella se deja hacer, convirtiendo su cuerpo en un objeto sin voluntad. Él le hace un gesto para que se siente en su regazo y obedece.

—¿Cómo acabaste aquí? —pregunta ella—. ¿No habías estudiado matemáticas?

Ya hablaron sobre eso ayer: él le dijo que estaba ahorrando para irse a Suiza y reunirse con su hija y su exmujer; y después añadió un número enorme que transformó en francos. Le sorprendió que un hombre tan joven tuviera una hija y acto seguido se acordó de Yna y ya quiso contárselo todo. Quiso preguntarle cómo, cuándo, por qué, qué se siente, te arrepientes, cuál es la clave de quererla y, sobre todo, cómo puede acomodarse la mente a algo tan definitivo y fijo, que no admite incertidumbre. Pero se contuvo. No quería dormir sola esa noche, y quizá era demasiado tarde para ir al restaurante de Alejandro Rodríguez.

—Cuando mi novia se quedó embarazada, tuve que dejar la carrera y ponerme a trabajar. Es una larga historia.

—¿Cuántos años tiene tu hija?

—Nueve. La tuve a los veinticuatro.

—¿Y cómo fue?

—¿El qué, dejar la carrera?

Ella se da cuenta de que eso es muy importante para él, pero no es lo que quiere escuchar.

—No. Decidir tener una hija tan joven.

—No lo decidimos. Simplemente, mi novia se quedó embarazada por error. Estábamos peleados, nos reconciliamos y lo hicimos sin condón. Todo muy irresponsable.

—¿Y ella quiso tenerlo?

Él se sorprende con su pregunta.

—No solo ella. Yo también. Sé que suena raro, pero enseguida me hice a la idea, y ya no había nada que pensar. Al principio me daba un poco de miedo, ni siquiera estaba seguro de si iba a durar mucho con mi novia. Pero seguimos adelante. Y nació Amanda.

Cada vez que menciona el nombre de su hija su cara se estira, se acomoda al rostro que debe tener un padre. Ella rememora fragmentos de la noche anterior, lo distinto que parecía él entonces, cómo se rieron juntos de la música de la feria y del ambiente de guiris que bailaban borrachos a su alrededor, pese a que ella se había sentido tristísima minutos antes, releyendo los mensajes olvidados de Carlos.

«Trabajo de socorrista —le dijo Samuel—. Aquí, todos los veranos, en una piscina al norte a la que nunca va nadie. Mañana puedo llevarte —prometió—, es como un lugar abandonado.»

Y hoy están allí.

—¿Y qué se siente al tener un hijo?

—No soy el más adecuado para contestar eso, apenas viví con Amanda un par de años. Después mi novia se quiso separar y yo solo iba de visita.

—Pero tú querías verla más.

—Pues claro. Nunca se me habría ocurrido abandonarlas. Cuando decidieron irse a Suiza, supe enseguida que tenía que ahorrar para irme allí y estar con ella.

Ella le dice que es valiente, que toma decisiones valientes. Él trata de quitarle importancia diciendo que no hay ninguna decisión real que tomar.

—A mí me parece terrorífico.

—¿Sabes?, una ventaja de tener hijos es que nunca te sientes del todo solo —dice él—. O sin propósito. Tener una hija ha hecho que me depure del problema de necesitar a los demás. Ahora soy un auténtico misántropo. No necesito a nadie.

Se acuerda de sí misma, de cómo preguntaba obsesivamente detalles nimios sobre su padre que su madre no quería recordar, y cuánto se enfadaba con ella cuando insistía. ¿Su padre se sentía igual que Samuel? Lo duda.

—Estás pensando en ellos —dice Samuel, refiriéndose a Yna y Alejandro. Ya cree conocerla, en esa intimidad extraña después del sexo. Ella finge que ha acertado—. Te acompañaré esta noche a la discoteca, si quieres. Y si te apetece quedarte un poco más, eres bienvenida. Esto no es muy divertido.

—Tengo que coger un tren mañana por la mañana como tarde. He quedado con alguien para comer. Pero vamos esta noche.

13/5 0'25 p?

~~Cariño~~ donde estas es de dia o ~~madrugada~~

Si llamás tiene que ~~ser~~ ~~cuidado~~ ~~ya~~ ~~estoy~~
pero pienso no lo ~~he~~ ~~has~~ probado ~~ni~~ ~~una~~ vez
espero tanto esa ~~llamada~~ que no se si estas
vivo o muerto, estoy tan interesado ~~en~~ ti
que voy a ~~recurrir~~ a una vidente el 19 mayo
tengo tan ~~pocos~~ datos de ti pero ~~aun~~ con todo
no me doy por vencida, te quiero, soy la
~~verdad~~ muy dificil pero quiero estar ~~contigo~~
contigo si quiero hacer el amor, solo lo

haga cuando esta persona me ~~atrae~~ tu lo tienes
~~pero~~ ~~no~~ ~~donde~~ ~~estas~~ ~~o~~ ~~si~~ ~~encontrare~~ otro
~~aunque~~ ~~muy~~ ~~dejas~~ todos te quiero Alejandro
~~Tesoro~~ te necesito ~~son~~

10A

—Quería llevarte a un sitio donde hacen un falafel estupendo —dice Julián cuando se encuentran—, pero creo que no está abierto hoy. ¿Qué piensas de un paquistaní?

Ella asiente con la cabeza y vuelve a preguntarse cuántos años tendrá. Es más espontáneo de lo que está acostumbrada, tal vez sea más joven. Ha pasado todo el camino desde Salou releyendo el diario mientras miraba las fotografías de los dos posibles Alejandros, tratando de averiguar cuál de los dos hombres encaja más con el anhelo de Yna. Cuando ha visto a Julián ha tenido la impresión de que era su padre de joven, al menos a lo lejos. Él sonríe de una manera que la pone aún más nerviosa. No le sostiene la puerta para que pase, tampoco se esfuerza en llenar el silencio en la mesa. Solo sonríe, sin prisa, perfectamente capaz de esperar.

—¿Qué tal el fin de semana? —pregunta ella como una idiota, y él contesta que genial. No añade nada.

Ella analiza esos gestos seguros y sin dudas que desmigajan el aperitivo.

—Bueno, cuéntame —dice él cuando traen los entrantes.

—¿El qué?

—Sobre la investigación que estás haciendo. Qué quieres saber. Y qué crees que vas a encontrar. En el orden que prefieras.

Ella ha preparado esa respuesta: balbucea algo sobre un estudio de la vida en los años noventa, cita algunos ejemplos que ha buscado antes de venir en el tren. Eduardo Maura, Beatriz Navas Valdés.

—Quiero hacer una especie de historia oral, anclada en las biografías de algunas personas que tuvieron un proyecto empresarial a principios de los noventa. Qué las llevó a ello, si fue o no difícil, si era vocacional. Como el caso de tu padre.

Se avergüenza: cuando lo pensó le resultó más creíble, más digno de ser una tesis universitaria. Ahora teme que él pregunte qué otros negocios está investigando o por qué escogió el de su padre, solo moderadamente importante en Barcelona. No tiene respuestas. Pero Julián sonríe. Ha pedido agua para beber. Ella, vino blanco.

—Parece un proyecto bonito. Tienes que disculpar a mi madre. Ya te dije que estábamos pasando por una mala época

Ella querría saber por qué, pero cree que sonará poco profesional y no puede abandonar su papel de investigadora tan rápido.

—Dijiste que a tu padre le habría encantado. En la juguetería.

—Sí, es cierto. Mi padre era un hombre muy... especial. Le encantaban esas cosas: las colecciones, los recuerdos, todo lo que podía ir más allá del momento presente. Creo que por eso se interesó por los juguetes. Si lo piensas, puedes saber mucho de una sociedad por sus juguetes.

Se da cuenta de que no han intercambiado las preguntas de rigor: estudios, gustos, proyectos. No sabe nada de él, de dónde viene ese comentario.

—¿Siempre se dedicó a eso? —pregunta, aunque ya sabe la respuesta.

—No, no. Quería ser cocinero, pero cambió de idea.

A ella le disgusta ese comentario. Según Koldo, el auténtico Alejandro adoraba cocinar, así que puede que este no sea el Alejandro correcto. Julián sigue hablando:

—Había hecho algo de fortuna no sé dónde y probó suerte en Barcelona, aprovechando el turismo por los Juegos Olímpicos.

Ella le pregunta si su familia era pobre, la de su padre. Él le dice que no, que para la época tenían dinero, pero mucho menos que la de su madre.

—Y necesitaba salir de casa, labrarse su camino al margen del de sus padres. Eso nos dijo. Siempre favoreció que mi hermana y yo fuésemos muy independientes. Primero trató de ser cocinero, pero luego conoció a mi madre y cambió la cocina por una empresa.

—¿Y se le daba bien?

—Mi padre era de esas personas que destacan en cualquier cosa que se propongan.

Le cuenta que la familia de su madre tenía bastante capital por aquel entonces, cuando se casaron, pero que les desagradaba la idea de invertirlo en un restaurante. No querían que su hija se doblara la espalda atendiendo mesas.

—Y él eligió los juguetes, supongo.

—No sé si lo decidió. Siempre me resultó difícil entender qué quería mi padre o por qué hacía lo que hacía. Era una persona muy contradictoria.

Ella querría preguntarle por eso que acaba de decir, por qué era tan contradictorio, o cuál era la relación con su padre, si se llevaban bien. Ambas preguntas son inapropiadas, así que le pregunta cómo era Alejandro García de joven, cuando abrió la juguetería.

—Sé que tenía mucha determinación. Quería tener un lugar en el mundo, en eso nos parecemos mucho. Pero a él le interesaba de una forma muy concreta, distinta a la mía. Quería tener dinero, independencia. Creo que trabajó muy duro cuando vino aquí. Y luego conoció a mi madre. En la juguetería también se esforzó mucho, mis abuelos dicen que le puso unas ganas enormes. Apenas dormía.

—Así que era muy importante para él.

—Sí, pero... No sé, no estoy seguro de que se tratase tanto de la juguetería como de demostrar algo. Mi padre se lo tomó todo muy en serio: trabajar, conocer gente, aprender catalán. Mis abuelos solían bromear sobre eso, los padres de mi madre, la seriedad que tenía para ser tan joven. Les hacía gracia. Mi madre siempre fue mucho más relajada. Pero claro —ríe—, ella ya tenía la vida hecha. No tenía por qué estar nerviosa.

Regresa el camarero y esta vez él también pide vino.

—¿Dónde nació tu padre? —pregunta ella.

—En Ejea, un pueblo de Huesca, pero mis abuelos y él se mudaron a Zaragoza muy pronto.

—¿Sabes en qué barrio creció? —Se descubre deseando que sea Torrero, confirmar que Julián es el hijo del Alejandro correcto.

—No. Podría preguntar a mis abuelos. Ahora viven por el centro de la ciudad, pero se mudaron ya mayores, para tener un piso con ascensor. Mi abuela tiene la cadera mal.

—¿Y sabes por qué se fue tu padre de Zaragoza?

—Mi padre siempre tuvo el impulso de ir un poco más allá. Era un insatisfecho.

—¿Le interesaba el mundo exterior? Por ejemplo, ¿la cultura americana? ¿Sabes si estuvo en Estados Unidos?

—¿Por qué me preguntas eso? —Julián la mira con cierta extrañeza.

—Estoy intentando ver las consecuencias de la globalización —improvisa.

Él suspira.

—En cierto modo sí le interesaba: le fascinaba la novedad y nada le parecía suficiente, un modelo de vida muy americano. Y sé que mi padre estuvo en muchos sitios antes de que yo naciera, en Nueva York y San Francisco por lo menos. Pero no sé en qué momento fue, o si lo hizo con mi madre.

Busca la forma de excusarse, de hacer de la petición de esos datos una cosa lógica. No la encuentra, así que simplemente se los pide. Él promete que averiguará lo que necesita. Sabe poco: la fecha de apertura de la primera juguetería —1994, un año después de que él naciese— y algún número relevante sobre facturación y expansión que no le dicen nada, pero que finge apuntar.

—Ahora el asunto no va muy bien. Mis padres se separaron en 2006 y eso trajo algunos problemas. Mi padre era el alma del negocio, pero el capital era de mi madre, así que era un poco difícil decidir qué hacer. Luego, todo empezó a ir hacia abajo. Mi padre y mi madre dejaron de ser pareja, pero comenzaron a ser socios.

¿Tal vez Alejandro era de esas personas que van dejando corazones rotos por donde pasan, quizá tuvo un *affaire* con otra mujer? Mira a Julián. Busca en su rostro algo de nostalgia mientras cuenta su historia, pero no la hay. Parece tan seguro de sí mismo.

—Mi padre tuvo una amante —continúa él, sin ninguna clase de amargura, confirmando sus sospechas.

—¿Cómo te lo tomaste? —quiere saber, saliéndose del guión. Ya están con los platos principales y está bebiendo demasiado rápido, para paliar los nervios.

—Yo creo que bien. Todo sucede por algo. Yo tenía trece años entonces. —Eso significa que ahora tiene veinticinco, tres menos que ella. Se ha acostumbrado a hacer rápido las cuentas de edades que avanzan a la par—. La verdad, fue un comportamiento impropio de mi padre. Siempre buscó la seguridad y eso es todo lo contrario a tener una amante. Pero eso me hizo ver que incluso él podía hacer las cosas de forma diferente. Supongo que me dio agallas para no dar nada por sentado, tomar mis propias decisiones.

—¿A qué te refieres?

—A no atarme a lo establecido, no hacer lo que se espera de mí, vivir mi vida como quiera. O a ser drástico, si creo que hace falta serlo.

Ella quiere saber qué decisiones drásticas ha tomado, y también siente un extraño deseo de que él le devuelva las preguntas. Está acostumbrada a que los hombres lo intenten, pero él no lo hace: pregúntame, querría decir, pregúntame por mi sufrimiento. Se contiene y en su lugar le pide que piense en su infancia o adolescencia, si su padre trabajaba mucho o a qué cosas le daba importancia.

—Mis padres nos dieron una buena educación —dice él—. Aunque mi padre no era una persona muy culta, estaba obsesionado con que mi hermana y yo sí lo fuéramos. Pasábamos las tardes leyendo o yendo a museos con él. Mi padre no entendía de arte, pero le gustaba ir a sitios de ese estilo, museos, conciertos, lugares a los que podía ir en traje y luego preguntarnos qué habíamos aprendido. —Julián habla de una forma distinta al resto de la gente y eso le gusta. Culta, pero sentida, nada pedante. ¿Es algo que copió de su padre? Se mueve con seguridad sobre la mesa, gesticulando mucho con las manos, pero totalmente consciente del espacio que ocupa. Quizá algo que aprendió de su padre—. Aun así, creo que nos hizo tener la cabeza un poco cuadrada mientras éramos adolescentes. Después decidí cambiar de vida: me fui de viaje, dejé los estudios. Y creo que esa determinación me vino de él.

—¿Y él te apoyó?

Julián ríe.

—Para nada. Mi madre me dice que los dos somos las personas más cabezotas que ha conocido nunca, pero cada uno a su manera. —Le cuenta que su padre está obsesionado con el deber. Usa *está*, en presente, como si no se hubiera ido—. Solo piensa en las cosas adecuadas que deben hacerse en cada momento. Que te permiten superarte.

—Y tú, ¿con qué estás obsesionado?

Lo medita unos segundos.

—Supongo que con la autenticidad. Llevar una vida plena. No superación, sino trascendencia —dice, y ella ríe—. Te hace gracia que hable así.

Lo niega. Luego lo afirma. Ríe de nuevo y deja que él amontone una serie de anécdotas de juventud.

—Eso mi padre lo llevó peor que mi madre. Ella creía que eran rarezas propias de la edad: irme de viaje, tomar mi propio camino. Pero mi padre... no entendía cómo podía elegir algo tan... No sé. Desordenado. Sin futuro claro. Mi padre estaba obsesionado con el futuro.

Tal vez esa fue la causa de que abandonara a Yna: su total ausencia de futuro. ¿Qué esperanza había en una inmigrante con dos hijas que tal vez estaba preparando exámenes para ser limpiadora municipal? Tan insignificante. Y eso mismo fue lo que hizo que ella le amase a él, esa seguridad que auguraba una vida mejor.

—Tú no me estás contando nada sobre ti —señala él.

Él mira detalles de su cara que no son los ojos. Se siente halagada e incluso se olvida de Yna por un instante, hasta que recobra el control.

—Soy yo la que está investigando.

—Hablar de mí tampoco es hablar de mi padre.

—Pues háblame de tu padre —responde ella, sintiéndose descubierta—. ¿Qué pasó cuando se separó de tu madre? ¿Qué fue de la juguetería?

—Se fue de casa y alquiló un piso en la judería. Creo que la amante le duró poco, o que no era de la ciudad. Seguía atendiendo la tienda y nosotros le veíamos allí, no sabíamos qué hacía en sus horas libres o si seguía con ella, pero no parecía que le dedicase demasiada atención. Primero mi hermana Adela y yo le visitábamos bastante, pero con los años nos fuimos distanciando de él. Yo casi no estaba en Barcelona por aquella época. Solo lo llamaba una vez al mes o así, siempre he sido un desastre con el móvil. Cuando volví, lo encontré muy desmejorado. Mi padre había tenido mucho porte y no era tan mayor, pero entonces estaba siempre encorvado. Tenía un problema en el hígado y casi no podía comer ni beber nada.

—¿Cáncer?

—Cirrosis. En los últimos momentos, él hablaba mucho de su infancia. Creo que era consciente de que su tiempo se acababa, y de cuán frágil era su huella en el mundo. Supongo que intuía que no le quedaba ya mucho tiempo aquí.

—Puede ser —conviene ella.

Recuerda la visita a la residencia de la tía Antonia, ella hablando de cómo ahogaban los gatitos en el lavadero. Él remueve el contenido de su plato. Apenas ha comido. Está muy delgado, no cree que supere los sesenta y cinco kilos, aunque sea bastante alto.

—Cuando se murió, en 2015, me arrepentí un poco de no haber aprovechado más el tiempo con él. Me di cuenta de que mi impulso de vivir de forma diferente me había alejado de los míos. Cuando era adolescente chocaba con mi padre porque era demasiado rígido y, en el momento en que decidió llevar una vida más libre, me alejé de él. Pasó esos últimos años muy solo, sin nadie con quien hablar. Cuando murió de un fallo renal, la que dio la voz de alarma fue la chica de la limpieza.

—Eso es terrible. Últimamente he pensado mucho en la gente que muere sola.

Él le roza la mano.

—Piensas que podría sucederte a ti —aventura.

Ella tarda en contestar.

—¿Por qué crees eso?

—No te ha molestado que lo diga, ¿no? Creo que sé reconocer a los solitarios. Yo soy uno de ellos.

Ella ríe para aliviar la tensión.

—Mi padre también lo era —continúa Julián—. No aguantaba que nadie le dijera lo que tenía que hacer, o renunciar a la mínima cosa por nadie. Era algo que yo no soportaba de él mientras vivía, pero que empiezo a entender ahora. Supongo que eso te puede llevar a acabar más solo que los demás.

Le hace algunas preguntas más sobre su padre: cómo funcionó la juguetería, cuántas filiales, cuántos empleados. Terminan la comida y ella no sabe cómo prolongar la conversación. Son las cuatro de la tarde. Balbucea algo sobre si fue difícil para él asimilar la muerte de Alejandro, más allá de los problemas con la juguetería.

—Mientras estaba enfermo lo llevé muy mal. Creía que nada de lo que había vivido hasta entonces podía prepararme para la muerte de mi padre, que era algo que ni siquiera podía imaginar. Me agobiaba la idea de tener que hacerme cargo de mi madre y de mi hermana, que iban a quedarse destrozadas; pero sobre todo no era capaz de pensar en ninguna forma de estar bien yo. Todo el rato tenía en la cabeza un «¿Y qué hago?», «¿Qué hacemos?» que no sabía responder. Era demasiado pronto todavía, mi padre aún era muy joven. Cuando pasó, fue más fácil de lo que esperaba. Por supuesto, lloré, no estuve bien, no podía dormir, todo lo que puedas imaginarte. Pero todo acabó encontrando su lugar.

Ella no dice nada.

—¿Tus padres siguen vivos? —pregunta él.

—Sí.

—¿Y siguen casados?

—Sí, sí —miente. A menos que tome a Ángel como su padre—. Siguen bien.

Tal vez no era el mejor tema para animar la conversación. Ya están en la calle y ella busca cómo alargar la cita, pero no encuentra nada inteligente que decir.

—Me gusta tu proyecto —dice Julián tras unos segundos de silencio.

De repente se siente muy mal por haberle mentido, le resulta obsceno fingir ante él que está haciendo una investigación universitaria. A Julián le encantaría el diario.

—He pensado que podría enseñarte algunas cosas de Barcelona, algunas plazas secretas —se adelanta él—. ¿Qué te parece? ¿Tienes tiempo, o tienes que madrugar mañana?

—Sí.

Le asalta una sensación de *déjà vu*. Como si siempre estuviese diciendo que sí a sus preguntas.

Cuando se acuesta con Julián le da la impresión de que su piel no le resulta del todo ajena, sino que recibe la suya como quien saluda a un viejo conocido. Al terminar, él le acaricia la frente con la suya y murmura, con tono confidencial, «Cuánta libidinosidad», haciéndola reír, avergonzada. Julián se levanta para abrir el ventanal de la habitación, un pequeño balcón en el que ha dejado un cojín para sentarse.

—No me esperaba esto —dice ella. Le molesta el silencio después del exceso de intimidad.

—¿No te gusté cuando te conocí?

—¿Sabes?, no eres exactamente mi tipo.

—¿Y cuál es tu tipo?

—Le gustaría a tu madre. —Está pensando en Carlos.

—Ya entiendo —Se incorpora para buscar el tabaco en sus pantalones—. En realidad, me llevo con mi madre mejor de lo que parece.

—No quería insinuar nada.

—Supongo que nos viste tensos en la juguetería. ¿Fumas? No sabemos muy bien qué hacer con ella. Por eso volví de Sudamérica. Me fui para allá después de la muerte de mi padre.

—Tengo una amiga argentina. Se llama Yna. —Se ríe de sí misma. Julián levanta una ceja con curiosidad—. Entonces, ¿estáis pensando en traspasar el negocio? ¿Cuál es el problema?

—Mi madre ya es mayor para hacerse cargo de todo ella sola. No quiere. Mi hermana ni siquiera ha acabado la carrera. Y yo...

—¿Y tu padre no tenía algún amigo que le ayudase cuando rompió con tu madre?

—Mi padre pasó sus últimos años muy solo, ya te lo dije.

—¿Por qué? —Ella juega con la posibilidad de un castigo justo del mundo, Alejandro condenado a la soledad por lo que le hizo a Yna una vez.

—Tomó muy malas decisiones. Cosas que lo alejaron de la familia o los amigos. Vivíamos en un ambiente un poco esnob en el que muchos pensaban que mi padre se aprovechaba de mi madre, así que lo trataron enseguida como a un trepa.

—¿Crees que tu padre fue infeliz los últimos años de su vida?

—Sí, pero fue culpa suya: vivió su vida de forma que conducía a eso y no a otra cosa. No me dan tanta pena como a ti las personas solas. Creo que la mayoría de las veces es algo que la gente busca. No siempre sabemos aceptar la compañía.

—¿Y qué hicisteis cuando murió tu padre?

Julián le explica que su madre lo tomó peor de lo que esperaba. Llevaban ya casi diez años separados, dice, pero cuando su padre murió, tomaba pastillas sin parar: pastillas para dormir, pastillas para poder estar tranquila, vitaminas y cápsulas de herbolario. Su hermana también hizo lo mismo, él las recuerda bien: dormían juntas en la cama de matrimonio, se acompañaban en cada momento de inactividad, no sabían estar solas, y a la vez discutían todo el tiempo por cuestiones minúsculas que al final arreglaban con grandes llantos.

—Discutían por las cosas más absurdas. Luego surgió el problema de la juguetería. Por ahora la están llevando entre las dos, pero no sé cuánto durará. A mi hermana le convendría separarse un poco de mi madre. A mí me vino bien huir de España, marcharme a Brasil para alejarme de todo. Pero ella no se atreve.

—Y tú tampoco quieres hacerte cargo.

—No me hace gracia la idea de una vida así, pero tampoco querría vender lo que construyó mi padre. Le importaba de verdad. Era su forma de legar algo.

Déjame hablarte de algo permanente, piensa. Quizá debería decirle la verdad: estoy aquí por tu padre, estoy aquí para averiguar si fue el destinatario de este diario que llevo en el bolso. Si lo dijera, lo que acaba de suceder entre ambos tendría una lectura distinta: haberse acostado se acercaría a lo destinado. Pero la disuade la perfección aparente de ese momento, Julián recortado contra la luz solar sin camiseta, acariciándole el brazo mientras se apoya contra el balcón de forja.

—¿Quieres que nos demos un baño? —propone él—. No te preocupes, mi compañera de piso no está aquí en todo agosto.

Hasta el pasado domingo había unos Airbnb, pero nadie más ha alquilado su habitación. Estamos solos.

Ella es consciente por primera vez de que no vive solo en esa casa. Es demasiado grande para uno. Sigue a Julián hasta la bañera. La situación le hace sentir pudor, aunque la haya vivido infinitas veces: está acostumbrada al sexo, la conversación, incluso a dormir con desconocidos, pero no a esa familiaridad. Julián la enjabona con cuidado y le pide que ella lo haga también. Asume que se quedará a dormir y ella duda en si balbucear alguna excusa, aunque tal vez sea tarde para volver a Zaragoza o alquilar de nuevo una habitación de hotel. Mientras Julián le enseña cómo picar correctamente el ajo, ella piensa en Alejandro, pero se resiste a revelar su secreto, y ni siquiera sabe por qué. Después, cuando está casi dormida, cree que está a punto de tener una idea brillante y lucha por mantener la consciencia despierta unos segundos más. No lo consigue, y entonces la idea desaparece.

Por la mañana se despierta con el ruido de la radio colándose en el cuarto desde el salón. Julián no está en la cama y lo encuentra tostando pan en la cocina. Sobre el laminado de la encimera hay un aparato de radio viejísimo, pero muy cuidado, que retransmite un son cubano con una nitidez eléctrica, como si la melodía viniera directamente de otro tiempo.

—Es un radiocasete Sanyo de los ochenta —dice Julián, al intuir que está observándole—. Colecciono radios, en la medida de mis posibilidades. Mi padre me dio varias, algunas mis abuelos, otras las he comprado yo. Esta me la dio mi padre, es sencilla, pero me gusta. En el cuarto tengo una Venus Loewe que no funciona, no sé si te has dado cuenta. Las válvulas son muy caras. También tengo una soviética. —La mira por primera vez esta mañana, sonriendo—. Te parece raro, ¿no? Soy muy analógico.

—Ya me fijé en tu teléfono. ¿Y te gusta escucharla, o solo coleccionar y reparar?

—También escucharla. Escucho algún podcast, pero me gusta más la idea de encender la radio y ver qué hay, o anotar la hora de un programa para escucharlo en directo. Sobre todo Radio 3, los programas nocturnos de testimonio, autoayuda o dedicatorias de canciones. Ya sabes, cuando la gente llama para celebrar un cumpleaños y esas cosas.

—¿Sigue haciéndose eso?

—Pues sí. Yo le dediqué una a mi madre hace un par de semanas. Pero este que suena es solo de música cubana. Me gusta para desayunar.

No sabe qué hora es, se ha apagado su teléfono. Lo enchufa mientras se sienta frente a Julián, preguntándose cuál será el siguiente paso. Tiene todo su equipaje consigo en la mochila, así que puede hacer cualquier cosa. Pospondrá la decisión hasta después de desayunar. Él no hace ningún intento de conversar, así que se centra en la letra de una canción sobre las comandas de un cocinero, y luego en una versión de «Aquellos ojos verdes».

—Y ahora, ¿qué vas a hacer? —pregunta Julián—. ¿Vas a seguir recabando información por aquí?

—La verdad es que no estoy haciendo una investigación universitaria —confiesa—. Es algo personal.

—Lo imaginaba. Por eso te invité a comer, tenía curiosidad. No me lo creí.

—Vuelvo a trabajar el 3 de septiembre. Hasta entonces seguiré por aquí y por allá.

Duda. No sabe si debería quedarse en Barcelona, o ir a Zaragoza y Peñíscola para recabar información sobre el otro Alejandro posible, siguiendo las pistas que Ricardo le dio el domingo en Salou. Se levanta y enciende su teléfono móvil. Enseguida comienza a vibrar, antes siquiera de que pueda ver si tiene mensajes pendientes. Se disculpa y sale al balcón.

—¿Se puede saber por qué no me coges el teléfono? —pregunta su madre—. Lo tenías apagado.

—Lo siento. —Aleja el teléfono de su cara y lee los mensajes que le ha enviado antes de la llamada. El último, a las once y media de esa mañana, pone «Es urgente». Son las doce y media—. Me quedé sin batería. No lo había visto. ¿Qué pasa?

—Carlos está aquí —suelta sin más, y ella ahoga un gritito de sorpresa—. Se ha plantado en casa esta mañana. Ha dicho que iba a ir a la costa, o algo así, y que de camino pasaba por Zaragoza.

—¿Cómo?

—Sí, sí. Ha llamado al timbre, decía que tenía tu dirección porque te envió un regalo el verano pasado. Esperaba que estuvieras aquí. No sabía que tenías que trabajar, y menos en Barcelona. ¿Qué se supone que tengo que decirle?

—¿Qué le has dicho? Él no sabe que...

—No me vengas con monsergas. Está en el salón, tomando un café con Ángel. ¿Qué le digo?

Suspira. Teme que Julián la escuche.

—Nada. Dile que estaba... Dile que llegaré esta tarde.

Cuelga. Julián está fregando los platos del desayuno.

—Tengo que marcharme ya —dice—. Estaremos en contacto.

Sus palabras le parecen frías, inadecuadas, pero está nerviosa y no se atreve a besarle o abrazarle. Él no lo ha hecho esta mañana. Julián la observa con preocupación, deja la taza en el fregadero y se acerca a ella mientras se limpia las manos en la camiseta.

—¿Estás bien? —Le masajea el cuello con una mano.

Quiere quedarse más, compartir su frustración, pero ¿qué podría explicarle, si hablara?

—Sí. Nada grave. Tengo tu teléfono. Te llamo cuando vuelva por aquí.

Él toma la iniciativa y la atrae hacia sí para besarla.

—Claro. Preguntaré más a mi madre y a mis abuelos sobre mi padre y la juguetería. Ya me contarás por qué te interesa todo esto. Aquí te espero.

«Ha llamado al 941736642», dice el contestador automático de Koldo. Una decepción no sorprendente, periódica. ¿Cuántas veces ha llamado ya? Imagina el teléfono sonando en un local vacío, con las persianas bajadas. «Ha llamado al 941736642», repite más tarde. A las horas. Al día siguiente. Ha aprendido a conocer la voz. Sus inflexiones planeadas, grabadas, las pausas y los clics. «Deje su mensaje después de la señal.»

Quizás estas semana salga de dudas aunque
espero que no haya pasado eso, aunque esta
persona me diga que no eres mi hombre me
dolería mucho pero tengo mucha ilusión y fantasía
en ti, yo me he enamorado de ti pienso estoy seg...

I need you to much
Por que me haves olvidado

15/5 ... acabo de pasar ... en ... está
sobre las 9:20 de la noche, ...

Esta claro que la ... vacía, es solo para
alberto y ser la misma que a gonzalo que
no llama... antes habían insistido más ...
prisa que se resiste les excita más.

10B

Samuel y ella llegan a la discoteca a la hora de apertura. Han pasado el día en la piscina que él cuida y perdiendo el tiempo en su sofá. Ella sigue refiriéndose al sitio como «restaurante» y ha insistido en no cenar para probar la comida que tienen allí. Él prefirió tomar un sándwich y comprende enseguida por qué: la terraza es exigua, acumula algunos vasos de plástico de la noche anterior, las mesas están sucias. La puerta negra le da el aspecto de garito insonorizado.

—¿Entramos?

La sala solo está iluminada a medias. Hay pocas mesas y están apartadas, algunos sofás y un pequeño escenario. Bafles gigantes y plantas de plástico, en un intento de darle exotismo. Todavía no ha llegado nadie más.

—¿Están los dueños? —pregunta a la camarera, que pone cara de sospecha. Es rubia, bastante más joven que ella, y tiene un gesto desagradable alojado de forma permanente en sus enormes labios. No contesta a su pregunta, le dice que si quiere algo—. ¿Me das la carta? De comida.

—No servimos comidas.

Samuel toma la palabra y pide dos jarras.

—No está aquí —le dice ella cuando se sientan a una mesa.

—No lo sabes. La hostelería es muy dura. A lo mejor cambiaron el negocio, pero sigue aquí.

—Alejandro quería ser cocinero —repite convencida de ello de una forma en la que no lo estaba en Barcelona.

Samuel ignora su desilusión: para él es un juego, un pasatiempo para que cada día del verano no sea idéntico al anterior. Sigue charlando como si estuviesen en su sofá, sin percatarse de que ella está tensa.

—¿No crees que deberíamos volver a decirle algo a la camarera? —le interrumpe ella.

—¿Y decirle qué?

—Que queremos ver al dueño.

—¿No has dicho que seguro que Alejandro no estaba aquí? —Se corrige al ver su expresión—. Eh, era una broma. Vamos a preguntar si quieres.

Se levanta sin esperarlo. La camarera la ignora el máximo tiempo posible mientras sirve unos margaritas al otro lado de la barra a unos hombres con camisetas del Manchester United. Por fin la mira. No la escucha, solo señala las jarras vacías preguntando si quiere más. Ella asiente, pero le hace un gesto para que se acerque. La camarera la ignora de nuevo y ella siente algo que se parece al odio. La agarra de la muñeca cuando le da el cambio, y la chica frunce sus labios gordísimos mostrando indignación.

—Cálmate, tía.

—Quiero ver a tu jefe. Al encargado.

—¿Por qué?

—Asuntos de negocios.

—Vendrá luego. A partir de las doce.

Se sienta junto a Samuel y le explica que tienen que esperar una hora más, pero que él puede marcharse si quiere. Él le aprieta la rodilla y le dice que se quedará. A ella le disgusta su contacto: de repente detesta la idea de que alguien la toque, en especial un desconocido.

—Cuéntame algo de ti. Solo he hablado yo —dice él—. ¿Por qué estás buscando a Alejandro?

—Ya te lo he explicado. —Suspira con hastío. Ahora mismo preferiría estar sola—. Me da igual si piensas que es una tontería.

—No he dicho eso. Entiendo lo que me explicaste. Me refiero a la razón real, a por qué una persona lo deja todo solo porque encuentra un diario en la calle. —Ante su silencio, insiste—: ¿Habías roto con tu novio? ¿Te sentías identificada con ella?

Ella se ríe y niega con la cabeza.

—¿Una muerte en la familia?

—Nada de eso —asegura, aunque no es del todo verdad, la tía Antonia sí murió.

¿Tal vez ella tiene una enfermedad incurable?, se pregunta él. Ella ríe otra vez: no. ¿Acaba de perder la fe? ¿Ha sufrido un aborto y por eso le interesaba tanto saber qué significa tener una hija?

—Déjalo. No hay trauma, ni ningún problema, ni nada —le dice—. Tenía trabajo, familia, novio, todo iba bien. Simplemente encontré el diario y me obsesioné. Me preguntaba qué clase de persona sería Alejandro, qué clase de persona sería capaz de dejar así a Yna, y a la vez qué tenía que le hiciese digno de una obsesión tan grande. Y sé qué vas a decir, que probablemente ninguna de esas cosas que tenía me gustaba demasiado, o que no me llenaban, blablablá. Y puede ser. Pero...

—¿Y por qué crees que es eso? —la frena él, rozándole otra vez la mano.

—Me han dicho que me buscabais —los interrumpe una voz. Es el hombre de la fotografía de la apertura del Chamba, moreno, enjuto, encorvado—. ¿Qué pasa?

—Buenas noches —dice ella con una formalidad que le suena ridícula a ella misma—. Estoy buscando a su socio. Creo que se llamaba Alejandro Rodríguez.

Unos segundos de silencio tenso.

—Joder, hacía siglos que no me acordaba de él. —Su expresión cambia: parece alegrarse sinceramente—. Fuimos socios unos añitos. Me llamo Ricardo.

Les estrecha la mano con efusividad y hace un gesto para que le sigan. Ella no duda y Samuel se queda atrás. A pesar de eso, Ricardo se dirige a él cuando habla.

—Siempre fue un tipo misterioso —les cuenta mientras hace que pasen a la trastienda del bar, aparentemente contento de hablar de alguien conocido.

Sigue mirando a Samuel todo el rato, como si fuese él quien merece sus respuestas aunque sea ella quien hace las preguntas. Les ofrece otra jarra. Ella cree que ya no está pensando con claridad, pero acepta. Samuel también.

—¿Qué queréis saber? —pregunta, mirándole a él.

—Cómo era —dice ella—. Cómo empezó el negocio. Y dónde está ahora.

Él la mira de verdad por primera vez.

—¿Le estás buscando?

La examina de arriba abajo. No de forma obscena, sino curiosa, como si estuviera valorando algo.

—Sí.

—Os cuento un poco.

En el año 94, Alejandro y Ricardo trabajaban en una depuradora de basura en Barcelona. «Depuradora-de-basura —remarca Ricardo—. Imaginaos cómo era eso.» Ambos hacían una cantidad ilegal de horas y se pasaban el día moviendo desechos de un lado al otro de la planta, con un sentido organizativo que permanecía oculto para todos los empleados y hacía que tuviesen la sensación de que nada tenía ninguna clase de propósito ni orden. Había muchos hombres en la planta, explica Ricardo, unos veinticinco. También alguna mujer de la limpieza, pero no de la misma limpieza que ellos: limpiaban las instalaciones de los que limpiaban. Baño, cantina, todo eso. Casi nunca coincidían con ellas, jamás supieron sus nombres. Tampoco el de muchos de sus compañeros. El ambiente era hostil, casi bélico, no favorecía la conversación. Ricardo recuerda a algunos:

—Estaba el Bernabé, que era de Cornellá y que tenía una deuda muy gorda que pagar de la que no quería decir ni una palabra. Estaba también Alberto, un tío que nunca hablaba y que estuvo una vez en la cárcel. O Sebas, un tipo de casi sesenta años que había pasado su vida en la depuradora. Eso le había jodido la cabeza pero bien —les explica—. Hacía bromas con la basura todo el rato, como si fuese su novia o su madre. O una prostituta. Jamás se dirigía a las mujeres reales, y ni siquiera él, que llevaba cerca de treinta años trabajando en la planta, comprendía con claridad la lógica de su trabajo.

De los demás, Ricardo no recuerda los nombres, y eso que estuvo trabajando allí dos años, unas diez horas al día cuatro o cinco veces por semana. Alejandro no encajaba allí. Era muchísimo más joven que los demás, apenas había pasado los treinta años. Seguía teniendo un gesto infantil y no se le daba bien la gente, recuerda él. Era muy tímido y siempre estaba colorado. Se notaba que el ambiente embrutecido le hacía sentirse fuera de lugar: era demasiado sensible y, por mucho que se esforzó, jamás se llegó a sentir cómodo. Una vez le contó a Ricardo que le daba vergüenza volver en el cercanías al cuartucho que alquilaba, que era muy consciente de su olor, de las manchas del mono de trabajo y pensaba que todo el vagón le detestaba.

—Pero era divertido —asegura Ricardo—. Inteligente. A menudo se inventaba tonterías para hacer el trabajo más llevadero. Contaba historias, tarareaba canciones de rock and roll y, sobre todo, traía táperes con croquetas y cosas así para todo aquel que quisiera. Jamás traía un sándwich correoso como el de los demás. Eso sirvió de burla para mucha gente. Le llamaban maricón, mariposa, bujarra. Pero los táperes le sirvieron para hablar con algunos compañeros; conmigo mismo, de hecho. Al principio no hablaba nunca y luego era el centro de todo. Tenía una historia curiosa, era el tipo con los trabajos más extraños que he conocido nunca: había repartido carteles, encerado suelos y había sido camarero, como todos, pero también había cuidado a dos niños, había sido cámara de una película guarra, había dibujado recreaciones de escenas de crímenes para investigaciones judiciales. Todo era difícil de creer, pero en su boca sonaba totalmente cierto. Es que era un tipo raro —insiste—, tenía duende. No pegaba mucho en la depuradora, pero se esforzaba como nadie. Trabajaba duro, muy duro. Jamás se escaqueaba de nada.

Ricardo y él intimaron más después del primer verano. Compartían parte del camino en cercanías y ambos preferían los turnos de noche para cobrar más.

—Una vez estuve en su casa, ¿sabéis? Un día que mi mujer no me dejaba entrar en la mía porque una vecina le había contado que yo me iba de putas. Era un cuchitril de treinta metros cuadrados con un baño sin cisterna, pero tenía un salón bonito, lleno de novelas policíacas y juegos de lógica tallados en madera. Ajedrez, cubos de Rubik. Una bandera de una universidad de Estados Unidos y otra de un sitio que no sé cuál era. Y no tenía cama, solo un colchón en el suelo que también usaba de sofá.

Pero todo estaba limpísimo. Inmaculado. Le pregunté si llevaba allí a muchas mujeres, él se rio, y entonces supe que se le tenían que dar bien las tías. Luego, cuando nos mudamos aquí —explica Ricardo—, vi que era verdad. Yo creo que era por el aire de niño perdido, y porque era muy sensible. En cualquier caso, pasamos la noche fumando, hablando de todo un poco, aunque él nunca quería contar nada personal, solo anécdotas estrafalarias que en realidad no decían nada. Pero me contó que su sueño era ser cocinero. Lo había sido desde que de niño ayudaba a su madre a guisar. No era marica, eso seguro —recalca—. Pero sí algo afeminado.

Lo intentó. Le explicó a Ricardo que en su propia ciudad había sido camarero, barman, cocinero en algún comedor comunitario, o algo así. No se acuerda bien. Ella le pregunta si podía referirse a la base militar americana, y él cree que podría serlo, pero no está seguro. También viajó al extranjero, y en aquellos años eso no era tan corriente. Pero tuvo una mala experiencia. Esa noche que Ricardo pasó en su casa no quiso contarle más y nunca cambió de idea, aunque él insistió muchas veces, porque quería conocerlo mejor, porque creía que había un secreto en los ojos de Alejandro, y también porque le daba una curiosidad morbosa saber qué podía hacer que un tipo como él regresara a su país con el rabo entre las piernas.

—Al volver de lo que sea que le pasó, no quiso intentarlo en Zaragoza. Probó suerte directamente en Barcelona, aprovechando el boom de los Juegos Olímpicos. Estuvo en varios restaurantes, de los que le echaron por distintas razones: o no era bueno con la gente, o no cumplía los turnos, o no hacía las cosas de la forma exacta que tenía que hacerlas. No se le daba bien tener jefe. Nada bien obedecer. En la depuradora acababa imponiendo sus propias reglas en el caos. Era indomable, solo que allí a nadie le importaba.

Entonces Ricardo empezó a tener ideas, les cuenta. Con su mujer la cosa iba fatal y odiaba el trabajo en la depuradora. Además, había ahorrado algo de dinero.

—Mi mujer de entonces era mala —les asegura a Samuel y a ella—, pero gastaba poco, algo bueno tenía que tener. Así que me puse a pensar: ¿y si probara suerte con Alejandro? ¿Y si ponemos juntos la pasta y montamos un garito, una discoteca, un restaurante? Y de ahí surgió la idea del Chamba. El nombre se lo puso él. Un primo segundo de mi padrino traspasaba un garito en Salou, y le propuse a Alejandro: «Eh, tío, ahorramos y yo te pongo un restaurante. Haces tú la carta, cocinas, y por las noches yo pongo la música y las copas. Nos comemos juntos la Costa Dorada».

—Y él aceptó.

—Le hacía ilusión. Se notaba que le gustaba la idea de no tener jefe.

—Entonces, ¿por qué ya no está aquí? —pregunta Samuel.

Ricardo suspira y se frota las sienes.

—Todo en la vida acaba volviéndose complicado.

Abrieron en mayo del 95. Contrataron a un par de camareros y acordaron que Alejandro se encargaría del día y él de la noche. De doce a doce, más o menos. Alejandro servía comidas y cenas y Ricardo abría de medianoche a las siete de la mañana. Y ahí comenzaron los problemas: Alejandro quería que pareciese más a un restaurante, y Ricardo, que se pudiera bailar.

—Alejandro creó un menú exótico: ensaladas con frutas, carnes raras a la brasa, platos *gourmet*. Ahora esas cosas están más de moda, pero antes no tanto —dice Ricardo—. Los materiales eran caros y el menú no podía ser del todo barato aunque no aspirásemos a ganar más que para cubrir gastos. Y yo quería ganar. Alejandro abría el local de doce a cinco para comidas. No venía casi nadie. Él decía que era culpa del sitio: comida como esa no podía servirse en una sala que apenas tenía luz, y que yo a veces olvidaba fregar cuando cerraba. Por la noche acudía más gente, pero muchos preferían cenar en sitios más baratos. Yo le suplicaba que si no podíamos servir patatas y hamburguesas; que si no podía dejar de comprar ese café tan especial que venía de la Conchinchina y servir Marcilla o Estrella, como en todo el jodido Salou —eleva el tono, bebe un largo trago de cerveza—. A veces me enfadaba de verdad con él. Vivía como si fuese un rico, qué coño. Por las noches, el Chamba siempre estaba lleno de gente dispuesta a pasárselo bien. En algunas ocasiones, lograba convencerle de que se quedase y se divirtiera un poco, pero luego él se enfadaba porque le costaba levantarse a la mañana siguiente.

Con todo, el primer año del Chamba fue bien. El segundo, regular: tuvieron un lío por paso de drogas y perdieron dinero con la ridícula idea de tener un restaurante pijo. Ese mismo verano, Ricardo volvió a casarse. Antes Alejandro y él vivían juntos en un apartamento con piscina. Estaba pensado como lugar de vacaciones y tenía toda la vajilla con logos de Mahou o Matutano. Ricardo llevaba a mujeres algunas noches, cuando cerraba el bar, pero rara vez lo hacía Alejandro, no después del primer verano.

—A Alejandro no le iba muy bien en el amor —dice—. Ligaba mucho el primer año, pero siempre le gustaban pibas complicadas que no hacían más que molestarle y darle disgustos. Siempre lo hacía complicado todo, el chaval; no sé qué tenía. Creo que durante el segundo año estuvo deprimido. Los inviernos eran duros en la costa. Apenas había visitantes y Alejandro se aburría mortalmente.

Durante el invierno entre el segundo y el tercer verano del Chamba, Ricardo llegó a preocuparse por él. Estaba enfermo, muy delgado, nunca quería hacer nada más que estar solo en la cama leyendo novelas de misterio. Se puso a salir con una mujer diez años mayor que él que había sido stripper en Pachá y siempre parecía enfadada con todo el mundo. Muchas veces despertaban a Ricardo a voces al mediodía, cuando Alejandro le preparaba la comida y ella se quejaba de que por su culpa se estaba poniendo gorda, que estaba todo el día guisando y que con él no se podía hacer otra cosa que comer, comer y comer. Así yo también aprendería a cocinar, le decía; y luego le gritaba que iba a ser un viejo gordo y calvo. Lo dejó en primavera por un tipo que acababa de abrir una empresa de rayos UVA justo debajo de su apartamento, así que Alejandro siempre daba una vuelta extraña por la manzana cuando quería ir a cualquier parte para no tener que pasar por delante de ese sitio.

—En el tercer verano ya nunca abríamos a mediodía, y Alejandro se acomodó a hacer tapas y aperitivos por la noche, no solo platos elaborados. Entonces volvió a tener éxito el Chamba. A la gente le gustaba venir aquí a las nueve o a las diez, picar algo y quedarse hasta el día siguiente. Además, se había corrido la voz de que se pasaba la mejor coca de Salou, lo cual no era verdad, solo cosas que decía la gente, pero que de alguna manera ayudaron a la causa. Todo empezó a ir sobre ruedas, pero Alejandro no era feliz, se le notaba. Estaba siempre tristón. Yo creía que era por la stripper de los rayos UVA. Pero cuando acabó la temporada, me refiero a octubre o noviembre, cuando ya han venido los viajes organizados de viejos y todo volvía a estar calmado, dijo que lo dejaba. Que este había sido su último verano en el Chamba y que iba a probar suerte en otra parte.

—¿Dónde?

—No me acuerdo bien. Creo que volvió un tiempo a Zaragoza. Su padre o su madre, no sé, no estaba bien. Y al verano siguiente consiguió curro en un hotel de Peñíscola. Me mandó alguna postal desde allí. Le gustaba enviar postales. —Ricardo frunce el ceño—. La verdad es que fue buena idea. Poco a poco, Alejandro y yo ya no nos aguantábamos, ¿sabéis? A mí me ponía negrísimo algunas cosas que él hacía en casa, lo irresponsable que era para pagar facturas en plazo o para no calcular lo que se gastaba en el menú de cenas. Y él pensaba que yo era un sucio, que solo me importaba la fiesta, y que era un guarro. Cuando se marchó, volvimos a ser amigos. Una vez incluso se vino aquí de fiesta un fin de semana libre, conduciendo durante horas solo para que pasáramos un rato juntos. Lo que sí fue una pena fue lo de las tapas. La gente las seguía pidiendo, y yo no sabía hacer nada. Durante un tiempo lo intenté dando nachos con queso y salsa tex-mex.

Ella le pregunta por qué se marchó, si fue por una mujer. Ricardo cree que estaba deprimido porque el restaurante no había funcionado.

—Aunque en realidad no fue tan mal: ya os digo que las tapas de Alejandro le gustaban a todo el mundo, venían a comérselas aquí en lugar de cenar en cualquier chiringuito. Pero no estaba contento con eso. Creo que el problema de Alejandro era que le pedía demasiado a la vida. Nada le parecía nunca suficiente.

Ricardo abandona la mesa para buscar jarras para todos. Mientras tanto, Samuel le agarra de la muñeca y le hace algunas preguntas que ella no llega a escuchar. Cuando vuelve, les cuenta más sobre Alejandro, algún detalle nimio sobre su convivencia en el restaurante, de las mujeres con las que salió en Barcelona o Salou. También recuerda que un otoño fueron juntos a las fiestas del Pilar y que conoció a sus padres y le parecieron unos viejos muy tristes. Vivían sobre un comercio del barrio, que hacía ruido desde las ocho de la mañana. Ella se pregunta si no podría ser la ferretería que le había comentado Koldo, pero Ricardo no se acuerda.

—Estuvo dos o tres años trabajando en el hotel de Peñíscola —dice—. Y creo que era más o menos feliz, aunque no estaba solo en cocina, sino de camarero y animador cuando hacía falta. Me contó en una postal que a veces se tenía que disfrazar de Mickey Mouse o de payaso. Luego conoció a una chavala allí, otra bailarina, o animadora, lo que fuera. Y entonces me pidió su parte de lo que había invertido en el Chamba. Yo ya pensaba que no me la iba a exigir nunca, ya ves. Pero claro, se la di.

—¿Para qué la quería?

—La familia de ella también era de Zaragoza y decidieron volver allí juntos. Me contó que había problemas entre los hermanos de ella, o algo así, y que él quería comprar su parte y convertirlo en su restaurante. —Ricardo se ríe—. Nunca desistió. Una vez estuve allí, de vacaciones con mi mujer. No estaba mal.

—¿Y sigue en el mismo sitio?

Ella siente que la excitación le sube por las mejillas. También le pide el nombre y el del restaurante, si lo recuerda. Ricardo sonríe: por supuesto que lo hace. Garabatea un nombre en un flyer del Chamba y dice que no tiene el teléfono, pero que seguro lo encuentra fácil: El Chinaski, en Zaragoza capital. Ella le da las gracias. Y la casa de sus padres, ¿estaba en Torrero, recuerda? Sí. Cree que sí, encima de una ferretería que se llama Aguilar. Pero no sabe si Alejandro estará en Zaragoza. Lleva años sin hablar con él.

—¿Puedo preguntarte algo? —dice Ricardo, y ella asiente—. ¿Por qué le buscas? Perdona la indiscreción, pero ¿sois familia?

—¿Qué? No —contesta con más vehemencia de la que desearía. Se le está subiendo la cerveza a la cabeza.

—Perdona. Perdona. Por edad, pensaba que a lo mejor...

—A lo mejor, ¿qué?

—Nada, nada, que podrías ser su hija, o creer que lo eres. De otra manera que yo, pero era muy mujeriego.

—Pues no —aclara ella.

Él se disculpa. Samuel le da las gracias y la saca de allí lo más rápido que puede. Cuando vuelven a la entrada del Chamba le pregunta qué quiere hacer. Si tomar otra, bailar, qué. Ella le dice que salgan de allí. No soporta ver ese local: la suciedad del suelo, la pintura negra para disimular la putrefacción. Cree ver el fracaso de Alejandro en esas paredes.

—Vámonos.

—¿A mi casa?

—No. Tampoco. A cualquier otra parte.

Bailan. Se meten en todos los sitios que encuentran abiertos y salen de ellos cuando uno de ambos decide que allí ya no queda nada más que ver. Beben. Pasan de la cerveza al tequila y del tequila al gin-tonic. Samuel insiste varias veces en que él no suele hacer eso. En un garito en el que se pueden pedir canciones ella pone «I Want You, I Need You, I Love You», la canción del diario de Yna. No actúan como dos personas que se han acostado, más bien como dos amigos que quieren divertirse. Ella no vuelve a tocarle y él tampoco lo intenta. En uno de los after, una extranjera se pone a bailar con Samuel y ella solo se ríe. Cuando regresa le pregunta si echa de menos a su ex.

—No —dice él—, la verdad es que no. Solo seguíamos juntos por costumbre.

Pero a veces, cuando ve en la piscina a una chica joven leyendo un libro, o a unas chicas hablando de la universidad o de la selectividad en el césped sí que echa de menos algo. Incluso cuando la vio a ella, tan sola y tan dispuesta a obsesionarse.

—En realidad, solo tengo treinta y tres años —dice—. Sé que parezco mayor.

—¿Y no te arrepientes? —le pregunta ella.

Él no contesta. Ya son casi las siete de la mañana.

—¿Te apetece que vayamos a la playa a ver el amanecer y dormir un rato?

Caminan abrazados. Ella cierra los ojos y se deja llevar por él. No hablan por el camino. Hace frío en la playa y él la acomoda entre sus piernas para darle calor.

—Hacía mucho que no salía —repite. Le acaricia el pelo y ella empieza a adormilarse. Coquetea con la idea de besarle, hacer el amor en la playa, pero decide que sería un tópico sucio y triste—. Y no —añade—, no me arrepiento de nada. Amanda es lo mejor que me ha pasado nunca. Tampoco podía hacer otra cosa.

—Mi padre se fue de casa cuando yo tenía dos años. No me acuerdo mucho de él.

—Lo siento.

Ella chasquea la lengua.

—No, no es eso. No lo decía para que lo sintieras, no era una confesión triste de resaca. Solo es eso, que los padres pueden marcharse si quieren.

—Algo te afectaría. Una vez leí que los niños que crecen sin madre o sin padre tienen grandes problemas emocionales.

Ella se ríe.

—Bueno, no puedo negar que he tenido algunos problemas emocionales, pero no creo que sea justo echarle la culpa a mi padre. Cuando era adolescente sí que lo hacía: pasé mi infancia preguntándole a mi madre cosas de mi padre, cómo era, dónde estaba, por qué se había marchado. Después me enfadé; le eché la culpa a él de todo lo que iba mal con nosotras: la pobreza, las discusiones permanentes, mi insomnio, mi incapacidad de estar tranquila. Pero no creo que, aunque él se hubiese quedado las cosas habrían sido tan diferentes.

—¿Y no has pensado en buscarlo?

—No de adulta. No me apetece volver a ponerme nerviosa por ese tema. Además, seguro que luego sería una decepción: ni el hombre ideal que me imaginaba de niña, ni el ser malvado y sofisticado que me imaginaba de adolescente. Solo un tipo gris, probablemente un poco solo.

—No sé.

Él comienza a masajearle las sienes y ella agradece que no hable más, aunque solo sea porque está borracho. El frío húmedo no llega a molestarla, tampoco la arena en los talones. Se concentra en la punta de sus dedos trazando círculos en la cara, en su respiración.

—¡Eh! —La zarandea—. ¡Mira eso!

Abre los ojos y se los frota con fuerza. Siente el escozor del rímel contactando con sus córneas y parpadea muchas veces. Hay tres personas vestidas de negro en la orilla de la playa. De repente tiene mucho frío. No consigue distinguir nada.

—Creo que es un entierro —aclara Samuel—. Creo que llevan unas cenizas y van a tirarlas al mar.

Las tres personas se abrazan varias veces, como en una coreografía. Parecen tres jóvenes, pero ella cree adivinar en los gestos de una de las figuras que ya tiene cierta edad. Y sí, tienen una especie de urna o jarrón que se resisten a soltar.

—Cuando me muera, me gustaría ser incinerado. —A Samuel le cuesta pronunciar la palabra *incinerado*, arrastra la erre—. Todo arde y ya está. Además, la idea de ser enterrado me da mucho asco.

El grupo abre la urna, pero se resisten a volcarla sobre el agua. Después de unos minutos meciéndose contra las olas, tiran las cenizas al mar, una pequeña mancha oscura que se desvanece como el rastro de una pasión. Ella se pregunta por qué habrán decidido una playa chabacana y sucia para tirar las cenizas de un ser querido. Le viene a la cabeza la idea de un montón de ceniceros llenos de colillas.

—Hace poco incineramos a alguien de mi familia. La tía Antonia. Era la tía de mi padre.

—¿Y fue tu padre?

—No, no fue. Yo estaba segura de que no iba a hacerlo. Llevamos mucho tiempo sin saber dónde está. De hecho, mi madre se tuvo que encargar de casi todo. La familia de mi padre es un poco desastre, pero esa mujer se portó muy bien con nosotras cuando yo era una niña. Nos dejaba ir a su casa del pueblo cuando no teníamos dinero para ir a ningún sitio en vacaciones, me cuidaba cuando mi madre y mi abuela no podían y los padres de mi padre no nos hacían ni caso. A veces nos dio dinero. Era una buena mujer —asevera—. Llevaba años sin verla cuando murió y aún sigo sintiéndome mal por eso.

Intercambian algunas frases más, adormilándose. Por ejemplo ella dice: «No vi el mar hasta que cumplí los quince». Él dice: «Recuerdo el momento en el que Amanda empezó a hablar, es lo que más ilusión me hizo». Las tres personas ya se han marchado. Ella dice: «Quiero que sea invierno otra vez». Él dice: «Siempre quise aprender a tocar un instrumento». Y callan, mecidos por el sonido de las olas que no llegan a tocarlos. Se abrazan más fuerte porque tienen frío. A él le suena una alarma en el móvil. Dos, tres veces. Es la alarma que viene por defecto en el teléfono, y eso le da a todo una sensación de irrealidad. Podría ser una alarma sonando en su casa de Madrid, en

Barcelona, en cualquier parte. Ella se levanta y se sacude la arena con violencia.

—Tengo que marcharme —dice.

Él le propone que vaya con él a la piscina hasta que salga su tren, o hasta cuando quiera.

—No puedo. Tengo que coger el primer tren. He quedado en Barcelona para comer.

16/5

Como te explicaria (Alex la) angustia que tengo
la pena que nunca nada de ti que pienso
muchas veces al dia en ti todo gira sobre ti
Si hubiese sido pesado dificil quizas hubiese
insistido, pero he sido facil y he llamado
varias veces, No lo entiendo, pero puedo decir
que si me he dejado era por dos motivos
el primero me gustastes y segundo
lo necesitaba no salio bien ninguna de
cuatro veces, pero llamarte tengo la
idea que me dejaras ahi noticias hasta
julio eso quiere decir que no te ofrecieros
trabajo hablaste, pero yo te necesito
aqui trabajar, si yo pudiera
escribirte como lo hago en este cuaderno
que bueno seria, estoy impaciente por a

11A

—¿Quieres café? —pregunta Julián en cuanto aparece.

Han quedado en una estación de metro que él consideraba
fácil de encontrar y ella ha ido en taxi, para no llegar bochorno-
samente tarde. Se disculpa por haberse retrasado y él le quita
importancia. Está exhausta. Ha intentado en vano arreglarse,
aplicarse base, polvo iluminador, rímel, un rubor ligero. Tampoco quería que Julián notase que se había maquillado para él.

—Siento llegar tarde —repite.

—No pasa nada, en serio.

Julián la guía por las calles, rozándola levemente cuando se
equivoca en su trayectoria. A su pesar, ella se siente excitada por
cada uno de sus roces, pero también sucia. No solo por el autobús o el sudor, sino por las marcas de tantas cosas que no le ha
contado. Julián anda deprisa, ella le sigue a medias. Él le dice que
tenía ganas de verla y su corazón se para. Luego añade:

—He averiguado más cosas sobre mi padre. Cosas que te
pueden interesar.

Su ánimo se desinfla. ¿No recuerda cómo se acostaron? ¿De
verdad está pensando en su padre y en la investigación? ¿No debería ser ella la que pensase en Alejandro, el padre de Julián? Se
sientan a una mesa con un mantel de hule amarillo y flores es-
tampadas. Hay una obra en el otro extremo de la plaza que le

martillea la cabeza igual que las horas que lleva sin dormir en condiciones. No lo ha hecho desde la noche que pasó en casa de Julián.

—¿Qué has averiguado? —pregunta.

Él sonríe, ajeno a su intranquilidad. Saca un sobre.

—Te he traído fotos. He pensado que te gustaría verlas.

Las esparce sobre la mesa. Ve a Alejandro García de joven, tan parecido a Julián, lo ve abrazándole de niño; o más joven aún, posando con su esposa frente a una montaña seminevada. Sonríe a la cámara con la confianza de un vendedor de seguros o colchones. La belleza de la madre de Julián le resulta demasiado fría a su lado. Hay más fotos, muchas más. Ella las revuelve buscando algo invisible e imposible de encontrar en las imágenes. Julián las completa con algunos datos: «Mira, esta es de cuando mis padres se acababan de conocer», «Esta la hicieron el día que se inauguró la juguetería», «Este soy yo, con meses, y esta es mi madre en la estación de esquí de Canfranc».

—Muchas gracias por traerme todo esto.

—Y tengo más. He recabado información.

—Muchas gracias —repite mientras se relaja en la silla de acero, clavándose el metal en la espalda.

—Cuando mi padre se mudó a Barcelona trabajó en un restaurante. —Le cuenta la historia que más o menos ella ya había escuchado en Set Portes: que era un restaurante que estaba cerca de la basílica de Santa María del Mar, que él era un cocinero competente, que se le daba bien la gente y siempre siempre cumplía, o incluso daba de más—. Conoció a mi madre una vez que ella cenó allí con sus amigas. Eran los Juegos Olímpicos y mi padre estuvo comentando con ellas los resultados. De un partido de baloncesto, dice mi madre. A ella le fascinó todo lo que sabía de baloncesto, de los americanos. Según mi madre, coqueteó con todas, pero al final se centró en ella. Le sirvió nata extra en el postre y luego le dijo que por qué no esperaba a que saliese de trabajar, que él le prepararía una última copa.

—¿Y así empezaron?

—Qué va. Mi madre dijo que no. Pero ya le gustaba —asegura él—. O al menos le gustaba cómo la había cortejado. Así que comenzó a ir por el restaurante con cualquier excusa. Llevaba allí a amigas, celebró su cumpleaños. No sé cómo fue, pero empezaron a salir. Mi madre me ha dicho que lo que más le gustó de mi padre era su forma de moverse —confiesa Julián y ella puede creerlo, viendo cómo se desenvuelve su hijo—. Que era muy guapo. Y que sabía bailar. También tocaba la guitarra.

¿Es posible que esté un poco más cerca de ella en la mesa, o lo está imaginando todo? Busca en los movimientos de sus manos, cada vez más cerca de las suyas, un rastro del deseo que sintió la otra noche. Él sigue hablando:

Y le tranquilizó mucho saber que no venía de una familia de pobres. A mi madre eso le preocupaba bastante. Se sentía más cómoda yendo al restaurante una vez que supo que no era un muerto de hambre.

—¿Y él no cambió de trabajo mientras salía con ella? —Cree saber la respuesta a esa pregunta, y recoge el dato de la guitarra con ilusión: Koldo dijo que Alejandro la tocaba.

—No. No hasta que se casaron y abrieron la juguetería.

Eso es algo distinto de lo que le había dicho el dueño del Set Portes. Probablemente irrelevante, falso en uno de ambos casos. La muerte permite reelaborar elementos de una vida sin consultar al interesado.

—¿Y cómo era tu padre en aquel entonces?

—Es gracioso que lo preguntes. Con el tiempo se le pasó, pero mi madre dice que a nuestra edad era un tipo muy melancólico.

Mi madre piensa que tenía un pasado oscuro que nunca contó a nadie.

—Tal vez. Pueden mantenerse secretos incluso estando casados —dice, pensando en Yna: tal vez ella fue su secreto—. A lo mejor por eso pensaba tanto en el futuro.

—A lo mejor.

No sabe por qué, pero siente ganas de llorar. Tal vez son las fotos, o que está muy cansada. No deja de pasarlas una y otra vez, viendo distintas imágenes de ese Alejandro joven, Alejandro de treinta años en el año 90, Alejandro de mediana edad, Alejandro envejecido en apenas el transcurso de cinco años. Si lloro, fingiré que bostezo, piensa. Se ha relajado completamente sobre la silla y se da cuenta de que le duele el cuello. Un problema invisible para los ojos de casi todo el mundo, no para él.

—¿Estás bien? —pregunta.

Le coge la mano con la misma intimidad que la otra noche. Ella se relaja.

—Solo estoy un poco cansada. Vengo directamente de Zaragoza.

Él le aprieta la mano.

—Y ahora, ¿qué vas a hacer? ¿Vas a quedarte investigando por aquí?

Ella se tensa de nuevo. Ha pasado todo el trayecto en autobús meditando cómo expresar sus deseos sin que sea demasiado obvio.

—He estado pensando en lo que me dijiste la otra noche. Que tu compañera de piso iba a estar fuera todo agosto y que estaba alquilando su cuarto por Airbnb. Quizá me vendría bien estar en Barcelona para seguir investigando, pero no quiero gastar todos mis ahorros en un hotel. ¿Crees...? —Duda, no sabe si su petición es inadecuada, pero Julián parece contento.

—Claro. Se lo diré a Marta, seguro que le viene bien. No vuelve hasta el diez de septiembre. Y además, no me gusta lo de Airbnb. Ni por política ni por comodidad, no quiero estar pendiente cualquier día de tener que abrirle a un turista si estoy trabajando. Seguro que te hace precio, no iba a conseguir alquilarlo más de un fin de semana.

Ella respira hondo y solo entonces empieza a beber el café, ya vencido el nerviosismo.

—¿Estás trabajando en la juguetería? —dice para llenar el silencio.

—No. Quería ser independiente hasta que tomase una decisión. Y en agosto está cerrada. Soy vigilante nocturno en un hostal del centro, cuatro o cinco noches por semana. Esta noche me toca, pero si quieres puedes venir a casa a comer y a echar una siesta, y yo llamo a mi compañera. Seguro que le parece bien —la tranquiliza—. ¿O tienes un hotel para hoy?

—Sí tenía un hostal, pero aún no he dejado mis cosas —miente, señalando su mochila—. Si estás seguro de que va a decir que sí, voy directamente a tu casa.

—Está hecho.

Consuelo, de Zaragoza, quiere enviarle una canción de Lola Flores a su madre. Martina, de Molina, quiere escuchar «Escuela de calor» porque ya se ha graduado. María, de Pontevedra, le manda «Where Did You Sleep Last Night» a sus hermanas, Paola y Ana, «que siempre la han apoyado». Javier quiere algo de Leonard Cohen porque hoy ha logrado un nuevo puesto de trabajo. Mariano, de Córdoba, quiere escuchar «algo alegre» y «que esté de moda» ya que hoy, por fin, se jubila. Laura, de Barcelona, pide «Toxic» de Britney Spears, «para empezar bien las vacaciones».

Luego hay un pequeño interludio en el que se sortea un iPad y para ello llaman a Rosa, Raquel, Ana, Nieves y Juan Pablo. Gana Juan Pablo, que ha adivinado de quién era esa versión de «Autumn Leaves».

—¿Ves como siguen existiendo? —le dice Julián mientras termina de prepararle la cena y baja un poco el volumen de la radio—. Vamos a cenar rápido, en media hora tengo que salir de casa para el hostal. Aunque Marta está de acuerdo con que te quedes, aún no he cambiado las sábanas de los alemanes. Puedes dormir en mi cama esta noche, si quieres.

—Vale. —Agradece ese inconveniente, ¿o quizá es una mala excusa? Julián y ella apenas se han tocado desde que llegó a su casa, y dormir en su cama implica la certeza de que lo harán más adelante—. ¿A qué hora vuelves?

—Pasadas las siete de la mañana. Puedes colocar tus cosas en el cuarto de Marta, dejó libre medio armario.

Termina de cocinar y sirve en silencio dos platos de cuscús, él lo acompaña con un café negro para mantenerse despierto.

—¿Sabes que he leído que hay un hongo del tamaño de un bosque en Oregón? —dice ella cuando empiezan a comer, ya que no da la impresión de que él tenga nada que comentar.

Le cuenta la historia de la revista, ese ser invisible comiéndose por dentro a los árboles, haciendo de su alma sometida un hogar.

—No me parece algo tan malo, según se mire —dice él—. Así todo el bosque estaba conectado. Eso creían los panteístas: que todo era en realidad una misma cosa, Dios. Que Dios era todas las cosas y todas las cosas eran Él. O, en algunas versiones, una cosa era a la vez todas las demás.

—Es un parásito —destaca ella, sintiéndose infantil—. Y no le veo mucho sentido a lo que dices.

—Yo creo que sí. Aunque sea en un sentido pagano. Nada tiene sentido sin todo lo demás: la naturaleza, los ecosistemas, el lenguaje, los seres humanos. Cada cosa está en todo lo demás, aunque sea en negativo.

—Pero si todo fuese una sola cosa, eso significaría que sus partes se están atacando entre sí todo el rato.

Julián sonríe y se levanta de la mesa.

—Tienes una mentalidad muy bélica. Termina tú de cenar, tengo que marcharme.

Ella quiere despedirse con un beso, o al menos un abrazo. Se le ocurre la idea terrible de que cuando él vuelva esta noche vaya a dormir en el sofá, que el hecho de dejarle su cama no signifique nada. Pero Julián cruza el espacio entre su deseo y la acción, inclinándose sobre la silla para depositar un beso en su frente y otro en los labios. Después se va. Cuando se queda sola va al cuarto de la compañera de piso de Julián, una habitación interior con sábanas fucsia y paredes llenas de mandalas y detalles esotéricos: una ilustración de una calavera mexicana, un póster de la Pacha Mama, un I-Ching en uno de los cajones que no se resiste a abrir. Siempre ha pensado en el esoterismo como una forma poco sofisticada de estupidez, y todo apesta a incienso barato.

Deja el diario de Yna en uno de los cajones libres antes de ir a tumbarse al cuarto de Julián. Sobre el escritorio hay varias fotografías en un corcho, una de él con sus padres cuando aún era un bebé. Tal vez sí exista un destino manifestándose en el presente, o al menos la oportunidad de redimir el pasado capturado en el diario, un destino que se encarna en esas cuatro paredes, en el cuerpo aún joven de Julián. Es un sentimiento infantil, pero sencillo, tan sencillo que parece inevitable. Se duerme deprisa, sin intranquilidad y sin sueños, y solo despierta cuando adivina que él ha llegado, cuando se tumba a su lado y le da la vuelta, para abrazarla por la espalda.

vidente o señora que te lee las cartas,
pero a la vez tengo miedo que tú no
seas ese hombre, pero también tengo
miedo que te haya pasado algo y yo no
me he enterado, mil veces digo a mi
misma, Dios no Ahoga pero porque no me
deja ser feliz que le he hecho, yo no tengo
ya suficiente desgracia, porque no puedo
ser feliz yo no le rezo para que me toque
ya la lotería, yo solo quiero hacer otro hogar,
y tener trabajo para poder atender a las
niñas Alejandro, te quiero y tu me
correspondes, todo lo que hablamos era sólo por
el sexo, que pena no sabia nada.

i need you
i love you

Juan

11B

Llega a Zaragoza a las tres de la tarde. Carlos ha llamado varias veces y su madre le ha escrito para saber cuándo va a llegar. Se imagina tomando un taxi a casa, abriendo la puerta, topándose con Carlos. Imposible, no ahora. Sin tomar ninguna decisión, coge un autobús que la deja más o menos cerca de Torrero. Mira las calles tratando de imaginar cómo las veía Yna y siente que así las comprende mejor, como el momento preciso en que aprendes de verdad a leer y no solo reconoces en el papel las combinaciones de letras que has memorizado.

Vuelve al contenedor, rebosante esta vez de basura, botellas de vino vacías, paquetes de cigarros, una manta raída y una bolsa llena de ropa vieja. Vuelve a pasear por la plaza, por el Canal. Son ya las seis de la tarde, y ni ha avisado a su madre de que ha llegado. Se sienta en un banco de la plaza principal, fuma, vuelve a caminar, compra chucherías. Se pregunta si esa caja de ahorros será la misma que robó Koldo, si esta o aquella tienda funcionarían ya entonces. Entonces recuerda las palabras de Ricardo, la mención a la ferretería vieja sobre la que vivía el padre de Alejandro Rodríguez. Ferretería Aguilar.

El portal está desmejorado y sucio, barras de madera sobre un cristal que lleva siglos sin limpiarse. No sabe si debe entrar, ni qué diría si lo hiciera. Revisa su móvil: Ángel le ha escrito. Nunca lo hace. Tampoco suele pedirle explicaciones, pero lo ha hecho: ¿Dónde estás? ¿Qué está pasando? ¿Por qué no llamas a tu madre?

Se acerca al portal, llama al primero A. Nadie. Al primero B. Nadie. Segundo A, una voz femenina.

—Estoy buscando a Alejandro.

—Aquí no vive ningún Alejandro.

—¿Puede abrir, para que mire los buzones?

La mujer al otro lado de la línea duda. No hay cámara, así que no puede verla por el telefonillo. ¿Debería haber fingido que era el cartero, o es demasiado tarde para que resulte creíble?

—Por favor —insiste.

La mujer abre.

El interior es tan desagradable como el exterior y huele a desinfectante barato y a spray anticucarachas. Revisa las filas de los buzones y en el primero C los encuentra: Antonio Rodríguez y María José Gómez. Duda si salir y llamar al timbre o subir sin avisar. No hay ascensor. Se oye el televisor, así que hay alguien en casa. Antes de llamar, permanece varios minutos ante la puerta cerrada, una puerta endeble, como si fuese la de un baño público y no la entrada a un hogar. Cuando la voz pregunta quién es, ella dice que está buscando a Alejandro.

—Alejandro no vive aquí, ni sé de él desde hace años.

—Es su hijo, ¿verdad?

—No sé nada de él ni de sus líos.

La voz se resiste a abrir la puerta, aunque ella puede sentirle apoyado al otro lado de la madera.

—¿Es usted su padre?

—Sí, pero...

—Es posible que seamos familia.

No sabe si se ha propasado diciendo eso, pero funciona. Escucha cómo él quita el pestillo y abre la puerta girando la llave tres veces. Abre cautelosamente y antes de hacerlo le llega el hedor. A viejo, a cerrado, a orín, a comida descomponiéndose en la basura. El anciano se aparta del quicio trabajosamente. Es viejísimo. Anda encorvado, arrastrando una botella de oxígeno, y de su cuello pende un colgante con botón enorme para llamar a los servicios de emergencia. Tiene los ojos muy azules, semiocultos por los párpados descolgados, la infinidad de pelo de sus cejas, y las arrugas y colgajos que componen su rostro. Lleva una camisa marrón con algunas manchas y quemaduras, no del todo cerrada, y unos pantalones que tal vez en el pasado fueron un bañador. No dice nada y la evalúa con insistencia, sin invitarla a pasar, entre la desconfianza y una curiosidad no exenta de desesperación. Ella comienza a sentirse mal por lo que ha hecho, pero qué puede hacer ahora para subsanarlo. Murmura algunas explicaciones, le da su nombre con un apellido falso, le dice que no sabe si ha hecho bien en acudir ahí, que vive en Barcelona.

—¿Eres hija de la de Peñíscola?

—No, de una mujer que conoció en Salou. Era bailarina. Pero mi madre ha muerto.

El anciano duda, y ella ve discurrir por sus pupilas las posibilidades que se plantea: que sea real, o bien que ella busque aprovecharse de él, tal vez robarle o hacerle daño.

—No quiero hacerle daño. Solo quiero encontrar a mi padre. Si lo prefiere, puedo quedarme en el rellano, pero me preguntaba si tiene el teléfono de...

—Pasa, pasa. No, no tengo el teléfono de ese granuja. Está todo un poco sucio, a la chica le toca venir mañana. Y no puedo ofrecerte nada que no sea agua. —La examina un instante—. Es cierto que os dais un aire. Eres idéntica a tu abuela Mariajo.

—Está bien. El agua.

Se sienta en el sofá decrépito, en un salón sucísimo en el que la televisión está muy alta. El anciano se disculpa y le dice que está bastante sordo, la apaga y se arrastra a la cocina para ofrecerle agua en un vaso de vidrio verde desgastado. Cree que en su mirada hay un deje de ansiedad, y se lo confirma cuando confiesa que no tiene demasiadas visitas.

—Alejandro no me dio nietos, y desde hace cinco años y medio no viene por aquí. Tu padre y yo discutimos, sabes. Era un granuja que solo quería mi dinero, pero bueno, tendrá que aguantar hasta que me muera. Espero que tú no vengas a pedir nada.

—No, no. Solo quería conocerle.

El anciano sonríe y ella se siente una pésima persona. Le pregunta en qué trabaja, a qué se dedica, y le dice que está casada con un hombre, Julián, que tiene una juguetería en Barcelona. Pero estudió Bellas Artes. Él parece satisfecho con su respuesta, le dice que se alegra de que haya salido mucho mejor que su madre y que su padre.

—Bueno, a tu madre no la conocí —rectifica—, solo sé lo que me contaba Alejandro, y ese siempre fue un mal bicho, no decía media verdad ni aunque su vida dependiera de ello. No me había contado que tenía una nieta.

Y eso que desde hacía muchos, muchos años, le explica, él se había lamentado de estar tan solo y de que su hijo no hubiera valido ni para formar una familia.

—No sabe que existo. Mi madre nunca se lo dijo.

—Hizo bien. Para tener un padre como ese, mejor no tener padre, ¿eh?

Ella se encoge de hombros. Querría saber qué le hizo Alejandro, pero no sabe cómo preguntarlo sin ser descortés. El anciano se levanta para coger un álbum muy pesado, y ella preferiría que no lo hiciera, porque está a punto de caerse.

—Tu abuela, Mariajo, era una mujer muy buena. Fue demasiado blanda con él, y por eso salió como salió, pero ella era buenísima, una santa. Mira, hija. —Le señala una fotografía de su esposa con tocado de boda—. La conocí cuando hacía el servicio militar, ella trabajaba en una cocina.

—Así que usted es militar. Escuché que mi padre trabajó en la base americana.

—Solo de cocinero —responde él, y a ella se le encoge el corazón, porque puede que esté ante el padre del Alejandro correcto—. Muchos chicos trabajaban entonces en la cocina, y él para militar no valía, solo para cosas de mujeres. Para hacer cosas de mujeres y para llevar a mujeres a la cama. Como a tu madre. Luego las dejaba tiradas porque era un inconstante.

No le corrige. Aunque Ricardo le contó que fue su presunta madre la que dejó a Alejandro, no cree que sea conveniente decirlo ahora. El viejo le cede el álbum y ella pasa las páginas que van desde la boda al nacimiento de Alejandro mientras le cuenta detalles sobre su mujer, cómo y cuánto trabajaron para llevar una vida cómoda y darle a su hijo la posibilidad de un futuro mejor. Ve fotografías de Alejandro de niño, y su padre sonríe al recordarle:

—Ahí aún tenía salvación —dice—; se torció más tarde, cuando dejó el instituto y le dio por esas tonterías de que estaba triste y no podía dormir. Amanecía a las doce de la mañana a menos que yo le corriera a palos de la cama, cuando estaba en casa. Y su madre era demasiado blanda para hacerlo. Luego empezó a juntarse con la mala gente del barrio, a avergonzar a la familia, a no llevar una vida de bien. Yo ya le dije entonces que como siguiera así, se tendría que marchar de casa, claro, y de repente un día se fue, y no supimos nada de él en los siguientes dos años. Su madre estaba destrozada. Ni una llamada, casi nos cuesta el matrimonio.

—Ya, ¿qué año era?

—El 90 o así. Decía que era mi culpa porque un día yo cambié la cerradura y lo dejé toda la noche en la calle, o porque alguna vez tuve que darle una buena hostia. Cosas de mujeres, aunque Alejandro era lo más parecido a una mujer que podía ser un hombre, a lo mejor por eso se le daba tan bien confraternizar con ellas.

—Pero volvió.

—Sí, con el rabo entre las piernas y sin avisar. Un día llamó a la puerta con una maleta y yo, por supuesto, le dije que no podía quedarse. —El anciano hace un gesto de indignación en el que se puede adivinar un carácter fuerte, carácter que tal vez tenía cuando era más joven—. Me enfadé mucho con Mariajo porque se vio con él en la peluquería del barrio y le dio cinco mil pesetas que no se merecía. Después, el chico se mudó a Barcelona. A trabajar, decía, pero a mí no me engañaba. A saber. No nos hablamos cuando vivió en Barcelona, su madre lo llamaba cuando yo no estaba en casa. Yo me enteraba porque a veces estaba angustiada, le preguntaba por qué, y era porque su hijo llevaba días sin cogerle el teléfono. Casi nos cuesta el matrimonio a tu abuela y a mí —dice, acercándose tanto que ella puede oler su aliento de azufre—, porque decía que era mi culpa que no llamase o que no estuviera con nosotros. Alguna vez corté el cable del teléfono para que no siguiera molestando, aunque claro, siempre tenía que volver a ponerlo, así que no me costaba barata la broma. Sé que ella le mandaba dinero de alguna manera: por mucho que yo controlara los gastos, hacía algún apaño con la compra para que ese granuja nos siguiera sacando los cuartos. Era un sinvergüenza, tu padre. Mejor que no lo hayas conocido.

—¿Y nunca volvió a hablar con él?

—Sí, sí. Con los años puso un bar en Salou y yo pensé que a lo mejor había cambiado. Fuimos un verano a visitarlo en eso que él llamaba casa, por Mariajo, y él vino a vernos alguna vez. Vivía con un impresentable, apestaba a vino el andoba. El garito era un sitio muy feo, no valía nada, yo ya sabía que no iba a salir bien. Supongo que entonces estaría saliendo con tu madre, pero no nos la presentó. Como era de esperar, acabó dejando el negocio y volvió a Zaragoza a lloriquear. Tu abuela estaba contenta, aunque sin motivo. Tenía un restaurante muy vulgar en Las Fuentes, y la chica con la que se arrejuntó después tampoco valía nada. También la dejó, y otra vez vino con el rabo entre las piernas a mi casa, aunque ya no vivía Mariajo y yo lo mandé por donde había venido. No conviene tener a una persona así cerca.

Pero ¿es que no lo quería en absoluto?, siente deseos de preguntar. ¿Acaso él no le está contando algo que hace más justificado su odio? Como si escuchase sus pensamientos, el anciano le dice que si Alejandro se hubiera esforzado solo un poco más, tal vez él le habría tendido la mano.

—Solo se limitaba a venir y pedir dinero, o a decir cosas estúpidas sobre lo que él creía que debía ser la vida. Odiaba al rey, a los militares y jugaba a ser medio de izquierdas, así le iba. ¿Tú crees que a Alejandro le dio pena que su padre estuviera mayor y solo? No hizo nada. Apenas llamaba una vez por semana, y cuando tuve que ingresar en el hospital, por los pulmones, me recomendó que buscase una residencia.

Porque Alejandro ya vivía en otro sitio entonces y, por supuesto, no se iba a hacer cargo de su padre.

—Hace unos cinco años vino por el aniversario de la muerte de tu abuela, ¿sabes? Sin ninguna clase de respeto, me volvió con la cantinela de que tenía que entrar en una residencia y que podíamos vender esta casa para pagarla. Ese granuja solo estaba pensando siempre en el dinero, y le tuve que decir que se fuese y que tendría que esperar a que me muriera para ver un duro. El muy imbécil se echó a llorar como una nena. Le dije que no me llamara nunca más a menos que cambiara de actitud y se hiciese un hombre de bien, y jamás lo ha hecho. Ni una llamada. No tiene vergüenza.

—¿Dónde vivía?

—En Peñíscola.

—¿Y cuándo fue esto exactamente?

—En 2009.

Ella traga saliva. No han pasado cinco años, han pasado casi diez, pero no le corrige. El anciano interpreta su silencio como una censura a los comportamientos de su hijo y le dice que no se preocupe, que él está muy bien y que para ella fue mejor, mucho mejor, no llegar a conocerlo. Se recrea un rato más en el álbum, le expone sus pequeños logros y los de su mujer, incluso le toca una vez el hombro con su mano nudosa y áspera y le dice que está orgulloso de ella, aunque no la conozca en absoluto. Cuando llega al final del álbum, le pide una fotografía. Si la lleva encima, claro. Si no, puede buscar la cámara de Mariajo y tomar una, ir a revelarla mañana. No sale mucho de casa, pero podría llegar a hacerlo si la ocasión merece la pena. Ella rebusca ansiosa en su cartera y encuentra una fotografía de la última renovación del pasaporte, que el anciano se esfuerza en pegar en el papel adhesivo con sus manos temblorosas. No queda recta, no, de ninguna manera, pero él parece satisfecho.

—¿Quieres un vaso de leche con galletas?

—Tengo que marcharme ya. Mi marido me está esperando.

Mira al suelo cuando lo dice. No quiere ver la reacción del anciano, y se siente demasiado tramposa.

—Me lo tienes que presentar en vuestro próximo viaje. ¿Vendrás pronto?

Ella duda.

—Creo que sí, aunque antes quiero localizar a mi padre. ¿No tiene ni un teléfono?

No lo tiene, pero si ella vuelve, podría empeñarse en buscarlo; tal vez encuentre algo por ahí.

—Ha dicho que abrió un restaurante aquí, ¿no? Con su siguiente mujer.

—Sí, un cuchitril cutre en el barrio de Las Fuentes, cerca de Miguel Servet. Pero no sé si sigue funcionando, o quién lo lleva. Él se volvió a marchar, nunca se tomaba en serio nada.

—¿Cómo se llamaba? —insiste ella, para confirmar el dato que ya tiene.

—Algo de chinos, un nombre ridículo. No merece la pena que lo busques —repite—. Es un mal hombre, un mal hijo, un mal padre. Espera un momento antes de irte.

El anciano se arrastra al interior de la casa. Ella se muere por ir al baño, pero intuye que no le gustará lo que podría encontrar allí. Vuelve con un papel que parte en dos sobre la mesa. Lenta, muy lentamente, escribe su teléfono en una de las mitades y le tiende la otra para que escriba el suyo. Sin dudar esta vez, le da el número verdadero y promete que llamará. Él le recuerda que la vejez es una etapa muy solitaria, que haría bien en hacerlo, que él tiene muchas cosas que contarle y que quizá podría enseñarle más fotografías de su abuela en otra ocasión. Después, saca un billete de veinte euros de un cajón con una sonrisa traviesa.

—Me parece que tú no eres como tu padre, y además todo nieto se merece una propina.

Ella le dice que no es necesario, pero él insiste tanto que cree que sería descortés no aceptar. Sonríe tanto como puede e intenta mostrarse agradecida. Él la mira con expectación y ella comprende que tiene que darle un beso en su mejilla arrugada. Lo hace. No tan rápido como querría, consigue salir a la escalera. Respira diez minutos en el portal y se mete en un taxi para ir a su casa. No paga con los veinte euros.

23/5

No hago otra cosa de dar vueltas a la cabeza y pensar en ti, yo se que tu no piensas tanto en mi como yo en ti si asi fuese me hubieras llamado, aún sin vidente, se que bueno presiento que eres sincero y bueno y me llamaras cuando estes en España ó a punto de llegar, esto es de lógica pienso yo. mañana tengo examen, y he decidido trabajar en casa para no estar nerviosa pero tu sola llamada diciendo que vuelves sería peor que tu vengas te sinceres conmigo y hablemos me da más miedo y nervios que cualquier examen, amor porque no llamas espero tanto tu llamada, te necesito amor te deseo con todas mis fuerzas y espero que todo se aclare entre nosotras dos, ———

12A

—Es curioso cómo nos conocimos —recuerda Julián—. Cómo hemos llegado hasta aquí.

Ella no dice nada. Disfruta del tacto de su piel bajo la sábana.

—Entonces, ¿te gusté cuando nos conocimos?

—No —dice ella. No es la primera vez que le pregunta eso—. No aún.

No sabe si miente o dice la verdad. Le besa en la mejilla. Es de madrugada y tiene sueño. No un sueño nervioso, ese que la obsesionaba en su casa: este es un sueño calmado, sin miedo, que permite mantener los párpados entreabiertos y respirar.

—Tú a mí sí. —Le besa la frente sin ganas. O con unas ganas diferentes. Hace que se dé la vuelta y la sujeta por detrás. Perezoso amor cansado—. Qué suerte que vinieses a la juguetería. Y que justo estuviera yo, que apenas voy por allí.

—Es cierto. Qué suerte.

Pero no piensa que se trate de suerte: qué decepcionante sería dejarlo todo a la casualidad, al azar que hizo que los dos estuviesen exactamente allí entonces. Aunque sería una casualidad bonita si él al final fuese el hijo del Alejandro correcto, piensa, más bonita que el destino. Y cierra por fin los ojos, también él. Juntos y ciegos, se hace la noche. Luego viene la mañana siguiente, esa insistencia de él en los detalles, tratando de encontrarle un sentido a cada momento previo al presente, adornando de hechos el árbol de los mitos. Hacer té, beber, levantarse. Ven a la cama, ven. No te despiertes, o despiértate. Túmbate conmigo mientras yo duermo. Y levantarse. Hacer o no hacer juntos la cama, salir a comer, molestarse por una demora minúscula en los planes, en el sexo. ¿Es eso lo cotidiano? ¿Es ese descanso, esa burbuja, el buscarse y encontrarse casi sin querer? Él, que se va a trabajar cada noche a las once y la deja en la cama. Aunque cambiaron las sábanas, nunca ha dormido en la cama de su compañera de piso. Las preguntas de ella cuando se ven: ¿Qué tal el trabajo? Bien. Después de las cuestiones de administración, estuve leyendo. Hoy a los vedas, hoy el Dhammapada, hoy la poesía de Leonard Cohen, ya te la pasaré. Vino un señor muy gracioso a las tres de la madrugada, comenta una mañana. Borrachísimo y llorando, totalmente fuera de sí. Ella ríe, quiere saber los detalles, y que cada detalle importe. ¿Es eso lo que forma parte de lo cotidiano? Los mensajes intercambiados a destiempo, el ansia. Paseemos por Gracia, vayamos a la playa, acerquémonos al parque Güell, tomemos helado. El sabor preferido de batido y los silencios suspendidos sobre una mesa llena. Marcarse un horario no explicitado: él trabaja cada noche, de once a siete, ella duerme hasta que se levanta cinco minutos antes de que Julián llegue, y pregunta: ¿Qué tal el trabajo? Bien. Muy bien. Hice un par de reservas, mandé unos correos, leí a Krasznahorkai y vi *Soy Cuba*. Duérmete. Al día siguiente ella no recordará la conversación y tendrá que preguntar lo mismo otra vez. Responderá las mismas cosas a las impresiones que él le da, y él sonreirá en silencio, no le dirá que ya lo hablaron la noche anterior. Ella se levanta a las diez y ordena la casa en silencio, para no despertarle. Esa casa tan distinta a la suya, la pequeña terraza y el cojín, la cocina llena de vasos baratos e iguales, los libros desordenados en un estante.

Y luego él a las doce y media: Ven, ven a la cama. Duérmete, o no duermas, pero quédate junto a mí mientras yo duermo, ¿qué haces? Ya sabes, sigo trabajando. Leyendo los periódicos de 1990.

No es una mentira, pero se sentirá mal cuando recuerde a Yna y Alejandro, el motivo real por el que ella está allí. Cuéntame cosas de la familia, pide de vez en cuando: quiero conocer tu infancia, a tus padres, a tu hermana. Él volverá a enseñarle las fotografías de todos sobre su mesa de trabajo, al lado de unas postales del Prado y unas estampas abstractas de tonos bestiales. Sin sentido para ella, tan calculada. Y entonces pensar: Tal vez sea esto. Tal vez Alejandro sea él, tal vez son estas cosas que Yna pudo amar. La intimidad desnuda después del sexo, o su turbación cuando parece recién despertado de una pesadilla algunas mañanas, como un niño que no se atreve a ir a medianoche a la habitación de sus padres. ¿Qué has hecho esta noche? Nada, papeles. Luego estuve leyendo el *Diario de Moscú*. A las tres vino una chica a recepción, tuvo un ataque de ansiedad. Duérmete.

Tal vez ese sea el secreto, la combinación de mandíbula, cejas, ojos, la forma en la que se mezclan sus olores. Cuéntame más de tu padre, ¿dónde trabajó? ¿Vivió en Zaragoza al final? Se me olvidó preguntarlo, dice él. Seguro que mi madre lo sabe. Ella nunca insiste, por practicidad y por deseo de creer. Últimamente piensa que es más probable que el otro Alejandro sea el correcto, pero no quiere creerlo. Insistiré después de la película, se dice. Cuando acabe el teatro, se obliga. Sí: entonces insistiré. El alivio de postergarlo.

Dos semanas después de que ella haya llegado a la casa, Julián desaparece a las doce de la mañana para pasar todo el día con su madre y con su hermana. Luego irá a trabajar directamente. No es la primera vez que está sola en casa de Julián —en ocasiones él ha quedado con algún amigo suyo, ha visitado a su madre, cada noche va al hostal—, pero nunca ha estado sin él tanto tiempo.

Da vueltas por la casa como una fugitiva en tierra hostil, enciende una de sus radios, pero no es capaz de encontrar ninguna emisora interesante. Trata de concentrarse en una novela, en los periódicos de los noventa, en la televisión, pero nada consigue distraerla por completo, como si en apenas dos horas a solas se le hubiera gastado toda la tranquilidad que Julián le da. Recobra su teléfono móvil. Escribió a sus amigas para contarles lo que había pasado con Carlos en Zaragoza pero luego ignoró sus mensajes y llamadas de preocupación. Tampoco sabe qué detalles podría dar, nunca les ha hablado de sus viajes, ni del diario. Escribe a una de ellas, le dice que está pasando unos días en Barcelona con un amigo, y espera su respuesta en silencio y mirando al vacío: no tiene nada más que hacer. Pese a que tarda menos de cinco minutos en responder, siente el paso de cada uno de los segundos como si, abandonado el ritmo eterno y constante de la rutina, ahora se viese arrojada de nuevo al reptar lento y lineal del tiempo. Y es inaguantable. Casi está enfadada con Julián, aunque no tiene motivos: solo lleva cinco horas fuera de casa. Si fuese de otra manera, podría escribirle un wasap, pero con él la única opción es un SMS, y cree que hacer algo así sería demasiado. Sí, está enfadada con él, pero no porque se haya marchado, sino por todo el poder sobre ella que en estos diez días ha llegado a concederle. Su amiga contesta al final y le pregunta si entonces tampoco está libre para quedar en Madrid. Hay algo de recriminación en sus palabras, fue su cumpleaños y ella no lo recordó. «Volveré este finde, el lunes trabajo», escribe, y eso hace que recuerde que el 3 de septiembre debería estar de vuelta. Para eso falta poco más de una semana, casi el mismo tiempo que le queda antes de que la compañera de Julián regrese y deba abandonar ese piso. ¿Cómo serán las cosas con él cuando ella tenga que marcharse? Abre el correo electrónico para comprobar cuándo es exactamente su primera reunión, si existe alguna forma de retrasar su partida. Se topa con un e-mail de Carlos, que ignoró hace una semana, en el que le notifica que, ante la falta de respuesta a sus llamadas y mensajes, ha ido a su casa a llevarse sus cosas y a dejar las llaves en el buzón. Se levanta. Busca el juego de llaves que Julián le prestó, y que ella apenas ha utilizado. Son las seis de la tarde y Julián no volverá hasta trece horas más tarde. Tiene que salir de casa.

Camina por las calles en círculos, sin detenerse en ningún lugar concreto, tambaleándose como si sus huesos fueran de cristal. El barrio de Julián no es céntrico, pero tiene buena conexión con la estación de Sants, y se monta en un cercanías casi sin tomar una decisión. Frente a ella, en el tren, dos chicas se besan con una pasión pública y desvergonzada. Así debía de sentirse Yna tantos mediodías a solas, tantas tardes paseando con sus hijas en el parque entre los enamorados. Pero ella no es Yna: nunca ha sido dependiente, más bien es la persona que busca en sus relaciones cada resquicio de privacidad solitaria. Sería irónico que ese fuese el modo en el que se repitiese el destino: ella insuflada del arrebato amoroso de Yna, repitiendo de nuevo su espera sin respuesta ante un cuerpo casi idéntico al de Alejandro.

Siempre ha odiado los mensajes, la comunicación constante, pero ahora quisiera que Julián le enviase uno. ¿Cómo serán las cosas cuando se separen, cuando ella vuelva a Madrid y él se quede solo en Barcelona? Saca el diario de su bolso, busca en sus páginas alguna evidencia a favor o en contra de sus miedos. Lee los mismos párrafos de siempre: «Mi amor hayer recé al cristo para que te acuerdes de mí yo te quiero; Donde estas cariño es inútil toda esperanza por mi parte, quisiera saber el porque de este silencio y larga espera; Lo que quisiera es que tus pensamientos cuando pienses en mí los manifiestes. Se detiene esta vez en otra entrada: Estoy impaciente por la vidente o señora que te lee las cartas pero a la vez tengo miedo que te haya pasado algo y yo no me he enterado».

Baja del cercanías y pasea sin rumbo por Sants y sus alrededores. Piensa en la angustia de Yna, canalizándose en la búsqueda desesperada de certezas, ya sea apelando a Dios o a una adivina, cualquier cosa que la obligase a convertir su presente en un pasado abierto a la felicidad. Yna ante las cartas boca abajo, en un momento en que todo parece posible, tanto la felicidad como el terror indefenso: tal vez Alejandro no sea quien espera, tal vez nunca nadie lo sea.

Son todavía las ocho de la tarde, y se sorprende buscando alguna tienda de magia o superchería cerca. Hay una cuatrocientos metros más abajo que cierra a las diez, según el buscador. Camina hacia allí y se detiene frente a un local pequeño, lóbrego, fetiches y santería con un toque gótico en los anaqueles, cristales llenos de suciedad. Mira a los dos lados antes de meterse en el establecimiento, como si alguien pudiera sorprenderla en ese instante y eso fuese importante. Miedos del amor propio. La tienda está vacía, ni siquiera hay nadie tras el mostrador. Se entretiene observando las piedras y los amuletos de las vitrinas.

—¿Qué va a ser? ¿Busca algo?

Observa a la mujer que ha salido de la trastienda y vuelve a sentirse descubierta. Tez oscura, abalorios, una especie de sayo cubriéndola, un penetrante olor a mirra y a sándalo. ¿Qué hace aquí? No para de encender fuegos que luego tiene que apagar. La mujer carraspea.

—Quería una tirada de tarot —pide ella, dubitativa.

La mujer esboza una media sonrisa, la encuentra divertida.

—¿Marsella?

—Eh... No sé. Nunca he hecho esto.

La mujer la observa con suficiencia y le indica que pase a la trastienda, donde hay una mesa redonda cubierta por un manto negro. Le informa que hacer una pregunta le costará quince euros, unos diez minutos, y que si quiere una consulta extendida, tendrá que pagar treinta. Ella se siente más y más ridícula.

—¿Y dos preguntas?

—Pues treinta euros también. ¿Qué quieres saber? ¿Amor, salud, trabajo...? —La mujer se sienta y empieza a barajar, entrecerrando los ojos. Cuando ella no contesta, le hace un gesto impaciente para que se explique.

—Estoy realizando una investigación —improvisa. No está segura de si averiguar que Julián es el hijo del Alejandro correcto calmará o avivará sus miedos irracionales, pero no sabe qué más podría preguntar—. Estoy buscando a alguien y no sé cuál de las dos pistas es la correcta. Así que quiero preguntar por uno de los caminos y ver qué me dicen las cartas.

La mujer tiene unas manos muy pequeñas, de entre niña y mujer. Le pide que le cuente la historia, que le dé algún dato más, y ella relata brevemente la historia de Yna y Alejandro. Se centra en la pista de Alejandro García, el padre de Julián, y pide saber si es el Alejandro adecuado. La adivina enarca una ceja. Ella imagina que está más acostumbrada a heridas íntimas, secuelas invisibles, consultantes que desean que, de alguna manera, se le ponga un remedio a su soledad. Dispone las cartas en forma de cruz con ceremonia y una en el centro, y por un instante ella siente la tentación de ceder ante la solemnidad de la situación, venerar al dios del asombro. La mujer da la vuelta a la de arriba y a la de abajo.

—Esta carta, la Sota de Copas, muestra lo que tienes a favor. Es una carta de amor caprichoso, de deseo y alegría. En tu contra tienes La Justicia, la razón y la rigidez.

Ella asiente con la cabeza. Ahora que escucha cómo la vidente ordena los presagios, se siente más y más patética.

—Esta otra representa tu pasado, el Cinco de Oros. Es una carta de ruina, generalmente económica, aunque también puede ser espiritual. Las dos cartas que quedan son las más importantes: el futuro y el resumen de la tirada o consejo.

No mira directamente a la tarotista, sino a las cartas. A su pesar, necesita saber qué hay en el anverso. La mujer da la vuelta a la carta que está a la derecha y no dice nada, como dejándole un espacio para que se asombre. Grotesco. Ella la mira: la Rueda de la Fortuna, invertida, y luego levanta la vista para mirar a la adivina.

—¿Qué significa?

—Es una carta bastante negativa. Mala suerte, fuerzas externas que se escapan de nuestro control, anuncia cambios a los que tal vez te opondrás, o que no sabrás cómo encajar.

—¿Y eso qué tiene que ver con la pista? ¿Es que no es la correcta?

—Puede que no. El viento no parece estar a tu favor aquí. —La mira con ceremonia—. Aunque quizá las cartas nos estén respondiendo a otra cuestión, a tu propia actitud al respecto. O a cualquier otra cosa, a lo que en el fondo te preocupa —añade, con cierta condescendencia.

—¿Las cartas pueden responder a una pregunta distinta a la que se les hace?

—Si en realidad el consultante desea preguntar otra cosa, sí.

—Ya, bueno.

Suspira con hastío, ¿qué se supone que creía que podía encontrar aquí? La mujer da la vuelta a la última de las cartas: una torre atravesada por un rayo. Le explica que la Torre, o la Casa de Dios, es un arcano que presagia cambios bruscos, con cierto carácter negativo, que es una de las cartas que más miedo producen, que anuncia una crisis inevitable en el que consulta. Da más datos, pero ella ya no está escuchando.

—Vamos, que según las cartas no estoy siguiendo el camino adecuado. Bueno, muchas gracias. ¿Eran quince? —Está enfadada. Con el tarot, con la vidente, con Julián y con ella misma, por ese orden.

—¿No querías hacer otra pregunta?

—Creo que no hace falta.

Por la noche finge que duerme cuando Julián regresa, y no se abrazan a tientas como tantas madrugadas. No quiere irse todavía, pero debería marcharse dentro de cuatro días. Está encogida en el borde del colchón, incluso se ha planteado dormir en la habitación de su compañera, cama que todavía no ha tocado. La respiración de Julián se acompasa al sueño minutos más tarde. Ella aguanta una hora más a su lado y después se levanta a hacer café. Escribe un e-mail a Recursos Humanos pidiendo alargar una semana más sus vacaciones. La compañera de Julián volvía el 10, quizá pueda prorrogarlo hasta entonces. Luego lo borra, no lo envía. Será mejor improvisar una excusa el mismo lunes, si al final decide hacerlo.

8/5 Por desgracia o suerte aún pienso mucho en ti
hoy por la tarde cuando he parado por donde
tus familiares viven a mirar mi examen y mi
hijas jugaban en ese parque he vuelto a pensar lo
sola que estoy, y he pensado en ti, cuando ya se
hacerca el verano y ves las parejas solas
andando de la mano, pienso, en las encuen
tas de Navidad, en que planeabas tú en
especial el salir juntos de vacaciones
quizás unos días que maravilloso sería eso
Sentir celos por las parejas, pero cuando veo que
han pasado 5 meses sin noticias, pienso
Dios no es justo, porque no llamas que pasa
yo se que tienes que volver pero para eso aún
quedan 7 8 semanas. Ojala existiese la telepatía
o supiese más de ti donde vives un teléfono

12B

Aunque tiene sus propias llaves, llama por el telefonillo para avisar de su llegada. Le abren la puerta sin preguntar quién es y toma las escaleras en lugar del ascensor. Cuando sube al piso, la puerta ya está abierta. Entra en el salón y deja el bolso sin que nadie vaya a saludarla.

—Hola. Carlos y tu madre están en la cocina —informa Ángel—. ¿Cómo ha ido el viaje?

—Bien, bien.

Ni Carlos ni su madre salen, así que supone que eso significa que tiene que entrar. Carlos está de espaldas, su madre enfrente, censurándola con la mirada. Casi puede adivinar lo que le dirá después: Cómo me pones en semejante situación. Balbucea un saludo que hace a Carlos volverse, con una mirada similar a la de un perro aparcado en la puerta del supermercado. No parece enfadado, más bien dubitativo, como si estuviera decidiendo con qué puede conformarse. No devuelve el saludo. En su lugar dice, con la alegría impostada que tan bien conoce:

—¡Hola! Como la semana que viene tengo que volver a trabajar y al final no nos hemos ido de vacaciones, he pensado en pasar a verte. A lo mejor podríamos hacer una escapada al valle de Arán, como dijimos una vez, ¿qué piensas? —La sonrisa le cuelga en el rostro, sin fuerza—. O si prefieres, podemos quedarnos aquí.

—No me habías avisado de que venías —destaca ella—. Si no, habría vuelto ayer.

—Era una sorpresa —dice Carlos, exagerando de nuevo su buen ánimo—. Pensé que te gustaría.

Mira alrededor. Su madre está en uno de los taburetes y Carlos en el otro extremo de la mesa, ¿debería sentarse entre los dos, o invitarlo a pasar a su cuarto? Su madre capta su gesto y sonríe, con una alegría igual de forzada que la de Carlos.

—¡Qué alegría conocer por fin a este chico tan majo! —dice, aunque él ya ha hablado varias veces con sus padres por teléfono—. Me estaba contando que nunca había estado en Zaragoza. ¿Por qué no le enseñas el Pilar, o te lo llevas por el Tubo? —propone, mirándola con insistencia—. Ya no hace tanto calor, se puede estar en la calle.

Mira el reloj. Son las siete y media. Carlos ha llegado a las once, y por un segundo siente pena de él, tantas horas solo, colgado, sosteniendo una conversación incómoda con su madre. ¿Habrá comido con ellos?

—Buena idea, vamos. —Quiere darse una ducha, pero sabe que no debería hacerle esperar más. Sigue oliendo a la casa de Julián—. Deja que me cambie de ropa y salimos.

En la calle, Carlos se esfuerza por mantener una conversación cordial, moviéndose en los parámetros establecidos por la costumbre: cuánta pereza le da volver a trabajar, a quién ha visto y qué ha hecho en su ausencia, los grupos nuevos de música que está ansioso por mostrarle. Por unos momentos, mientras aún están en el tranvía, ella piensa que es posible evitar la confrontación. La detesta. Pero cuando bajan cerca de la plaza del Pilar y Carlos termina de pretender que le interesa la fachada, la coge del brazo y le dice:

—No he venido solo por verte, aunque tenía ganas. Hay algo que quería hablar contigo. ¿Vamos a tomar algo?

Ella asiente y empieza a caminar en dirección a una zona de bares. No pregunta de qué se trata.

—¿Te acuerdas de Gordo?

—Gordo —dice ella, dubitativa—. ¿Qué gordo?

—Gordo, el perro que tenía de niño, ¿te acuerdas? Te lo he enseñado en foto. Vive con mis padres en la Sierra.

—Sí, sí, claro.

Carlos pide una cerveza y ella hace un gesto de que quiere lo mismo mientras lo mira expectante.

—Ha muerto. Tenía casi quince años, ha durado. No lo veía demasiado, pero...

Deja la frase a medias, pretendiendo que sus sentimientos llenen el espacio de las palabras.

—Lo siento mucho.

—El caso es que mi madre está fatal, y yo tampoco estoy bien. Creo que vamos a enterrarlo, y quería que estuvieses ahí. O al menos no quería estar solo en casa.

¿Entierran a los perros?, se pregunta ella en silencio. Carlos la observa después de tragarse medio botellín de una sentada. Se queja, no le gusta esa marca de cerveza. Al ver que no contesta, él hace un gesto hastiado y pregunta:

—¿Qué pasa? No tienes nada que hacer aquí, ¿no?

—Eh...

—Esperaba un poco más de apoyo, la verdad. Últimamente ni me coges el teléfono.

—Tú no viniste al entierro de mi tía —dice ella, solo para ganar algo de tiempo. No quiere volver a Madrid, mucho menos ir a ver a la familia de Carlos.

—Tía abuela —subraya él—. No sabía que era tan importante. Y si me lo hubieras pedido, habría venido, claro. No sabía que era tan importante —repite.

—Era una persona, no un perro. —Carlos la mira con indignación, y al instante se arrepiente de haber dicho eso, no quiere entrar en su juego—. No quería molestarte.

—No me molestabas. Habría venido. Y confiaba en que tú hicieses lo mismo.

—No sé si me viene bien. Había hecho planes. Si me hubieras avisado...

—A veces me da la impresión de que, por mucho que yo me esfuerce en que todo vaya bien, no estás tan comprometida en esta relación como yo lo estoy —dice Carlos, recostándose sobre la silla, como si se quitase un gran peso de encima al decirlo en voz alta.

—Llevo meses ahorrando para irme contigo de viaje, no me he ido con mis amigas por eso —responde ella—. ¿Te parece poco? Por un perro...

—Y al final no hemos ido —dice él, apartando sus palabras con la mano, sin retomar el asunto del perro.

—Por mi familia. Me necesitaban en casa. Pero el caso es que estaba dispuesta a renunciar a mis amigas...

—¡Si estás todo el día con tus amigas, por favor! Y tenías un mes de vacaciones, podrías haber hecho ambos planes. Además, tu madre no te necesitaba. Y me ha dicho que te has ido de viaje, algo «de trabajo». Pero estás de vacaciones, ¿dónde has estado?

—Cuando decidí no irme a Cannes, hice una visita corta a mis amigas en Barcelona —miente ella, después de unos segundos de vacilación.

—Pero ¿no se iban a Fuengirola? ¿Y lo de Bilbao?

Carlos se debate entre estar furioso y derrotado. Ella toma el primer trago de su cerveza.

—¿Tengo que darte cuentas de todo lo que hago?

—No, pero, por favor, no me mientas. Y digo yo que si somos una pareja y desapareces sin dar explicaciones, es lógico que me preocupe. O a lo mejor tú no lo ves así. A lo mejor no eres capaz de renunciar a nada por nadie. Eres una egoísta.

Ella suspira: ya conoce esta faceta de Carlos, pero está demasiado cansada para capear el temporal.

—Vale, pues tienes razón. Soy una egoísta, lo siento mucho.

Él calla e intenta beber unas gotas de cerveza del fondo del vaso. Cuando ve que es imposible, le quita la cerveza y toma un trago.

—¿Es por mis padres? —dice, lastimero. No hay que verlos, si no quieres. Pero me sentía mal y no quería... —Mientras habla, ella se da cuenta de que nunca había oído hablar del bueno de Gordo, o no le había concedido importancia. Es posible que no sea una buena novia—. Pero ya veo que no puedo contar contigo. Nunca quieres estar con mi familia. Ni siquiera con mis amigos. Cuando quedamos con ellos, siempre estás callada, demostrando lo mucho que te aburres. Yo no soy así, ¿me has visto con tu madre? ¿Cuántas noches de tus amigas me he tragado?

—Tienes razón —dice ella, y Carlos la mira sorprendido. No era lo que esperaba, y por unos momentos parece contento, como si «tienes razón» fuese lo único que quisiera oír—. He estado pensando estos días, y quizá no he sido honesta contigo. Cuando empezamos a vernos, tenía claro que no quería nada serio, pero me forcé. Pensaba que te lo merecías, o que si aceptaba que tuviéramos una relación, me sentiría de otra manera.

El gesto de Carlos ha cambiado. Sigue siendo de incredulidad, pero de otra clase.

—Sabes que nunca tengo «novios», que no era lo que quería de verdad. Solo me dejé llevar.

—No mientas —se defiende él—. ¿No te acuerdas de lo de Clara?

Carlos le recuerda que una de las razones por las que no le gustan sus amigos es porque en el grupo había una chica con la que tuvo un *affaire* antes de empezar en serio con ella, cuando se veían esporádicamente. Le hace notar cuántas veces ella ha querido dejar claro que era estúpida, fea o insulsa después de que tuviesen que pasar tiempo juntas. Ella lo niega:

—Solo hacía bromas sobre Clara porque no me caía bien, no estaba celosa. Me burlaba de todos.

—Sí, te burlabas de todos, es cierto. ¿Te parece que eso es forma de tratar a mis amigos? —Está gritando. A ella le da vergüenza y quiere levantarse, pero entonces Carlos pide otra ronda agitando el brazo en dirección al camarero.

—No sé qué decir —comienza ella con un tono de voz que pretende ser calmado—. Solo te estoy explicando cómo me siento. Creo que no estoy preparada para una relación, o que al menos no quiero una relación contigo. Creo que lo que siento no es amor. Es algo de lo que me he dado cuenta estas últimas semanas.

—¿Me lo dices en serio? —Carlos vuelve a gritar—. Si tú no sabes lo que es el amor.

Quiere defenderse, pero no puede. Aunque Carlos está muy enfadado, la mira como esperando a que le dé algo a lo que aferrarse para perdonarla. Pero ya ha llegado demasiado lejos, ha recorrido más de la mitad del camino. No tiene sentido volver atrás.

—Solo sé que no quiero una relación contigo. Y ahora mismo, hasta la idea de besarte me resulta extraterrestre. Lo siento mucho.

Esperaba que Carlos lloriquease, pero en su lugar rompe:

—Eres una niñata. La de cosas que he hecho por ti: aguantarte cuando eras inaguantable, pagártelo todo, invitarte siempre al cine o al teatro...

—Eras tú el que quería ir a restaurantes carísimos y al teatro todas las semanas cuando sabías que yo no tengo tanto dinero —replica ella, pero él la ignora.

—Me rompiste el ordenador, le tiraste una copa de vino por encima, y yo no te pedí nada. No te pedí nada porque pensaba que tú y yo éramos una unidad, que lo mío era tuyo y viceversa. Yo estaba contigo hasta el final, no quería ver lo que todos me decían de ti. Pero eres una aprovechada, una niñata, una medio-cre. Crees que vas a llegar a alguna parte, pero vas a quedarte toda la vida así, de becaria en trabajos de mierda. Pasas de tus amigas cuando te conviene, pasas de mí, incluso preocupas a tus padres innecesaria...

—No te metas en eso.

—Me meto donde me da la gana —responde él con violen-cia, y entonces ella recuerda qué le gustó de él: esa fiereza varonil, esa seguridad en sí mismo que llevaba tanto tiempo sin ver en directo.

Solo desde la distancia de su enfado ha conseguido que vuel-va a parecerle atractivo. Carlos continúa recriminándole cosas, ya sin esperar que se arrepienta, pura agresividad y rencor. Ella le deja explayarse hasta que él añade, buscando exasperarla:

—Entiendo que no sepas lo que es el amor ni el compromi-so. No hay más que ver lo que tenías en casa, pero yo no tengo la culpa de que tu verdadero padre fuese un cabrón, o de la gente de mierda de la que te rodeas.

—No tengo por qué aguantar esto —dice ella al tiempo que se levanta.

Le duelen las piernas por el contacto del metal de la silla con-tra su piel desnuda. Pese a que lo ha dicho solo porque creía que era lo que tocaba, descubre que es cierto. De pie, observa a Car-los y se da cuenta de que son más de las ocho y que él está solo en una ciudad que nunca ha pisado. Él interpreta su gesto. La conoce demasiado bien.

—Vete. Buscaré un hotel o algo, o me iré en el último AVE. Pero vete ya. Me das asco.

Recoge su bolso temblorosa y se aleja rumbo al tranvía. Saca el móvil: quiere contarle a alguien qué ha pasado, pero tendrá que fingir ante sus padres, sus amigas están de vacaciones y algo molestas porque no ha ido con ellas, y no puede ni soñar con contárselo a Julián, que ni siquiera le ha escrito en todo el día. Aun así, le escribe un mensaje, preguntándole si está disponible algún día para continuar la conversación sobre su padre. ¿Quizá mañana? No contesta. Carlos tenía razón en algunas cosas.

eres tan misterioso, que no encuentro manera de
localizarte, ni aquí ni en New York.

Te quiero llamarte pronto por favor, no puedes
pensar que te necesito y deseo estar contigo, amar
saber más de ti, dejarte acariciar por mí, y
Dios como deseo que me toques, ya estoy
antes de masturbaciones, necesito sentir tu
miembro en mí aunque me temo que es pequeño
al lado de mister. Sr,   a él también lo echo
de menos, otra vez porque no blandas es tanto
sacrificio coja el tejao y dejarme tranquilo,

        Te necesito aunque no lo creas

                   Una

13A

—He descubierto algo más sobre mi padre —dice Julián, después de acostarse.

Es ya de noche, hoy él no trabajaba. Tras unos días luchando contra su mal humor después de visitar a la echadora de cartas, ella ha cedido al impulso de la rutina, tomando su enfado como una pérdida de tiempo. Debería haber vuelto a trabajar ayer, pero llamó alegando que a su madre le habían diagnosticado cáncer y necesitaba unos días. Siempre había trabajado bien, así que le concedieron un día sin preguntar, dos. Hoy le ha llegado un e-mail de su jefe, que ha ignorado al igual que los mensajes de sus compañeros. Ni siquiera se siente mal por mentir. Desde que está en esa casa siente que, como han tardado tanto en encontrarse, el tiempo perdido debe compensarse haciendo el doble de esfuerzos, sin dejar ningún resquicio para la duda o el temor.

—¿El qué?

—Nunca había hablado de eso con mi madre. En cierto modo lo he hecho gracias a ti, así que tengo que darte las gracias. Aunque no sé si quiero seguir ese hilo.

—¿A qué te refieres?

—La amante de mi padre no era una desconocida. Mis abuelos sabían quién era. Habían oído hablar de ella, era una amiga o amante de juventud. —Él enciende un cigarro. No suele fumar antes de que caiga la tarde, así que tal vez esté nervioso—. No sé si quiero seguir investigando. En cierto modo, fue algo importante para mi padre y cambió la vida de toda la familia. Pero no estoy seguro de si me concierne.

—¿Era de Zaragoza?

—Sí, del barrio en el que se crió mi padre. Según mis abuelos, allí se conocía todo el mundo, así que sabían quién era. Salió con ella antes de marcharse de la ciudad para trabajar, quizá mantuvieron el contacto, o se reencontraron más tarde. Mi madre no quiso saber más, y no sé si yo debería. No sé si me atañe en realidad o pertenece a la intimidad de mi padre.

—Creo que deberías hacerlo —interrumpe ella. Es egoísta, pero él no puede darse cuenta de que lo es: no sabe nada de Yna—. ¿Te han dicho cómo se llamaba?

—No. Mi madre no quiso enterarse, y si vino al entierro, nadie lo supo. Siempre he pensado que si entendemos bien a nuestros padres, por qué hicieron lo que hicieron, comprendemos mejor nuestro lugar en el mundo. Pero algo me frena.

—Creo que deberías hacerlo. ¿No sabes si a lo mejor ella lo acompañó en sus últimos momentos, cuando decías que estaba tan solo?

—Creo que no. Aunque ya no estaban juntos, mi madre iba a visitarlo a veces y se habría enterado. O quizá sí lo hizo y no ha querido contarme nada.

¿Puede que se trate de Yna, o quizá su amante fue otra mujer? ¿Tal vez Yna dejó una huella en Alejandro, o solo recurrió a ella por debilidad y soledad? ¿Quizá Yna persistió a lo largo de los años, casi veinte, en su loca entrega de cartas? ¿Puede un amor así de intenso ser unidireccional? Eso le preocupa. Aunque ha intentado silenciar a lo largo de la mañana la voz en su cabeza que le decía que no se preocupase, no lo ha logrado: este domingo como tarde debería abandonar el piso: vuelve Marta y ella no puede seguir ignorando su trabajo. Se ha planteado varias veces cómo sugerirle a Julián que vaya a Madrid a lo largo de septiembre a visitarla. Tal vez no puede, sus turnos de vigilancia son irregulares y es imposible de cuadrar, ha vaticinado ella, anticipándose a su propia decepción. ¿Quizá es mejor no decir nada, y volver cada fin de semana con el pretexto de su investigación inexistente? También debería ir a Peñíscola antes de que acabe el verano, pero la idea de marcharse le duele físicamente. Aún no se ha decidido, así que no propondrá nada.

— ¿Te duele que tu padre fuese infiel a tu madre? —dice solo para continuar hablando.

—Para nada. Creo que la fidelidad es una rémora del pasado. No comulgo con ese precepto moral.

No le estaba escuchando del todo, pero se queda sin aire cuando lo dice. No le mira, no se atreve, aunque Julián se da cuenta de ello y se tensa a su lado.

—¿A qué te refieres? —pregunta ella.

— Creo que la idea de la fidelidad o el matrimonio es un constructo social. Cuando mi padre fue infiel a mi madre ya no estaban enamorados, o no de la misma forma. Mi madre reaccionó mal, aunque que tuviese una amante era lo mejor para los dos. Para él, porque le hacía feliz, para mi madre... ¿por pura alegría de que él fuera feliz? No era un problema para su relación. Vivían juntos pero más bien eran amigos, no recuerdo que se besaran ni una sola vez desde que yo era un niño. Claro que me dolió al principio, pero eso me hizo pensar. Cuando te dije que la actitud de mi padre me hizo plantearme que no tenía que dar todo por sentado me refería a eso, entre otras cosas.

Ella calla.

—¿Te ha molestado?

—¿Eso quiere decir que estás viendo a otra persona? ¿O que lo harías? —dice ella, aún aferrándose a que lo que acaba de exponer Julián sea algo meramente teórico. ¿Ha tenido tiempo para hacerlo si han pasado juntos todos los días? ¿Tal vez una de las veces en las que ella creía que trabajaba no era así?

—Ahora mismo, en este momento, no —responde él. Pero la tranquilidad dura poco—: Llevo cuatro años con una chica, pero tenemos una relación abierta. Este verano se ha ido a unas colonias en Guinea Ecuatorial de ayuda humanitaria, no vuelve hasta el 25 de septiembre. Cuando uno u otro nos marchamos de la ciudad tenemos libertad total, o incluso a veces cuando ambos estamos en Barcelona. Pero...

—¿Y no pensabas que eso es algo que tendrías que haberme dicho?

—No pensaba que fuese a importarte, por lo que me contaste de tu exnovio y otras parejas. —Julián parece nervioso—. No me dio la impresión de que...

—Hemos estado tres semanas juntos todo el tiempo. ¿No había ningún momento?

—Creía que estabas aquí por tu investigación, no por mí. Pero me gustas de verdad. Me importas. Precisamente al no pensar en las cosas del modo tradicional...

—Vete a la mierda —le interrumpe, levantándose para abandonar la habitación.

Julián no hace gestos de que vaya a seguirla y ella se encierra en el cuarto de su compañera de piso, probablemente la habitación con la decoración más hortera de toda Barcelona. Al final ella tenía razón con sus miedos, pero la razón no le otorga tranquilidad. Da vueltas por el cuarto, sin atreverse a sollozar, como una reina derrocada. No para de imaginarse a la novia de Julián bronceada en Malabo, con un teléfono analógico que solo utiliza para importantes misiones humanitarias, tan alejada de las preocupaciones de los vulgares seres humanos. Julián toca a la puerta minutos después. Ella no contesta. Insiste.

—¿Podemos hablar? —dice desde el otro lado de la pared. Pese a su silencio, él abre la puerta, desvalido y aún sin camiseta—. Pensaba hablar esto contigo, pero quería plantearlo bien. No imaginaba que te fuese a molestar tanto.

Herida en su orgullo, se plantea si fingir que no es así: solo ha sido un instante de debilidad, no algo que lleva días manteniendo su corazón en vilo. Pero no puede.

Se acuestan en la cama de su compañera de piso. Es la primera vez que lo hacen allí y ella no consigue concentrarse del todo en su cuerpo, distraída por el penetrante olor a olíbano y la aspereza de las sábanas. Después de un par de horas discutiendo, ella ha cedido. Sí, comprende que eso no significa que la quiera menos o que haya sido una mera distracción; sí, le perdona que no le haya contado nada antes: quién es ella para recriminar que alguien tenga secretos. Ha intentado convencerse de que es mejor así, de que ella nunca ha estado hecha para el compromiso. O tal vez todavía no estaba lista para aceptar lo peor, la ruptura con Julián, aunque pueda estar cerca.

Finge que se corre para que todo termine antes, y Julián lo hace poco después. Pese a que él se tumba a su lado y le acaricia la cabeza como siempre, siente que están repitiendo sin ganas una serie de gestos aprendidos, como dos actores ya hartos de escenificar una escena a los que aún les queda una última función.

Ojalá tuviese algún obstáculo físico que vencer, piensa, una imagen clara de su oponente para derribarla. Ni siquiera sabe cómo se llama esa chica y, aunque es tentador culparla, intuye que no es el centro del problema. También intuye que no debe caer en la tentación de reescribir su historia juntos, de tal forma que ella ha acudido al rescate de Julián para ayudarlo a escapar de una relación condenada.

—Relájate. —Julián la abraza y hunde los dedos en su nuca. Por un instante lo consigue.

—Quisiera poder descansar de todo. Poner el mundo en pausa, vivir un tiempo en el limbo.

—El limbo era un castigo en la religión cristiana —dice Julián—. Allí van todos los que no han sido bautizados y no sufren ninguna tortura, pero no saben que estarán allí para siempre. No suena muy tentador.

Ella no contesta. Aún sigue asimilando qué implica la revelación de Julián para sus planes, ¿debería marcharse ya, ir a Peñíscola, o aprovechar con él al máximo el mes que le queda antes de que esa chica llegue?

—En el cristianismo hay otra noción interesante de un mundo sin tiempo —continúa él—. Bueno, es una interpretación de origen judío, estuve leyendo sobre eso hace algunos meses.

—¿Cuál?

—No sé si sabes cómo funciona el Apocalipsis. En teoría, el Mesías vendrá cuando aparezca Satanás para derrotarlo, luego restituirá todos los cuerpos: ese es el momento de la resurrección de la carne, en el que todo lo que una vez fue puede volver a ser. Después viene el fin de los tiempos, la eternidad. Sabías eso, ¿no? —pregunta, y ella asiente—. Vale, pues según algunas interpretaciones, entre la derrota de Satanás y el fin de los tiempos habrá un reino milenario del Mesías en la Tierra, en el que todo lo que ha sido volverá a existir durante mil años antes de que todo termine, como un presente pleno en el que nada estará perdido. Por ejemplo, mi padre estaría ahí, podrías preguntarle todo lo que quisieras —intenta hacerle reír, le toca la nariz—. Supongo que algo así es lo que te gustaría.

Por supuesto, a Yna le encantaría pasar mil años más viendo cómo Alejandro construye una vida al margen de ella, piensa con amargura.

—¿No tienes que trabajar esta noche?

—No. Esta noche no. ¿Quieres que me quede, o quieres estar sola?

—Eh... —Un resto de dignidad le impide pedirle que se quede, pero cree que se derrumbará si se queda sola. Ojalá él le hubiera suplicado que fuera con él a su cama, así ella habría fingido que dudaba, para al final ceder—. Quédate un rato, si quieres.

Él se tumba a su lado, ella agarra la almohada, está a punto de dormirse. Qué bien duerme siempre con Julián, pese a todo. Entonces roza algo con los dedos. Cree sentir un papel entre la almohada y el colchón, bajo el cubrecama.

—Aquí hay algo, Julián. —Ella busca los contornos del papel. Es rígido—. Creo que es una carta.

—¿Y qué más da?

Su pregunta es razonable, pero le pide que encienda la luz. Sabe que luego se enfadará consigo misma: le gusta ser la mejor versión de sí ante él, no una neurótica, y ambos han tenido suficiente por hoy. Julián rezonga y enciende una de las lámparas de lava de la mesilla de noche. Detesta esa luz. Rasca con las uñas el cubrecama hasta sacar el papel.

—Es una carta de tarot, Julián —dice exasperada.

Él la mira sin comprender.

—Creía que no eras supersticiosa. Eres la persona más atea que conozco.

No contesta, sigue mirando la carta, y se la enseña, levantándose de la cama.

—Es una de las peores cartas posibles. La Torre, la Casa de Dios —señala.

Él sonríe. Le hace gracia su turbación.

—Marta es una chica un poco extraña, ya ves la habitación, siempre está con estas cosas.

—No deberíamos haber dormido en su cuarto. O al menos no tú. Ni yo. No debería estar aquí.

—Cálmate —dice él, incorporándose también y cogiéndola de los hombros—. Hoy ha sido un día complicado.

Observa la carta: una torre partida por la mitad por un rayo, de la que se arrojan dos hombres desesperados. Luego la tira al suelo y se va a la habitación de Julián.

—Mañana te recordaré esto cuando te rías de mis tonterías espirituales. —Él intenta una carcajada. No funciona—. Si de verdad te preocupa, podemos buscar qué significa la carta, o por qué Marta la tenía sobre colchón. Puedo preguntarle mañana, si quieres.

Ella hace un gesto negativo. Se siente ridícula, pero no puede parar de repetir que no deberían haber dormido en esa cama, como si el haberlo hecho fuese el símbolo de todas las desventuras de la tarde. Al final accede a que busquen juntos su significado en internet. Ella lee en voz alta: «Ruptura, destrucción, muerte, problemas y replanteamientos de toda índole por encontrarse en un momento donde las cosas ya no pueden seguir tal y como están. Necesidad de reflexión para eliminar todo lo que no funciona y quedarse solo con lo que es sólido y no vale para una nueva etapa». Mancha la colcha de Julián de todos los lagrimones que no ha soltado durante la tarde, hiperventila. Él solo la mira, confuso, incapaz de consolarla.

—En realidad, no creo en estas cosas —dice ella cuando consigue calmarse—. Sé que es una tontería. Pero después de todo lo que hemos hablado...

No le cuenta que ayer visitó a una vidente y que le vaticinó la misma carta. No quiere dar más explicaciones.

—No pasa nada, tontita —dice él, aunque parece sumergido en su propia adversidad—. Mañana nos reiremos de esto. ¿Quieres un cigarro?

—Tengo una amiga muy supersticiosa —continúa ella mientras se encienden los cigarros en la ventana—. Va a videntes cuando tiene dudas en el amor o en la vida en general. Siempre he pensado que es una tontería.

—¿Cómo se llama? —pregunta Julián, pero ella sospecha que solo lo hace por pura cortesía.

Quizá se está hartando de ella. Por lo que ha podido ver durante las últimas semanas, nunca tiene ninguna clase de problema o discordia. Tal vez los rehúye. En realidad no lo conozco apenas, piensa. Casi quiere reír: es absurdo.

—Yna. Te hablé una vez de ella. Mi amiga argentina.

Julián asiente, distraído, arrojando la colilla de su cigarro contra el tejado del edificio de enfrente, algo impropio de él.

—Duerme aquí si quieres —ofrece.

Ahora que ya ha llorado, ella querría seguir preguntando, averiguar detalles de su otra relación, preguntarle qué significa ella para él, disculparse por sus excesos, sellar de una vez la reconciliación que Julián lleva buscando toda la tarde. Pero él parece poco proclive a la conversación y se tumba en la cama con el gesto sombrío y los ojos cerrados. Ella se acuesta a su lado, sin tocarle. Los dos se tumban boca arriba sin dormir, como si velasen un cuerpo que ha muerto sin ni siquiera haber nacido.

Te quiero mucho, bueno estoy bien que aun no me enamorado
día pienso en ti día tras día. Pero ya no sé
que hacer, mi amor, no recibo noticias tuyas
de ninguna clase, y empiezo a pensar que te
has olvidado de mí; ojalá Dios no lo quisiera
y me equivoque, pero ya hace tiempo que lo
dudo, tú tienes otra persona, estoy segura, yo
solo he sido un pasatiempo quizás en sus
momentos oportunos, pero sin embargo pienso en
Navidad, no son fechas para enfadarse, y más si
vienes de tan lejos, que daría yo por salir de
la duda pronto, cuánto tiempo más no sé
no hace, señor solo quiero que Dios me
permita saber que pase me conformo pero salir
de la duda es mi alivio
Te cuido Ana

13B

A la mañana siguiente de dejarlo con Carlos se esfuerza en tranquilizar a sus padres, elaborar una historia consistente de ruptura y problemas de pareja que ambos puedan aceptar. Después finge entrar en razón de golpe: tiene que volver a Madrid, miente. Irá a visitar a una amiga por la mañana y después recogerá sus cosas y se marchará. Su madre se queja, pero ella frena rápidamente su capacidad de preocuparse.

—No pasa nada, en serio, mamá. Solo estaba harta de Carlos y no sabía cómo romper con él. Pero no me pasa nada.

—Nunca te duran los novios, hija.

Consigue salir de casa. Los veinte euros del padre de Alejandro le queman en el bolso, tiene que dárselos a un mendigo. Carlos vuelve a escribirle: tal vez se pasó anoche, quizá podrían quedar esta mañana para hablar, antes de que se marche a Madrid. Lo ignora. Llega al restaurante que abrió Alejandro Rodríguez casi a la una de la tarde. Es pequeño, más bien parece un bar. A través del escaparate se ve a unos hombres jugando a las cartas y *La ruleta de la suerte* en un televisor.

Se sienta a una mesa cerca de la barra y lejos de los ancianos que juegan. Una mujer sale de la cocina, se acerca a la mesa de los viejos para recoger los vasos. Cuando la ve de espaldas, ella cree que es una chica de su edad. Diminuta, delgadísima, vestida con vaqueros ceñidos y una camiseta grande. Luego se gira para volver a la barra y se sorprende al ver una cara casi anciana. Como si el rostro hubiera envejecido prematuramente y el resto del cuerpo no.

—¿Qué va a ser pues?

—¿Tienen menú del día? —pregunta ella.

—No. El comedor cerró hace unos años. Pero tenemos tapas.

Le relata lo que tienen, pero nada suena especialmente apetitoso y describe los platos como si no desease servirlos en realidad. Ella se bebe la caña muy rápido y engulle la comida. Una tortilla muy seca, pura huevina, un pan blanquísimo y sin sal.

—Quería hacerle una pregunta un poco extraña —dice ella. La mujer no levanta la vista del televisor, pero cabecea—. Estoy buscando a un hombre. Un familiar, mi tío. Se llamaba Alejandro Rodríguez. Me habían dicho que trabajaba aquí.

—Se fue hace años —responde la mujer, observándola.

—¿Y sabe usted dónde está?

—La última postal que me envió fue desde Peñíscola. En 2014 o así.

Ella no está segura de si puede preguntar por qué se marchó.

—Nunca me dijo que tuviera hermanos —sigue la dueña del bar—. Aunque casi nunca hablaba de nada familiar, se llevaba muy mal con sus padres. ¿Cómo has dicho que te llamabas? —Se lo dice—Yo me llamo Elena. Puedes tutearme, si quieres.

—Estuvisteis casados, ¿no? —le toma la palabra.

Ella se ríe.

—Qué va. Alejandro nunca se planteó casarse. ¿Por qué le estás buscando?

—Es la única familia que me queda. —Se siente inspirada—: Mi padre me abandonó. Mi madre ha muerto. Quería saber algo sobre mis orígenes.

—Y tu abuela también murió, ¿verdad? —la interrumpe ella—. ¿Tu abuelo...?

—Sí —responde muy rápido.

Elena quiere saber cuándo fue y ella encoge los hombros y dice que tampoco tenían mucha relación.

—Bueno, no sé qué decirte, maja. ¿Qué quieres saber? No tengo su contacto, ya me gustaría a mí. Solo el de tu abuelo.

Le gustaría preguntar dónde está y por qué se fue, pero se conforma con pedirle que le hable de él. Finge que siente nostalgia de una familia que nunca conoció. Elena le dice que era un buen cocinero y que tenía buenas ideas, pero muy mala suerte. Lo dice con cierta ternura.

—Podría haber llegado lejos, o eso pensaba cuando lo conocí. ¿Quieres ver el comedor? ¿Lo que antes era el comedor?

Suben por unas escaleras hasta una sala con suelo de parqué igual de grande que la planta de abajo, tal vez incluso más, con los elementos propios de un comedor y llenísima de trastos.

—Toda esta parte de arriba fue idea suya —le señala Elena—. Desde hace un par de años ni limpiamos por aquí. Cuando él se fue, yo no daba abasto. No podía cocinar, servir y estar todo el día subiendo y bajando escaleras.

Ahora que la observa más de cerca se acentúa la sensación de que es una persona vieja atrapada en un cuerpo infantil. Tiene todo el marco de la cara lleno de canas mal teñidas, los ojos hundidos en telarañas de arrugas y patas de gallo.

—Así que buscas a Alejandro... —repite, seria de pronto. La examina, en una acusación muda, y ella recuerda lo que pensó Ricardo, duda si aclararle que no se trata de una hija perdida—. Sí, le conocí bien. Estuvimos juntos varios años, aunque, como te he dicho, no llegamos a estar casados. Durante mucho tiempo estuve enfadadísima con él. Y decepcionada. Supongo que aún lo sigo estando, pero bueno, tú no tienes la culpa.

—¿Cómo os conocisteis?

—Fue mientras trabajábamos en el hotel Meliá de Peñíscola —explica Elena—. Tenía que ser el año 2000 o así. Los empleados cenábamos muy tarde, cuando ya se había terminado el turno del restaurante. Es curioso, pero todo lo que me gustó cuando lo conocí fueron cosas que ni siquiera eran reales. Recuerdo que estábamos en una mesa del hotel con otras chicas de animación, yo estaba un poco amargada por aquella época y bebía demasiado. El trabajo era una mierda y me sentía una fracasada. Era la primera vez que Alejandro se sentaba con nosotras y jugamos a coquetear con él. Nos aburríamos. Iba vestido de traje, caminaba muy erguido y parecía serio y callado. No conseguimos hacer que perdiera la compostura y nos sacó los colores en un par de ocasiones. Por ejemplo, le dijimos que se sentía solo rodeado de turistas gordas alemanas y él nos contestó que, si eso fuese verdad, siempre nos tendría a nosotras. Le sugerimos que estaba desesperado y nos dijo que nosotras lo estábamos más. Recuerdo que pensé: qué hombre más guapo. —Sonríe, con algo de melancolía—. Tan serio, tan elegante con su traje. Apenas comió nada de la fritanga que nos daban y lo vi como un signo de distinción y pureza, como algo que lo separaba de las bailarinas que comían palitos de pescado a dos carrillos. Luego, como te digo, resultó que nada de eso era verdad: iba vestido de traje no por gusto, sino porque aquella noche había sido ayudante del mago, no comía nada porque tenía el estómago delicado tras una buena juerga, no era callado, sino tímido, y si pareció inteligente fue por pura casualidad. No era un gran conversador. Pensé mucho en eso cuando me dejó por primera vez: solemos decir que nos gusta tal o cual cosa de una persona, pero si luego es mentira, nos sigue gustando igual. Por ejemplo, puedes decir que te has enamorado de alguien por su pelo, pero te sigue interesando si se queda calvo.

—¿Y empezasteis a salir entonces? —la frena ella, intentando que vaya al grano.

—Más o menos. Nos acostamos un par de veces y me di cuenta de que era un triste, pero eso hizo que me gustase más. Empecé a obsesionarme con que se lo pasase bien y sonriera un poco, pese a que él me había avisado de que no estaba hecho para compromisos y que no me podía prometer nada de nada. Aun así, me ilusioné, aunque no me lo puso fácil: siempre coqueteaba con todas las chicas de animación y yo me pasaba el día celosa como una perra.

—¿Era animador?

—Cocinero. Y muy bueno. Cuando me hablaba de sus sueños de tener su propio restaurante o me contaba que había trabajado de chef en otras ciudades, yo pensaba que se tiraba el pisto, pero luego supe que era verdad. Tenía mucho talento, tanto que resulta increíble pensar que a sus cuarenta estuviera poniendo copas en el Meliá. De hecho, dejó el Meliá en septiembre. Lo cogieron de ayudante en un restaurante chiquitito cerca de la costa, se llamaba La Canela. Cobraba menos, pero era más feliz allí. Eso hizo que nos viésemos menos y tuvimos nuestras idas y venidas. Cuando discutíamos me decía: «Ya somos mayores para esto, Elena, madura de una vez», y eso me enfurecía más, porque pensaba que era él quien se estaba comportando como un adolescente, rehuyendo el compromiso y renunciando a un sueldo mejor porque «cocinar era su vocación». Cuando rompimos, mi madre y mis compañeras de orquesta me dijeron que era mejor así y yo me esforcé por acostarme con los pocos guiris que quedaban en la playa. Pero volvimos, no me acuerdo muy bien cómo. Solo sé que entonces yo ya iba enseñada: en lugar de estar presionando todo el rato para que se comprometiera conmigo, hice cosas. A él lo acababan de echar de su piso y vivía en una pensión, y le ofrecí que se quedara conmigo un par de semanas. Nunca se fue. Si necesitaba su espacio o lo veía tonteando con alguien, fingía que no me importaba, y cuando mi padre murió, pretendí que necesitaba más apoyo del que en realidad necesitaba. —La mira con culpabilidad—. Sé que así contado suena horrible, pero estaba muy enamorada de Alejandro, y también estaba convencida que no se comprometía conmigo por miedo o inmadurez. Que cambiaría. Era un débil. Mira, durante un tiempo, antes del Meliá, trabajé en una residencia de ancianos y me fijé en que todos los viejos tenían algo en común: estaban todo el rato dudando de la firmeza de las superficies, tocando las cosas antes de apoyarse, tanteando el suelo con el bastón. Alejandro era igual, pero con el mundo, como si dudara de que era una cosa sólida, firme. Yo odiaba esa debilidad. Y también odiaba que me tratase como una buena amiga excepto cuando nos acostábamos, siempre por iniciativa mía. Vivía en mi casa pero, si alguien le preguntaba, seguía diciendo que estaba soltero. Yo callaba, porque sabía que si me quejaba, solo conseguiría discutir. En algún momento me di cuenta de que para él tener un restaurante era más importante que estar conmigo pero, en lugar de abandonar el barco, pensé: si le ayudo a lograrlo, no podrá irse de mi lado. Y entonces le propuse que nos viniéramos a Zaragoza a coger el bar de mis padres, aunque yo siempre lo había odiado, y también Zaragoza en general.

—Espera. Me estoy perdiendo algo.

—Perdón. Vuelvo a atrás: mis padres tenían un bar en Zaragoza. Alejandro también era de Zaragoza, supongo que lo sabrás, aunque llevaba mucho tiempo sin vivir aquí. Mi madre estaba coja y no podía trabajar, así que cuando murió mi padre, pensamos en traspasarlo. Pero entonces a mí se me ocurrió: ¿y si le compramos a mi hermana su parte y convertimos el sitio en el restaurante con el que Alejandro siempre ha soñado? Así de enamorada estaba. Así de tonta era.

Ella clava la mirada en los ojos oscuros de Elena. Busca en ellos los rastros del amor de Alejandro, ese rostro visto tantas y tantas veces, compartido con las pupilas de tantas otras personas. Incluidas las de Yna. Tiene una belleza triste. Puede que incluso sea fea.

—No sé qué te estaba contando —dice. Y tal vez sea cierto. Parece totalmente perdida.

—Alejandro y tú volvisteis a Zaragoza. Aquí.

Elena repite que fue tonta entonces: desde que era una niña, había tenido claro que no quería repetir la vida de sus padres, una vida de apartamento de tres habitaciones y trabajo fijo en el centro de Zaragoza, pero cuando vio la oportunidad de retener así a Alejandro, no dudó. En cierto modo, fueron felices, por lo menos al principio. Llegaron a Zaragoza con muchas ganas de abrir el restaurante. La cocina estaba sucísima, el piso de arriba llenísimo de trastos, y la parte de abajo tenía el aspecto de un bar pasado de moda. En realidad, no era un restaurante, solo un lugar al que algunos viejos iban a jugar a las cartas y ver el fútbol. Eso al principio disgustó a Alejandro, pero ella le prometió que lo cambiarían todo.

Alejandro nunca había estado tan concentrado, le explica. Consiguió dinero, no está muy segura de dónde, y se empeñó en que había que cerrar el local y reformarlo. Quería abrir un comedor diferente, distinto a todo lo que se había visto antes en la ciudad, un lugar chic con platos exóticos y decoración minimalista. Se pasaba las horas mirando revistas y buscando ideas en internet mientras que ella encontraba piso, lo alquilaba, lo limpiaba y se empeñaba en hacer de ese cuchitril un hogar.

—Y al principio el restaurante iba bien —asegura—. Reformamos la parte de arriba, la gente que trabajaba por la zona venía a comer de menú, y los habituales del bar de mi madre seguían acudiendo todos los días a partir de las siete de la tarde. Alejandro los detestaba. Se negaba a subir el televisor de volumen y los miraba con desdén a partir de las nueve, cuando esperaba que llegaran clientes a pedir la cena. «Elena, esta gente es un lastre», me decía. «¿Tú entrarías en un restaurante que en la parte de abajo tiene a estos viejos gritando por el fútbol o el guiñote?»

Quería reformar la parte de abajo y quitar el televisor. Elena le decía que solo tenía que aguantarlos hasta que muriese su madre, para no disgustarla. Después se arrepintió muchas veces de haber dicho eso, de haber utilizado la muerte de su madre como condición.

Alejandro y ella vivían en un piso pequeño en la otra punta de la ciudad. Iban y venían andando cada día para poder ahorrar en el autobús, casi una hora. Entre las horas trabajando y los viajes apenas pasaban tiempo juntos, pero allí fue donde Elena aprendió a convivir. Sus celos habían terminado, aunque solo fuese porque no había mujeres con las que él pudiera hablar: ya no sospechaba de cada silencio, de cada ausencia, sentía que podía creer en todas y cada una de sus frases. A Elena le parecía que eso era una dimensión del amor que nunca había experimentado antes: suponer que todo lo que decía el otro era verdad. Los sacrificios que había hecho se justificaban por la tranquilidad de que todo iba bien, por esa entonación con la que Alejandro había empezado a dirigirse a ella.

—¿No quedaba con nadie? —le pregunta ella, y Elena niega con la cabeza. Así que si este es el Alejandro auténtico, no volvió a contactar a Yna—. ¿Ningún amigo de infancia, sus padres, nada?

Elena niega con la cabeza y continúa: un par de años más tarde, la madre de Alejandro murió. Él dijo que tenía que ir a su pueblo, para enterrarla, y fue una de las primeras veces en las que ella sobrellevó bien su ausencia. Entonces estaba obsesionada por si se había hecho demasiado vieja para tener hijos: desde hacía meses ya no tomaba la píldora anticonceptiva, con la esperanza de quedarse embarazada y pretender que había sido un error. Alejandro no quería tener hijos, pero ella sí. Aunque seguía bajándole la regla, no se quedaba embarazada, y Elena no paraba de revisar su cuerpo en el espejo buscando señales de que se había hecho mayor: canas, vientre lleno de líquido, flacidez. Cuando volvió del pueblo, ella ni siquiera estaba en casa, y eso a Elena le parecía el grado máximo de amor, pues usualmente cuando él se marchaba la ansiedad hacía que se quedase esperándolo sin hacer nada más que mirar la puerta. Pero cuando Alejandro llegó estaba taciturno. «¿Qué te pasa?», preguntó ella. Qué pregunta más estúpida, se censuró después. Claro. Su madre. Se preocupó, le cuidó, trató de consolarlo mientras seguía pendiente de sus ciclos menstruales y de su propia madre, ya en las últimas.

—Tendría que haberme fijado más —piensa ahora en voz alta: cómo Alejandro dejó de pedirles a los viejos que no gritasen cuando jugaban a las cartas, cómo consentía en subir el volumen del televisor, cómo comenzó a limpiar menos, a repetir menús, a poner frutos secos de tapa y cocinar una grasienta tortilla de patata que él decía odiar. Pero no se dio cuenta. Su detector de mujeres le decía que no había ninguna, así que pensó que era su forma de llevar el duelo.

Pasaron la Navidad en Zaragoza. Iban a comer al día siguiente con la familia de Elena, pero decidieron pasar la Nochebuena solos. Ella pensaba hablarle esa noche de la posibilidad de tener hijos, tal vez recurrir a una clínica de inseminación: ya no somos tan jóvenes, diría, como si fuese una idea que se le acababa de ocurrir. Alejandro dijo que no le apetecía cocinar más y ella se esforzó en hacer un pato confitado siguiendo una receta de YouTube. Las manzanas le quedaron pasadas y el pato crudo. Salió de la cocina para ver si Alejandro podía arreglarlo y él estaba sentado en el sofá, inane, viendo en la tele el discurso del rey. Elena se sentó a su lado para verlo, no porque le interesase, sino porque creía que él no iba a ir a la cocina a ayudarla hasta que acabase. Vio al rey mayor de lo que recordaba: llevaba siglos sin ver el discurso, a Alejandro no le gustaba ni la política ni la televisión. En realidad, si lo piensa ahora, la situación era insólita: los dos sentados viendo la televisión mientras un plato se pasaba en la cocina. Alejandro nunca la dejaba cocinar, era un maniático, pero no pareció inmutarse por el olor que salía de la cocina. El rey habló de la crisis económica y ella le apretó la mano para hacerle ver que los malos números del bar no eran cosa suya, sino que las cosas no le iban bien a nadie. Luego el rey habló de concordia y unidad, y Alejandro se echó a llorar de golpe.

—Era inconsolable. Lloraba como nunca he visto llorar a un adulto —recuerda Elena—. Yo le preguntaba: «¿Qué te pasa?», «¿Qué te pasa?», y apenas se le entendía al hablar. Al principio pensé, claro, que se trataba de su madre. Pero enseguida me di cuenta de que era otra cosa.

—Y lo dejasteis entonces.

—Sí. Aunque todo sucedió muy deprisa, Alejandro lo pintó como si fuese algo inevitable —dice Elena—. Casi le sorprendió que me doliera. Después de llorar un rato, Alejandro dijo que se marcharía pronto y que no tenía que preocuparme por nada del restaurante, que me lo dejaba todo sin pedir nada a cambio. Le insistí: «¿Adónde vas, a Salou, a tu pueblo? ¿Por qué te vas?, ¿es por tu madre?». Y él no acertaba a contestar, hablaba sin decir nada, estaba muy nervioso.

Al final, Elena lo recuerda bien, la cogió de los hombros y le dijo: «Esta no es la vida que quiero llevar». Ella se echó a llorar y le preguntó si no le importaba cómo se sintiera ella. Alejandro le contestó que pensaba que tenía una relación con ella pero que él nunca lo había elegido.

—Y empezamos a discutir mucho. Estaba fuera de mí, le preguntaba si había otra persona todo el rato y él decía que no, que no se trataba de eso. Lo peor es que sé que es verdad. Sabía que el problema no era otra persona, sino que nunca me había querido de la misma forma que yo le quería a él. Se puso a darme argumentos de todas las veces en las que me había dicho que no quería un compromiso, que no veía las cosas claras, cómo nunca quiso conocer a mi familia o presentarme a la suya, como si eso pudiera tranquilizarme. Y, en realidad, tenía razón, pero yo no podía aceptarlo, me sentía estafada. Así que presioné más: le dije que no se atreviera a mirarme a la cara, que no me tocase, que recogiera las cosas al día siguiente, mientras yo comía con mi familia, y que no quería verle nunca más. Esperaba que se diese cuenta del daño que me había hecho y de que no soportaba estar sin mí, aunque fuese a su manera, a medio gas. Pero no reaccionó: cuando llegué a casa, había recogido gran parte de sus cosas. Se había marchado de verdad.

»Durante mucho tiempo esperé que me llamara, a pesar de que yo le había gritado que no quería saber nada de él, de que casi le había golpeado. Me levantaba y decía: segundo día. No aguantará solo, es débil. O primer fin de semana: no podrá. O febrero: ya pasó un mes, ya sabe lo que es estar solo. O marzo: en marzo abrimos el restaurante. Se tiene que acordar hoy. La fecha en la que sucedió tal o cual cosa, un aniversario, mi cumpleaños, una noticia de algo que nos interesaba a los dos. Pero no llamó nunca y yo me obligué a mí misma a no hacerlo. Habría sido caer muy bajo. Al principio continué viviendo como si él siguiera aquí, conmigo. Me pasaba los días ensayando qué le diría si me llamara. Pero no llamó. Y, fingiendo que no me importaba en ese momento, planeando todo el rato qué haría cuando llamase, logré alcanzar la calma.

»Un día me acosté con un hombre y él empezó a hablar de sus ex y yo de los míos. En ese instante me di cuenta de que yo había pasado a ser una de las exnovias de Alejandro, alguien de quien hablaría con las chicas con las que coquetease, una historia más que contar para explicar quién era él ahora. Me eché a llorar allí. Luego me enfurecí. Había dejado todo lo que Alejandro olvidó en el cuartito de estar, bajo la mesa. Comencé a mirar sus libros o su ropa y los empaqueté para enviárselos a la casa de su padre. No sé por qué lo hice, ni siquiera estaba segura de que le fuesen a llegar nunca. Tampoco escribí nada. Solo quería que él recordase que yo estaba aquí y que me había abandonado. Poco a poco el restaurante se fue pareciendo más y más a lo que era cuando mi padre vivía. Yo no me atrevía a marcharme y ya no tenía el aspecto necesario para ser animadora o actriz. Era vieja. Me sentía mayor.

»Dos meses más tarde, me encontré una postal en el buzón. Era suya. Una imagen de la plaza del Pilar con dos baturros. En la parte de atrás escribió: "Muchas gracias, Elena. Espero que todo vaya bien por allí". Eso me enfureció más. La postal no estaba en un sobre, había escrito algo que podía leer cualquiera. Preparé otro paquete con más libros, un llavero y un par de jerséis. Lo envié. Unos meses más tarde, otra postal. "Gracias, Elena. Mi padre también está muy mal, hemos discutido otra vez. Espero que tu madre esté mejor. Te quiere, Alejandro." Ese "te quiere" me ofendió. Tan público, tan formal, tan pasado de moda. Sentía que estaba burlándose. Volví a enviar otro paquete. Y así hasta tres más. Después se me terminaron las cosas que mandarle. Guardaba juntas todas sus postales y deseé que él tuviese algo mío, para poder exigir que me lo hiciese llegar. Alejandro no era muy de regalos. Decía que no los necesitaba para acordarse de las personas, pero yo creo que en realidad quería decir que no los necesitaba para que las personas se acordasen de él. Seis meses más tarde del último paquete, me llegó otra postal, felicitándome por mi cumpleaños. Decía que había vuelto a trabajar en La Canela, en Peñíscola, y yo me lo tomé como una afrenta personal. Cuando mi madre murió, pensé en escribirle para contárselo, pero no quería recibir un "lo siento mucho" escrito detrás de una foto de las playas de Peñíscola para que lo leyese cualquier cartero.

—¿Y siguió mandando postales? —pregunta ella. Recuerda una frase de Yna: «Navidad no son fechas para enfadarse».

—Sí. Alguna. Siempre en ocasiones especiales, alguna Navidad que se acordaba, o cumpleaños. No siempre. Y yo odiaba eso, porque si pasaba una de esas fechas y no enviaba nada, no podía quedarme tranquila. Pensaba que se estaba retrasando. Y si no llegaba nunca, sentía que él me había engañado, que seguía consiguiendo que estuviese pendiente de él.

Se le rompe la voz. Ella teme que Elena vaya a llorar. Eh, dice. Le toca el hombro.

—Tu tío no era mala persona. Pero era muy débil. Y solo pensaba en sí mismo.

Solloza. Ella querría marcharse, pero tiene que preguntar una cosa más:

—Entonces, ¿sabes dónde está ahora? —se asegura.

Elena tiene los ojos demasiado oscuros y la mira de tal forma que siente que la odia.

—Supongo que puedes probar en La Canela, en Peñíscola. Su última postal vino de allí, hace ya tres o cuatro años.

Elena no se despide. Se levanta y va a la sala de abajo, aunque no parece que nadie la necesite. Paga, y Elena le cobra como si en las últimas dos horas no hubiese sucedido nada especial.

1/6 90

Mi vida que pasa?

Espero tanto tu llamada.? porque no llamas?

¡ love you? te hecho de menos, si salgo sola
tengo envidia de las parejas, Porque yo no?

te necesito a mi lado, porque te quiero mas de
lo que tú puedes imajinar. Te deseo
tanto amor que haria cualquier cosa por
tenerte incluso hijos, te daria. yo te deseo
de esto estoy segura, y quiero probarlo pero
dame la oportunidad, cuando pienso es
que hablamos en Navidad y de verdad
pudiesemos salir solos tu y yo dios que
paraiso, pero no tengo ya esperanzas
hace ya 6 meses que te vi por ultima vez

14A

Por la mañana se levanta con un dolor de cabeza persistente y
una angustia en el pecho, como si un montón de pequeñas bocas
le succionaran todo el oxígeno desde los pulmones. Han pasado
dos días desde la discusión con Julián, y solo quedan otros dos
para que tenga que marcharse. Se ha sorprendido a sí misma a
punto de irse antes de que expire su tiempo, y segundos después
deseando tener unos pocos días más; si así fuese, si su estancia en
esa casa no tuviese un fin claro, tal vez podría arreglar las cosas
con Julián, encontrar una manera de que todo encajase y no la
desolación que espera, cuando ella esté en Madrid trabajando
casi diez horas mientras él está en Barcelona con la otra chica.
Aún no sabe su nombre, no ha querido averiguarlo, aunque también ha fantaseado muchas veces con que, si él fuese más con-
vencional, podría haberla encontrado en sus redes sociales, po-
nerle rostro a esa desconocida que imagina tan distinta a ella. Tal
vez constatar que lo que Julián siente por ella no es tanto amor
como costumbre, que él se parece a su padre y sigue con una esposa que no le llena, mientras que ella representa la vivacidad y
pasión de un nuevo amante, un amor puro y totalitario. O tal
vez ella sea una ingenua. Quizá solo es una distracción, ni siquiera un bache, solo un entretenimiento que llena los segundos de
espera hasta que la otra llegue.

Desde el día siguiente a la disputa, Julián se ha comportado como si nada hubiese sucedido, dejándole de vez en cuando espacios de silencio para que ella pregunte lo que quiera y que no ha aprovechado. Una intimidad tejida de miedo. Él aún duerme: volvió de trabajar de madrugada, como siempre. Se levanta sin saber muy bien cómo va a llenar las horas hasta que despierte. Vuelve a abrir el repositorio de *El País* de 1990. De repente, recuerda su propio trabajo, el real. Aunque pidió unos días más, ya le ha llegado un segundo correo de su jefe que ni siquiera ha leído. La idea de abandonar su búsqueda y volver a Madrid le resulta absurda, sobre todo después de lo que ha pasado. Coge el teléfono y sube a la azotea del edificio con un cigarro. Ignora los mensajes acumulados de su madre y algunas amigas. Carlos ya ha dejado de escribir, como prometió que haría. Por costumbre, sin meditarlo demasiado, llama a Koldo mientras bebe el café. Al tercer tono, alguien descuelga al otro lado de la línea.

—¿Sí?

Ella no dice nada.

—¿Sí? —repite la voz.

—¿Koldo?

—Sí, sí. ¿Quién es?

Ella calla. No sabe cómo identificarse.

—¿Hola?

—Soy la chica que fue a visitarte a primeros de agosto buscando a Alejandro —decide al fin—. ¿Te acuerdas?

—Ah, ya sé. ¿Cómo te va? ¿Lo has encontrado?

Ella le dice que tiene varias pistas, de dos personas diferentes: dos Alejandros que trabajaron a principios de los noventa en el restaurante de Barcelona que él le indicó, le explica, ¿no es increíble?

—No creo en la casualidad —dice Koldo.

—El caso es que he estado llamándote para preguntarte cuál de los dos Alejandros podía ser. —Hace un prolegómeno demasiado largo: uno está muerto, el otro no lo sé; a uno le fue bien en la vida, al otro mal. Retrasa el momento de la pregunta—: Pensaba que diciéndote sus apellidos, o cómo eran, podrías decirme cuál de los dos es el hombre que busco.

—Bueno, bueno, pues dime. Pero ¿sigues buscando? ¿Dónde estás ahora, chiquilla?

—En Barcelona. —Él ríe—. ¿Te los digo?

—Claro, claro.

—Puede ser Alejandro García o Alejandro Rodríguez —enuncia. Respira hondo, esperando que él dude o pida más datos, casi desea que no recuerde el apellido.

—Rodríguez —dice sin pensar un minuto—. Ahora que lo has dicho, me he acordado. Rodríguez, claro. El Pitu.

—¿Seguro? —insiste ella sin acabar de creerle mientras escucha la algarabía al otro lado de la línea.

—Sí, sí. ¿Pasa algo? ¿Es el muerto?

—No, no. Es el vivo.

Koldo suspira, parece aliviado.

—¿Puedo hacerte alguna pregunta sobre su aspecto físico? —insiste, sin terminar de creerle—. Solo por confirmar.

—Era más bien enclenque. Alto. Y tenía la piel clara y los ojos muy azules. Entonces, ¿sigue vivo? —Silencio—. No me importaría hacerle una llamadica y recordar viejos tiempos —Silencio—. ¿Hola?

—Tengo que colgar —dice ella, y lo hace sin esperar respuesta.

Son solo las doce. Julián no se levanta hasta la una o las dos. Se pone a cambiar las cosas de sitio en la cocina, buscando una mejor organización.

—¡No estás aquí! —dice él cuando se despierta, con una alegría que ahora siente postiza, exagerada—. Eh, ¿pasa algo? ¿Estás bien? —pregunta apenas unos segundos más tarde, ante su falta de respuesta.

Es increíble lo mucho que ha llegado a calarme, piensa ella, a pesar de que en el fondo seamos completos desconocidos. No va a ser capaz de mentirle cuando llegue a la cama. Busca las deportivas en el suelo del rellano. Él repite su nombre desde la habitación.

—Espera —miente ella—. Iba a ir a comprar el desayuno.

Y cierra la puerta de la casa antes de que pueda quejarse.

Compra un desayuno para ambos, algo impropio de ellos, bollería, hojaldre: ni que no conociese a Julián. A lo mejor no lo conoce. Mastica su ración en un banco con lentitud, incapaz de despedazar bien el hojaldre con los dientes, como si la comida se rebelase contra ella y su cuerpo le pidiera: «hazme caso, atiéndeme por una vez». Y lo que desea su cuerpo es volver corriendo a la cama de Julián. Casi desearía tardar lo suficiente para que él se preocupara por su ausencia y la llamase. No lo hace. Cuando por fin sube, él se está duchando. Saluda desde el cuarto de baño y ella empieza a recoger sus cosas. Los rastros de ella en su casa: un cepillito de pelo, algunos libros, ropa interior, una camiseta grande que usaba para dormir. No está muy segura de por qué lo hace, si realmente quiere marcharse así, pero cree que es una buena medida cautelar y lo mete a presión en la mochila. Julián sale del baño y le pregunta qué sucede.

—Nada. Tengo que marcharme.

—¿Ha pasado algo?

—No, no, nada grave. Pero tengo que irme. Además, solo podía quedarme aquí hasta el domingo, ¿no?

Él parece sorprendido, como si se le cayera de golpe la máscara de indiferencia alegre que ha vestido las últimas cuarenta y ocho horas. Ella siente el dolor de la separación inminente, el suyo y el de él, y un extraño placer en que los dos sufran del mismo modo. Balbucea una excusa que él no le pide. Le da la impresión de que las palabras hacen con ella lo que quieren, que no le piden ninguna confirmación antes de salir de su boca. Deja la bolsa de la panadería sobre la mesa mientras él se seca y se viste. ¿Por qué no haces nada?, quisiera decirle. ¿Es que no te importa que me vaya? Pero cuando él trata de retenerla, su deseo de marcharse se acentúa.

—Tal vez podríamos hablar —sugiere él—. Creía que te marchabas el domingo.

—Mi tren sale en una hora —miente—. Tengo que irme ya o lo perderé.

Esta vez es ella la que rompe la distancia entre sus cuerpos para darle un beso en la mejilla. Él trata de retenerla cogiéndole el brazo.

—¿Seguro que no quieres que hablemos? Puedo acompañarte. Pero entiendo que si has decidido irte...

Una parte de ella desearía hablar, explicarle la historia de Alejandro e Yna, la llamada de Koldo; saltar a sus brazos y experimentar el vértigo de la duda, del qué dirá: tal vez eso sería amor, piensa, pero entonces recuerda a la otra mujer y la frialdad que siguió a su revelación durante unas horas. Aunque su padre no sea el Alejandro correcto, él sí puede hacerle daño. Se imagina esperando sus respuestas desde la distancia y encontrando las explicaciones más rocambolescas a sus reiteradas ausencias. No puede.

—Ya hablaremos. Pero tengo que marcharme.

—Esto es por lo del otro día, ¿verdad?

—Cómete el desayuno —aconseja—. Si lo metes en el microondas treinta segundos, el croissant estará mucho mejor.

Julián trata de decir algo más, pero ella ya ha salido por la puerta. Corre hacia la estación con prisa, aunque no tiene billete. ¿Qué hará? ¿Seguir la pista del otro Alejandro hasta Peñíscola? ¿Volver a casa? ¿A Zaragoza o a Madrid? Siempre tiene la tentación de volver a la casa de sus padres cuando la realidad se vuelve demasiado sórdida.

Julián la llama una hora más tarde. No se lo coge. Vuelve a llamar por la tarde. Tampoco descuelga, no sabría qué decir. Está esperando en la estación de Sants el siguiente tren hacia Valencia. Piensa que, si espera el tiempo suficiente, él pasará justo por delante para ir a trabajar. Fantasea con la idea de hacerse la encontradiza, dejar que él la vea, mostrarle de forma indirecta su dolor. Oye, ¿te gusté cuando me conociste?, suena su voz en su cabeza. Julián insiste. No se decide a cogerlo. Quizá es suya esa resistencia, una resistencia al amor fortuito, no marcado por el destino como algo que debe ser exactamente así. Mira a las mujeres de su alrededor: todas, todas ellas, podrían haber sido las amantes de Julián. O aún podrían serlo. Piensa en los hombres con los que se ha acostado este verano, qué los hace distintos a él. Nada. ¿Qué justifica su obsesión? ¿Qué los diferenciaba a uno de los otros, si no era la posibilidad de que Julián fuese el hijo de Alejandro? ¿Había algo más, o solo era un amor realizado entre tantos otros posibles, como ella podría empezar uno distinto si entablara conversación con ese hombre, aquel que espera en la estación, bebiendo una cerveza y sacudiendo unos cacahuetes mientras lee? Todo favorece los accidentes.

Julián no vuelve a llamar.

Piensa en él cuando coge el tren, pero ya no como un ser humano hecho de carne al que ella puede hablar, dañar, ignorar. Piensa en Julián, tal vez, como Yna pensó en Alejandro cuando todo estaba perdido. En Alejandro Rodríguez, por supuesto.

3/6 99 10 h pm

Pienso en ti tanto estamos a Junio y sin noticias
es fin de semana otra vez pero no puedo
quedar en casa por si llamas tengo dos niñas
y necesitan el aire libre a si pues si
llamas no estoy pero si tienes el teléfono de
mi hermana quizas puedes pobrar alló
Me pregunto cuando volveras y si vuelves me
llamaras, tengo tantas ganas de hablar con
tigo abrazarte, besarte y hacer el amor
no dormir sola por un fin de semana etc.
conocerte y amarte, que pasa para que no llamas
tengo miedo que te has olvidado de mi
y a la vez no lo puedo creer. Cariño te quiero
mi vida te necesito tanto te Quiero
                    gna 4

14B

Cuando monta en el tren tiene la sensación de que este no se mueve, que es el paisaje el que se está moviendo a toda velocidad de lado a lado de la ventana. Una sensación de no estar en ninguna parte, de no ir a ningún sitio. Se ve a sí misma: el tren parará en Valencia. Cambiará en el cercanías a Peñíscola. Se bajará con su mochila enorme y preguntará direcciones que tal vez luego no seguirá. Preguntará por La Canela, el restaurante en el que trabajó Alejandro Rodríguez, y le dirán que ha cerrado. Preguntará dónde estaba y le indicarán un sitio. Comprobará que no está abierto y no, tampoco hay nadie allí que pueda recordar nada. Y ya anochecerá: la gente se arremolinará en torno a un mercadillo, sonará música totalmente inapropiada para su ánimo, se encontrará buscando algo que es invisible y que, por eso mismo, no se puede encontrar. Sedimentos del tiempo de Alejandro. Preguntar por él en los bares, preguntar por él en el hotel Meliá. Nadie sabe nada. Un tiempo abandonado. Fijarse en todo detalle extemporáneo: un coche viejo —¿de los noventa?—, un restaurante venido a menos —¿de Alejandro?—, todos aquellos lugares en los que estuvo tratando de hacer del espacio un lugar. Pararse en los sitios por los que seguro que él pasó, y sentir más esa distancia devorada por las horas y los años. Y, solo entonces, sentir el cuerpo: el dolor de la mochila clavándose en el hombro, el cansancio de las piernas, la pesadez de los ojos. Sentarse y levantarse de barras de bar y sillas de terrazas, preguntar por él, pasar por un hostal de mala muerte a dejar sus cosas, cualquier cosa con tal de ser más rápida, pero no parar, no: seguir. Seguir preguntando sin éxito, buscando señales, tratando de hacer ella misma una señal a Dios con el puro sacrificio del esfuerzo.

Ya lo sabía, lo sabía todo desde el instante en el que cogió el segundo tren y vio que La Canela no aparecía como negocio abierto en Google Maps. Lo sabía desde que dejó a Julián, pero aun así se sorprende cuando sucede: la ausencia total de camino o perspectiva. Tiene que estar en alguna parte, tiene que haber algo. Se sorprende al verse sola en una ciudad que no conoce, buscando a alguien que nadie recuerda, que una vez fue parte del paisaje cotidiano sin llegar a formar parte de su historia. Y quiere gritar, quiere decir su nombre a voces, emprender acciones ridículas como buscarlo en las listas de los últimos ahogados; cualquier cosa antes que resignarse a pensar que Alejandro no existió, que todas sus historias se sostienen a duras penas, que no hay posibilidad de seguir una nueva ruta, de huir hacia delante. Tiene que estar en algún sitio, tiene que haber algo; no necesita una gran señal ni una pista definitiva, solo algo que le permita parar por esa noche, parar físicamente y seguir fabulando con cuál será su próximo paso. Pero lo cierto es que ya son las doce —¿a cuántos locales ha ido?—, que no tiene ni idea de dónde buscar —¿cuántos kilómetros ha recorrido hoy?—, ningún lugar que investigar, ninguna pista que seguir, que solo podría volver al hostal, contestar llamadas, analizar todo lo que ha pasado. Y no quiere. Pasa por delante de una discoteca similar al Chamba. En la puerta hay unos jóvenes que hablan sin hacerlo realmente, sus ojos como materia muerta que de alguna manera le dice: eres uno de nosotros. Olvídalo. Olvídate.

Así que se decide a entrar.

Nada más cruzar la puerta del local se le acerca un alemán sudo-
roso que le susurra, arrastrando la ese, «eres bonita» a su espalda,
para hilaridad de sus compañeros. Lo ignora y pide un margarita
en la barra. Apenas le queda dinero de sus vacaciones abandonadas, pero qué más da. El local está lleno de jóvenes y treintañeros
pero, por mucho que intenta intercambiar miradas, todos parecen perfectamente capaces de ignorarla. Va al baño y se analiza
en el espejo: está horrible. Ojeras, un grano en la mejilla, el rímel
corrido, vaqueros que no le sientan bien y hacen más anchas sus
caderas, cercos de sudor bajo los sobacos, rostro descompuesto y
exhausto que sugiere desesperación. Pide otro margarita y se lo
bebe casi de un trago. Nadie se ha acercado a ella en la barra,
y después de su visita al baño entiende por qué. Las horas pasan.
Grupos de jóvenes piden cervezas y chupitos a su lado, las chicas
vestidas con trajes mínimos de lentejuelas y lamé, los hombres
con vaqueros o chinos y las camisas desabrochadas. Uno le saca
la lengua desde el otro extremo de la barra, feo y enano, pero
más o menos joven, y ella piensa «Por qué no». Sale con él a la
puerta y le ofrece un porro, ella lo coge, aunque desde hace años
nunca le sienta bien. Pero ni él le hace demasiado caso: solo buscaba compañía para fumar, y qué vergonzoso resulta que por un
instante ella lo haya considerado una compañía deseable. Vuelve
dentro y descarga una aplicación de citas en el móvil. Aunque
acepta a casi todo el mundo, nadie parece atento al teléfono en
ese momento. Solo un calvo pseudointelectual que ni siquiera
está en Peñíscola y ha pagado Tinder Premium porque va a visitarla la semana siguiente. Se aburre. Se gira sobre el taburete de
la barra, mirando a la pista. Imagina que su cuerpo tiene que
comunicar algo así como «Estoy borracha y fumada y no tengo

dónde ir y no quiero estar sola, ¿no me llevarías a casa?», pero nadie se aproxima. Solo el primer alemán, enrojecido como un crustáceo, alternando español e inglés mientras cada uno de sus amigos se entretienen al fondo de la sala con chicas más atractivas que ella.

—Así que estás *alone* —dice, y a ella le gustaría defenderse, decirle que no necesita a nadie para que la abandone, que sabe abandonarse sola.

En su lugar, se traga el tercer margarita. Trata de contarle algo sobre el diario, Yna, Julián, Alejandro. Él la escucha sin opinar, quizá ni siquiera la entiende. Dice «Qué divertido», a veces, o «Estás divertida» otras. Le da igual su historia, el diario, casi se diría que le está aburriendo con tanta charla. Ella se avergüenza al ver su dolor expuesto así, como anécdota o meras palabras. Decide que se va a emborrachar en serio. Después de beber un rato, tiene unas cuantas cosas claras sobre el alemán: la primera y más obvia es que quiere acostarse con ella, pero no por interés real, sino porque le resulta sencillo hacerlo; la segunda es que se aburre; la tercera, fruto de las dos anteriores, es que le da igual lo que ella tenga que contarle: incluso parece que, a ratos, está valorando si marcharse, probar con otra presa más amena. Observa a las parejas que hablan y bailan a su alrededor. De repente, todo es completamente innecesario: las luces, el humo de vapor de agua, el alcohol, la música. Nada significa nada, como si fuese algo mecánico, casi un trabajo forzoso, la colonia de crianza de una especie extraterrestre.

—Duermo cerca de aquí —dice él, y ella le sigue.

La lleva a su hotel. Ella se da cuenta de que, si no durmiese con él, no sabría exactamente cómo volver al hostal. Suben andando hasta la cuarta planta. Él camina con lentitud y eso hace que les cueste llegar mucho más de lo esperado, pero agradece tener unos instantes para familiarizarse con el tacto de su mano, con su figura, amarrarse a alguna clase de conexión.

—Entra —dice él. Es una habitación austera, amarillenta, una cama individual pegada a la pared—. Voy al baño.

Ella se sienta en el borde de la cama. Se desanuda las sandalias para ahorrar tiempo y espera. Le escucha orinar, tirar de la cadena, no abre el grifo para lavarse las manos. Sale y se sienta junto a ella, la besa con una lengua áspera que apesta a roncola. Ella le devuelve el beso. Le toca el pecho, el abdomen, le quita la camiseta, la tumba en la cama, le besa en el estómago, la boca, el cuello, le quita los pantalones. Se levanta a buscar condones, a comprobar si le quedan. Acerca una caja a la cama, sonriendo, y ella se aparta.

—Espera.

—¿Qué pasa? ¿Hice algo malo?

La observa tambaleándose. Está muy borracho.

—No puedo —dice ella. Se pone en pie.

—¿Qué?

—No puedo.

—No entiendo.

—Me voy.

Él no la toca más ni hace gesto alguno por retenerla, solo se tumba en la cama boca arriba. Ella lo agradece, esperaba algo mucho peor. No ve su sujetador, pero se da la vuelta para marcharse sin él.

Otra vez dando vueltas por Peñíscola, andando desorientada por las mismas calles. Su móvil no tiene batería y ni siquiera recuerda el nombre del hostal, ¿era Gran Pepe? ¿Don Pepito? No sabe. Ya empieza a amanecer. Vuelve a sentir cómo su espalda se resiente. Pregunta a unos hombres borrachos que vuelven de fiesta y no le dan información, pero sí le hacen insinuaciones.

Está demasiado cansada para ofenderse. Sigue caminando, repite su camino por el paseo y, milagrosamente, lo encuentra: Tío Pepe. Sobre un restaurante que huele a fritanga.

Se tumba en la cama, casi idéntica a la del alemán. No tiene fuerzas para pensar, para moverse, ni siquiera para relajarse y abandonarse al sueño. No ha enchufado el móvil, así que no sabe qué hora es; no sabe cuándo podrá volver a empezar el día, a pensar en el siguiente paso, a marcharse una vez más. Busca a tientas el diario en su bolso para releerlo, como tantas otras noches insomnes.

No lo encuentra.

No está. Sencillamente no está en ninguna parte. No bajo la cama, no en su bolso, no entre los libros, no en ningún lado. Revisa sus pasos. ¿Tal vez lo dejó en la estación? Lo sacó esperando el cercanías. No, cree haberlo leído después, en ese restaurante. ¿Es cierto o lo imagina? No lo sacó en el bar, pero pensó en ello. ¿Tal vez en el hotel de ese tipo? No cree. No sabe. Espera a que amanezca por completo, a que Peñíscola vuelva a activarse. Repite sus pasos. Busca el rostro del alemán entre cientos por si acaso lo hubiese olvidado en su habitación. Ojalá le hubiese dado el teléfono móvil. No come. Está mareada. Le duele la cabeza. Tiene calor. Se le queda el móvil sin batería. Cree que ha entrado en todos y cada uno de los locales de la ciudad, que ha hecho y deshecho el equipaje cincuenta, cien veces, en los sitios más inapropiados, intenta encontrarlo donde ya ha confirmado que no está. A las tres de la tarde, lo considera perdido. Y qué mal se siente, como si ella también hubiese abandonado a Yna. No puede creerlo, ¿es que no sabe conservar nada de lo que tiene? Como si ese diario de tapas azules fuese la única cosa que fijase sus pies al mundo. Qué estúpida ha sido. Tal vez lo fuera, lo único genuino, importante. Y ya no tiene nada. No tiene el diario, no tiene a

Julián, no tiene a Carlos, no tiene planes, no tiene ninguna pista.
No tiene a Alejandro, no tiene más que suposiciones y nombres.

Llega el cercanías, y ella siente la tentación de dejar que pase
y seguir buscando, pero para qué. Se sube. Quizá alguien cogió
el diario y se está riendo de Yna, contando sus tristezas a sus amigos por teléfono. O tal vez alguien lo cogió y está haciendo lo
mismo que ella, buscando pistas, dibujando suposiciones. Por
ejemplo, pensando: una extranjera que veraneo aquí en 1990.
Y entonces, otra puerta más de la angustia: imaginar que alguien
encontró ese diario en cualquier parte, que se cansó de él y lo
tiró en un contenedor de Torrero. Y luego lo encontró ella y jugó
a las averiguaciones desde la suposición de que tenía que perte-
necer a una persona del barrio. Por ejemplo, ¿y si el Alejandro de
Koldo nunca fue el Alejandro de Yna? ¿En cuántas de sus suposiciones puede haberse equivocado? No tiene el diario. Lo ha perdido. No lo tiene. Es un desastre. Pero quizá nunca ha tenido
nada, y eso es mucho peor.

P.N.

3/6

Todo el día en el río con las niñas sola, que
tristeza ver las parejas, los enamorados y las famili
Deseo tanto ser feliz, no estar sola, es verdad que

tengo a mis hijas, pero esto no es suficiente,
Alex te necesito, pienso en ti últimamente a

diario, casi constantemente, deseo que suene el
telfno, cuando suena me da un vuelco el cora

son pronto se va la esperanza, cuando es otra
cosa, no se que es lo que ha pasado, antes

aún llamaban de 3 a 4 semanas, porque ahora no
es tanto trabajo una postal, con (saludos, Alex)

pienso que no te veré más, pienso que tu
solo querías un pasatiempo, porque no me lo
dijiste, me habría acostado contigo igualmente
llevo meses sin hacer el amor y antes de ti

desgraciadamente + de un año, este cuaderno ya

Tercera parte

15

Las cosas de Carlos han desaparecido cuando llega a su apartamento de Madrid. Los estantes parecen desnudos, limpísimos, como si no se tratase de una casa habitada. Deja la maleta en el rellano y la comida para llevar sobre la mesa del comedor. No la abre, no tiene hambre. Su teléfono se ha apagado en el tren una hora antes, pero cuando lo enchufa no hay nada nuevo, ninguna notificación, solo correos electrónicos promocionales. Antes de marcharse de Peñíscola escribió a la gestora de Recursos Humanos para anunciar que dejaba el trabajo definitivamente, sin leer ninguno de los correos anteriores. No se sentía capaz de acudir al día siguiente o seguir adelante con su mentira. Se ducha, pero para qué. Come la comida fría, pero para qué. Hace la compra en el supermercado. El verano aún no se ha ido de Madrid, el calor es insoportable. Mientras paga, siente un dolor agudo entre los párpados y los globos oculares, la boca del estómago cerrada. Saca un paquete del tabaco escondido detrás de sus libros, ahora oculto para nadie.

Fuma. Más que antes. Come. Directamente de las ollas o de los recipientes de plástico de comida a domicilio, o solo galletas del tarro. Se concentra en no pensar más allá del instante, convertir el dolor agudo en un dolor sereno, constante, permanente. Vivir solo entre sus huesos y su grasa cada vez más escasa. Mira y no mira el móvil. Carlos ya nunca le manda mensajes, le dijo que no le llamara. Aunque les dijo a sus amigas que ya estaba en la ciudad, todas parecen ocupadas en otra parte.

Pasa las mañanas viendo las noticias como única forma de conectar con el mundo, como antes leyó las noticias de 1990. Su madre apenas le escribe, la castiga por su indiferencia: no se ha tomado bien que haya dejado el trabajo. Duda si salir o no del grupo de los compañeros de oficina. Hablan de proyectos de *packaging* o de copas tras la jornada laboral, un día a día al que ya no pertenece. Duerme. Siguiendo patrones erráticos entre la desidia y la ansiedad, con pastillas o alcohol. Julián no le manda ningún mensaje. No ha vuelto a insistir desde que ella se marchó.

Parte el día en fragmentos iguales: las cosas que la distraen por la mañana: el café, las noticias, obligarse a hacer estiramientos en la alfombra. Las del mediodía: la comida, limpiar, comprar el pan en el supermercado. En algún momento gasta el billete del padre de Alejandro, sin darse cuenta. Dormir la siesta y no dejarse fumar más hasta las siete de la tarde, ni pensar tampoco en el diario que ha perdido. La angustia de cada sobremesa: primero tristeza plana, luego una desesperación que la engulle. Echarle de menos. Pensar en qué hará y soñar con llamar: qué tranquilidad sería oír su voz. Una botella de vino a las nueve para alargar la cena y que así no pase tanto tiempo entre cenar y acostarse. Leer en la cama novelas de detectives y crímenes. Le gustaban a Alejandro. Divide sus actos en partes idénticas de distracción y olvido, distracción de lo que le duele, olvido progresivo de lo que una vez fue importante.

Un día, por la mañana, no hay noticias, solo un concurso televisivo. Debe de ser fin de semana. Qué desorden. Otro día, el supermercado bajo su casa está cerrado. Tal vez sea domingo, o festivo. Asiste a esos fenómenos incrédula, al instante preciso en el que su rutina se hace tiempo lineal y todo empieza a estar marcado por fechas y calendarios y no solo por el repetirse perpetuo de las horas. Y luego, otro día, vuelve a haber noticias. Debe de ser lunes. Ningún plan ese fin de semana, ninguna llamada. Bueno, una corta de su madre: le recuerda que es su cumpleaños, el de ella, y le promete una transferencia de dinero que necesita. A lo largo de la tarde llegan algunos mensajes de amigos y conocidos felicitándola, pero nadie le propone salir de casa. Tal vez llevan demasiado tiempo acostumbrados a que ella esté tan ocupada que ni siquiera pueda contestar al teléfono.

Pasa toda la tarde esperando que Julián la llame o le envíe un mensaje: sabía que su cumpleaños era el 14 de septiembre. Quizá lo ha olvidado, o, peor aún, no le importa. Espera a que llame porque seguro que lo hará, pero a la vez tiene la certeza de que no lo hará. Espera sin creer que vaya a suceder, no como si fuese algo posible o probable, sino como quien espera un milagro.

Poco a poco la expectativa deja de sentirse como tal, se convierte solo en lo que la vida es, en la ausencia total de eventos y en la calma del aburrimiento profundo, de la desidia. Días más tarde, decide abandonar la seguridad total. Le gustaría pensar que es valiente, pero solo es una forma distinta de cobardía, distinta a la del triángulo casa-supermercado-estanco. Pide algún trabajo en InfoJobs. Llama a algunas amigas neutrales que no suponen riesgos. Empieza a dar paseos.

Cuando camina lo hace deprisa y mirando al suelo, rehuyendo el contacto visual y las caras de la gente. Se detiene en la plaza de San Ildefonso. Pide un pincho de tortilla y entonces se da cuenta de que tiene mucha hambre y también recuerda cuánto le gustaba a Carlos venir a ese lugar cuando comenzaron a salir, aunque estuviera por debajo de su caché. Sin quererlo, empieza a caminar por lugares que una vez significaron algo para ella, lugares a los que solía ir con él: los cafés, restaurantes, el trayecto preciso que iba de su casa al trabajo. Trata de sobrescribirlos como si fuese un juego: este sitio le encantaría a Julián, cuánto le gustaría este zumo, iríamos juntos a esta obra de teatro. En algunos se siente traidora: cómo pensar en Julián en Moncloa, en ese espacio totalmente inundado de Carlos; cómo pasar por delante de esa tienda que le encanta a su madre y no llamarla para no tener que dar explicaciones sobre nada. Todos ellos siguen vivos, pero comienza a pensar en ellos guardándoles luto, como tal vez hacía Yna con Alejandro. Están, pero no están. Están, pero de una forma que parecen muertos para ella. También empieza a jugar con el tiempo, a adivinar dónde y cómo perdió el diario, a negociar: si no hubiera perdido el diario, haría tal, volvería a cuál, llamaría a no sé dónde.

Camina durante horas. Busca extenuarse, poder dormir mejor. Se abandona a placeres sin expectativas. Sabores, calmar la sed, fumar. Y luego vuelve a casa. Y es raro, pero logra dormir. Duerme muchas horas. Más de lo que nunca lo ha hecho.

Justo antes de salir de casa, piensa que no le apetece nada quedar con él. No sabe por qué ha aceptado, en qué estaba pensando. Se arregla lentamente y llega diez minutos tarde por mucho que se esfuerza en caminar más rápido. Él ya está ahí.

Lo conoció en la cola de la Filmoteca un par de días después de su cumpleaños. Ella hacía tiempo sentada en la escalera y él se acercó con ganas de hablar y una excusa que ella ya no recuerda, algo de que estaba esperando a un amigo y no sabía si era el lugar correcto. Nunca había venido a la Filmoteca, le dijo. Hablaron un poco. Sobre su trabajo —él ingeniero y ella en paro— o sus películas favoritas. «Me llamo Sergio», dijo. Y de repente, añadió: «Mañana cumplo treinta y dos años». Esa frase, que ella leyó tantas veces en el diario. Casi sintió ganas de continuar. «Mañana cumplo treinta y dos años, no tendré esa suerte y alegría de que Alejandro me llame.»

Quiso darle su número de teléfono. Luego llegó su amigo y ellos entraron por separado en la sala. Ciento treinta y nueve minutos de película. Ponían *Mommy*, de Dolan, y ella lloró en la oscuridad, como todos los demás. Luego se demoró en el baño para no coincidir con él en la salida. Lo vio a lo lejos, con su amigo, desdibujándose en la muchedumbre. Al día siguiente le escribió «felicidades», el primer evento en su nuevo calendario. Él ha alcanzado la edad de Yna, ella lo hará en tres años. Cuando leía biografías en el instituto, a veces pensaba en esos términos: me quedan cinco años para alcanzar el momento en que Beethoven hizo tal cosa, en que cierta persona publicó su primer libro, hace dos años ya me habrían casado con ese rey francés. Un día llegará a la edad de Yna. Tal vez todo suceda a la vez, se le ocurre, y veamos todo en diferido para no abrumarnos, por eso algunos instantes se sienten como premoniciones, por eso decidió ir ese día a la Filmoteca, o ir a la juguetería, o rebuscar en ese contenedor. Por eso estaba allí. Porque sabía.

—Hola —dice. Qué raro se le hace usar la palabra en voz alta—. Siento llegar tarde.

Él le da dos besos.

—No pasa nada.

Comienzan a caminar juntos, charlan, beben, y ella consigue olvidarse de Yna y Julián. Consigue olvidarse de todo de una forma en la que sigue extrañamente presente, siempre a punto de irrumpir en sus pensamientos para romperla, una puerta que se abre cada pocos minutos en su mente y ella se esfuerza por cerrar lo más rápido posible.

—Increíble —murmura Sergio, acariciándole la espalda—. Increíble —repite.

Ella ríe.

—¿Qué es lo que te parece increíble?

—Que hayas viajado a todos esos lugares. Que lo hayas dejado todo por el diario. No sé. Qué valiente.

—Nunca me he considerado una persona valiente. Me muero de hambre.

—Ahora traigo algo.

Sergio se levanta con pereza de la cama y ella le escucha caminar por el pasillo, por la cocina. Acaba de contárselo todo: el contenedor, Yna, Koldo, los viajes, Alejandro, cómo perdió el diario. «Es la cosa más original que he oído nunca», ha dicho él antes de levantarse. Vuelve de la cocina con algo de pan con tomate y sal, se disculpa por no ser muy creativo. Ella dice que no pasa nada, engulle. Cuando traga, le recuerda: ·

—De todos modos, lo he perdido. La pista, el diario, la posibilidad de encontrarle. El Alejandro correcto era Alejandro Rodríguez. Y nadie sabía nada de él en Peñíscola. Ya no sé dónde buscar.

Sergio parece no darle demasiada importancia al hecho de haber perdido el diario.

—¿Has probado en internet?

—Sí.

—¿Páginas amarillas?

—Nada.

—¿Esquelas?

No le ha contado que conoció al padre de Alejandro, que tal vez esa es una vía que aún podría investigar, pero no quiere hacerlo.

—... No. Eso no. Pero no creo que esté muerto.

—Por lo que has contado, su vida no fue muy bien. ¿Y has probado a seguir buscando a Yna?

—No —reconoce—. Creía que era más importante encontrar a Alejandro. Y tampoco es fácil. Si la Debra con la que hablé era su hija, entonces Yna está muerta. Aunque ella dijo que su madre no se llamaba Yna... No sé.

De repente, se acuerda de la extraña conversación con Debra. De las referencias a la plaza, al dinero. Se estremece.

—Qué gente más triste —murmura.

—¿Quién? —pregunta Sergio.

—Yna, Alejandro, todos. —Quisiera añadir «nosotros también», pero cree que sonará vacuo, postizo—. ¿Sabes lo que me da pena?, pensar en toda esa gente a la que Alejandro marcó: Elena, Yna, otras mujeres, todas tan solas, siendo que él también lo estaba.

—No serían compatibles.

—No sé.

—O no tomarían buenas decisiones, qué sé yo.

Ella no le escucha en realidad.

—Cuando seguía la pista del otro Alejandro posible, el Alejandro de Julián, descubrí que le había pasado algo similar: destrozó su vida por una amante. Y luego murió casi solo. Encontró su cuerpo la mujer de la limpieza.

—Ya. A veces es difícil...

Él le acaricia la nuca, haciendo una pinza para aliviar la tensión de los músculos. No añade nada y a ella le da la impresión de que su comentario le ha disgustado.

—Se me ocurre una cosa —dice Sergio.

—Qué.

—Yna es un nombre raro, ¿no? Podría ser un nombre falso. Solo una firma.

Ella vuelve a lamentar no haber escaneado el diario para poder enseñárselo bien.

—Sí. Un diminutivo o algo. Catalina, Josefina...

—¿Has pensado en ponerlo en mayúsculas? En un buscador. Espera.

Se levanta de nuevo y busca su móvil. Son las 2.35 de la madrugada del lunes 17 de septiembre. Teclea «YNA». En mayúsculas.

—Eh, mira esto —dice—. No sé por qué, pero he tenido la intuición. —Le tiende el teléfono:

Urban Dictionary: YNA
Abbreviation for You're Not Alone

—¿Qué?

—Espera, te traduzco —dice él. La malinterpreta, cree que no sabe inglés—. YNA, abreviatura para «No estás solo». Usado en foros y en comunidades online. Ejemplos: alguien dice «Mi perro murió ayer». Otro contesta: «Lo siento tío, no estás solo».

—¿Puedo coger tu portátil? —pide, mientras se levanta de la cama.

—Puedes quedarte a dormir si quieres —ofrece él.

Dice que se quedará con ella investigando. La acompaña hasta que amanece, buscan lugares en los que aparece esa expresión: foros de autoayuda, secciones de 4chan, páginas dedicadas a miedos concretos, *miedoavolar.com, elblogdeanaymia.es.*

Si «yna» son siglas, pueden ser las siglas de *you're not alone*, «no estás solo». Si «yna» son las siglas de *you're not alone*, debe pensar por qué.

Yna no tenía internet en el 90, así que no puede ser por eso —aunque no ha encontrado datos fiables de cuándo y dónde se comenzó a usar esa abreviatura, solo dice «comunidades en la red»—. Tiene una intuición. Teclea «lyrics» y el ordenador le devuelve una canción de Michael Jackson. Ella da un chillido triunfal y le cuenta a Sergio que no es la primera vez que encuentra una canción en el diario: estaba la de Elvis, «I Want You, I Love You, I Need You».

—Le gustaba el pop —dice—. Es un mote, tenías razón.

Horas más tarde, Sergio se va a trabajar y ella se queda sola. Escucha la canción de Michael Jackson en bucle, aunque es consciente de que eso no le da ninguna información relevante sobre Yna o Alejandro. Pero hoy, en su abulia, le resulta suficiente.

Duerme todavía cuando Sergio llega del trabajo. Son las dos y media de la tarde. Él dice que preparará algo de comer.

—¿No te importa que me quede?

—No. No tengo nada que hacer.

Dice que hará espaguetis con tomate. Ella se ducha mientras tanto, mira cada cinco minutos el móvil. Se arregla, sale del baño. Sergio aún está terminando de cocinar.

—¿Tienes radio? —pregunta ella.

Él frunce el ceño.

—Sí, creo que tengo una por algún sitio. ¿Por qué?

—Me gusta escucharla de vez en cuando.

—Yo nunca lo hago. Me la regaló mi padre, pero prefiero los podcast.

No le sorprende: hasta el momento, Sergio no ha demostrado interés por algo que no fuese estrictamente común, previsible. Parecía una persona absolutamente común, con los gustos y deseos que cabe esperar de todo ser humano. Trae una radio diminuta y ella trata de sintonizar una de las emisoras que le gustaban a Julián. Comen en silencio y ella dice que está bueno, aunque no es nada del otro mundo.

—¿Te gusta cocinar?

—No mucho.

Tiene los ojos azules, como Alejandro. También aspecto desaliñado y delgadez extrema. Pero no es él. Cree que es hora de volver a casa, pero de repente le da miedo quedarse sola.

—¿Te acabas de mudar a Madrid? —pregunta.

—No, llevo cinco años viviendo aquí. ¿Por qué?

—Me daba la impresión de que todavía te estabas adaptando a la ciudad.

—No estoy pasando por mi mejor época.

—Me lo imaginaba —dice ella, demasiado rápido, pero él sonríe.

—¿Tanto se nota? ¿O es que está mal todo el mundo y es fácil acertar?

Ella dice que no lo sabe. Le anima a que cuente, él se hace de rogar.

—Te vas a aburrir.

—No lo creo.

—Es solo una historia más de ruptura. Como la de Yna, pero hoy.

—¿Hace cuánto fue?

—Un mes o así. Llevábamos juntos cuatro años.

Ella le pregunta qué pasó y él confiesa que aún no lo entiende:

—Quizá se aburrió —dice resignado—. O tal vez no me enteré de nada, no sé. Para mí, nuestra relación iba bien. Estábamos justo hablando de irnos a vivir juntos. No sé. Todo normal. Tal vez no la pasión del principio, pero... bien. Se llamaba Andrea. Yo la quería mucho.

Ella cree que puede dibujar a Andrea en su cabeza, el equivalente femenino a Sergio: atractiva, empleo común, gustos comunes, sin grandes aspiraciones. Una sencillez que antaño pudiera resultarle aburrida, pero en la que ahora quiere recrearse.

—¿Y qué pasó?

—Que un día... —él está visiblemente incómodo— dejó de contestar a mis mensajes o a contestar con monosílabos. No me cogía el móvil. Canceló un par de citas, decía que se encontraba mal. Y eso era muy raro —promete—. Solíamos dormir juntos a menudo, y quedar casi todos los días. Pasó cuarenta y ocho horas sin contestarme. Yo me preocupé, pensaba que le pasaba algo. Recuerdo pensar cosas como «¿tendrá una enfermedad grave?», «¿se habrá deformado?», «¿estará embarazada?». No lograba explicármelo y no podía pensar en nada más así que, al segundo día sin noticias, me planté en su casa a la salida del trabajo. Llamé al timbre y me abrió su compañera. Parecía sorprendida al verme allí. Recuerdo que dijo muy alto: «Eh... ¿Sergio?». Me acuerdo perfectamente de su entonación diciendo esa frase, de su cara, de que llevaba una camiseta de color rosa clarito. Y entonces salió Andrea, mi novia, colorada y en pijama. Me abrazó muy de golpe y me dijo que se encontraba fatal, que fuéramos a la cama. Yo estaba seguro de que pasaba algo raro y se lo dije, pero ella insistía en ir a la cama. Iba arrastrándome poco a poco por el pasillo. Algo en mí se resistía. Y entonces... lo vi.

—¿El qué?

—Un tío. Un tío medio escondido en el baño.

Ella rompe a reír. No puede parar.

—Lo siento —se disculpa repetidamente. Él acaba riendo también—. Lo siento mucho. Es que no parece real.

—Pues así fue. —Se calman, paran de reír los dos. «Lo siento», vuelve a decir ella. Él ya está serio—. Me volví loco. No sé por qué me puse así. Le pegué al tío. Fue una escena. No sé qué me pasó, no soy violento.

—La tensión del momento, supongo.

Callan. Está empezando a anochecer.

—Ella después estaba enfadada. Dijo que era un violento y tenía razón. Sé que no se enfadaba porque hubiera pegado a ese tipo, sino para sentirse menos culpable. Pero lo acepté, no quise arreglar las cosas. Ya le había dado lo mejor de mí, y ella había preferido liarse con ese tío. ¿Qué más podía hacer?

—Tienes razón.

Comen juntos y tristes. Ella murmura, por cortesía, que tal vez debería marcharse. Lo hace. Sergio no trata de retenerla y, ya en la calle, juega con la posibilidad de que nunca lo vuelva a ver. Mira el teléfono varias veces. No le escribe. Está tan sola como antes.

Esa noche ella sueña que está en los alrededores de la casa de la tía Antonia, en el pueblo. En el sueño solo tiene trece o catorce años y siente el calor de agosto con claridad. Antonia la lleva de la mano muy deprisa hasta que suben las escaleras, y ella no para de preguntarle dónde está su madre, sin conseguir ninguna respuesta satisfactoria. La tía trata de distraerla haciéndole la cena, unas croquetas de pescado con forma de tiburones y estrellas de mar. El sueño da un salto y de repente está en la cama, despierta, atisbando la luz del comedor, oyendo la puerta de la casa, que se abre.

—¿Has hablado con él? —pregunta la tía.

—Un poco. Estaba con sus amigos de siempre, con el Lucas. Dice que ha pasado por el pueblo porque el Lucas se casa en septiembre.

—¿Y?

Su madre suspira.

—No sé. Ha dicho que pasará a vernos a mí y a la niña mañana, pero no se lo cuentes. Ya sabes cómo es. No quiero que se haga ilusiones.

Despierta sudorosa y confusa en el sofá, se ha dormido delante del televisor. Al principio no es capaz de comprender dónde está, busca el cuerpo de Julián a tientas a su lado y solo encuentra vacío. Por unos segundos no recuerda lo que ha pasado, sumida en un estado de dulce inconsciencia. Luego todo vuelve de nuevo: Julián no está con ella, probablemente hoy ha dormido con alguna otra mujer, no ha llamado, no ha insistido, nunca lo hará, lo que ha pasado es irreparable. ¿Debería haber hablado con él? ¿Podrían haber llegado a alguna solución? ¿Con cuánto sería capaz de conformarse? Así despertaría Yna muchas madrugadas, atacada un día más por la perplejidad de que no hubiera llamado Alejandro.

Se levanta. Son las seis y media de la mañana y el televisor ha seguido reproduciendo automáticamente capítulos de *Sex and the City*. Lo apaga, el sudor frío de su camisón se le pega al cuerpo, pegajoso, se lo quita, lo tira al suelo y permanece desnuda unos instantes, de pie, en el centro del salón. Al principio no puede moverse. Luego lo hace de forma brusca y torpe: busca un vaso de agua, un cigarro y un orfidal. Se pone un chándal viejo demasiado grueso e intenta dormir ya en la habitación. El orfidal calma su cuerpo, le da pereza hasta girarse en el colchón, pero no consigue calmar su mente. O sí que lo hace: los pensamientos llegan más lentos, deslizándose, dándole más tiempo para asimilar cada uno de ellos sin que tenga la escapatoria de saltar al siguiente: ha perdido su trabajo, ha enfadado a sus amigas, ha perdido a Carlos. Incluso, si es un poco más radical, ha perdido cualquier propósito o meta que le dé un motivo para levantarse de la cama. Ha perdido a Julián, si es que alguna vez lo tuvo y no estuvo viviendo en una fantasía sin significado. Ha perdido el diario, su juego favorito, y está perdiendo la cabeza de nuevo. Quiere respirar, pero no puede encontrar aire. Empieza a componer un mensaje que podría enviarle a Julián: disculparse, destacar que ojos que no ven, corazón que no siente, hagamos las paces, no necesito ni un destino ni un porqué. O recriminarle: por qué me has dejado sola, eres un hombre indefenso, triste, descuidado, ojalá supieras lo que se siente. Tal vez una versión más lacrimógena, que combine las dos: cómo pudiste engañarme así, quién es ella, qué significaba para ti, por qué hiciste lo que hiciste, ¿no sería porque de verdad sentías algo por mí?, ¿no deberías replantearte lo que has hecho?, ¿para qué me acogiste en tu casa y en tu vida, si ahora me dejas con el corazón roto?

A las diez se levanta. No sabe si ha conseguido dormir algo o si su mente la ha secuestrado durante horas. Pero ver las diez en el reloj la asusta. No sabe qué puede hacer con todo el tiempo que tiene por delante.

—Ahora tienes que contarme tú —dice Sergio.

Se prometió que no volvería a llamarle, pero ahí está, en su cama, menos de una semana después de su primer encuentro. Él no ha parecido angustiarse especialmente por su ausencia, pero le ha dado la bienvenida muy rápido. Ni siquiera se ha esforzado en recoger la casa para ella.

—¿Qué quieres que te cuente?

—Qué te ha pasado. Cuando me llamaste sonabas un poco...

Ella suspira. Se da la vuelta en la cama para no verle mientras habla.

—No es nada, no te preocupes.

—¿Asuntos de exnovios?

—Es por el diario.

—Venga ya. No te puedes poner así por haber perdido un diario que estaba en la basura. ¿Qué pasa?

—Puede que tengas razón. O sea, creo que de verdad me interesaba Yna, el diario, Alejandro. Pero también quería escapar. —Sergio la mira como si fuese un fenómeno paranormal—. No sé. Parecía hecho para mí. Una tía mía murió totalmente sola, como estuvo Yna, totalmente sola y abandonada, como tantas veces yo he querido estar, para no tener que darle cuentas a nadie. Alejandro se fue, igual que mi padre se marchó al poco de que yo naciera, sin dar ninguna explicación.

Sergio no dice nada, le acaricia el muslo, y ella se enciende un cigarro.

—Últimamente he estado soñando con él. Con mi infancia. Con cuando otros niños me preguntaban por qué no tenía padre. Y me gustaba mucho la idea, me gustaba y asustaba pensar que en algún momento del pasado todo sigue sucediendo una y otra vez, que no todo está perdido. Sentía una responsabilidad con Yna, con su espera. No sé. Me estoy volviendo loca. Creo que estoy deprimida.

—Ya.

Sergio calla. Ella se da la vuelta para mirarle. Trata de acariciarle, hacer el tonto para quitar algo de tensión, pero él tiene la mirada perdida en el gotelé.

—¿En qué estás pensando?

—No sé. Me cuesta entenderte.

—Cambiemos de tema.

Se incorpora, elige una película estúpida que ambos pueden ver antes de dormir, se abrazan bajo la manta, incómodos. Cuando película aún no ha terminado de arrancar, Sergio le pregunta cómo siente ella esa depresión, la angustia. Le contesta que como una especie de espora, una planta invisible o un hongo, que de repente lo infecta todo y elimina toda fuerza.

llega a su última hoja, en las veces anteriores cuando se terminaba han llamado para venir ojalá dios lo quiera y aquí pase lo mismo lo mismo que pienso si Dios quisiera y las niñas se fuesen podríamos ir de vacaciones cortas, tú y yo juntos eso sería precioso no te parece mi vida, tendríamos tiempo de hablar y conocernos mejor pero estas ilusiones solo están en mi imaginación, no se harán realidad porque tengo mala suerte en la vida porque tendría que ser feliz Dios no me ha dado esa suerte para mi vida, es demasiado tiempo para que sea verdad, tampoco te puedo localizar pues no sé tu nombre o domicilio solo me queda la esperanza de que llames alguna vez que pena te quiero, te necesito y estoy solo!

Ina

adiós Alex!

16

Sucede de forma bastante sencilla. Rápida, cómoda. Ella empieza a quedarse en su casa, llevando solo lo necesario. Él lo acepta. Ni siquiera hablan demasiado, ni siquiera ese ansia por conocerse, quererse, ser uno. Ella imita los ritmos aprendidos con Julián pero en otro orden, en otro grado. Él se ajusta a la coreografía. Y funciona: saben estar juntos, compartir el espacio sin conflictos, a salvo de la obsesión de si merecen o no el amor, sin el miedo a que todo se desmorone.

Durante los primeros días no para de mirar el móvil. Julián no llama, no escribe y ella tampoco se atreve a hacerlo, porque quién sabe si sería capaz de soportar el rechazo. Septiembre da paso a octubre. Sergio también tiene largos ratos en silencio, pero comparten el espacio de la televisión y la radio. Ella le cuenta detalles de la historia de Yna, de la pérdida del diario. También de Carlos, de sus padres, sus peores momentos de adolescencia y juventud, incluso de Julián, dejándose en pésimo lugar en cada uno de los relatos. Exhibir escombros, ver cuánto es capaz de soportar el otro. ¿Es que no hay nada mío que vaya a darte asco?, quisiera preguntarle. No lo parece.

Permaneceré aquí hasta estar segura de marcharme, se dice ella, sin sentirse lo bastante fuerte para tomar ninguna determinación; procurando perdonarse cada vez que le traiciona; cada vez que repite con Sergio algo que hacía exactamente igual con Julián; cada vez que se empeña en encontrar conexiones ocultas entre Julián, Sergio, Alejandro, el descubrimiento de «You're Not Alone», su propia vida. Quizá no sea capaz de amar sin gestos, se dice. Quizá solo sé querer si le doy a cada encuentro la consistencia del destino. Si parece el hijo de Alejandro o parece puesto aquí para mí.

El antídoto para la angustia es la desaparición total de la vida privada, todo el rato juntos; y también de la vida que va más allá de esas cuatro paredes. No le habla a nadie de Sergio, aunque en la práctica viva con él. Él tampoco le presenta a sus amigos. Ella no trabaja, no ha ido a las pocas entrevistas que la han llamado. Gasta su tiempo libre en casa, oyendo la radio con Sergio o perdiendo el tiempo sola en internet. A veces vuelve a la suya un par de días, se regodea en su desolación buscando en foros de autoayuda, leyendo entradas y entradas de pequeñas desgracias o de sucesos cómicos y lamentables. En los que alguien, como única respuesta, escribe «You're not alone».

Suele despertarse sobre las doce y media, cansada después de sus larguísimas conversaciones nocturnas y con la sensación de ser incapaz de levantarse ese día de la cama, Sergio no llega hasta pasadas las dos. Él duerme poquísimo, se queda con ella hasta tarde todas las noches y tiene que levantarse a las ocho para trabajar. Ella enciende la radio, lo ha tomado por costumbre. Se recrea oyendo concursos y peticiones de canciones. Como es la radio, los imagina a todos como viejos, aunque de hecho digan su edad y algunos no lleguen a la treintena. Nuria quiere mandar *Polly* a su amiga Carlota. Julia, desde Madrid, quiere mandarle a Alicia una canción de Taylor Swift. Cuando Sergio llega, le cuenta los mejores, le enseña algunas canciones.

Mientras está sola, a veces pone la canción de Michael Jackson, juega a pensar su vida como una imitación de la de Yna:

esperar en casa, escuchar la radio y tararear el estribillo de «You're Not Alone». Ordena las cosas todo el rato. Con Julián, a veces le daba pena recoger las cosas desordenadas, la ropa quitada, la comida a medio terminar, como si fueran bodegones o pistas de lo que tenían ellos dos. Con Sergio no le sucede eso. Le molesta el caos, el rastro. Cree que a él también le molesta.

—¿Y no has pensado en seguir buscando? ¿En intentar encontrar el diario? —pregunta Sergio, una noche— . No sabría cómo. Y cada vez que pienso en que he perdido el diario, me dan ganas de tirarme por la ventana.

Vuelven a repasar las posibilidades: Debra, guía telefónica, Koldo, regresar a Peñíscola, Salou, Barcelona. Ella acaba diciendo que no, como siempre. Rememora algunas de las entradas, o la disposición exacta de los trastos en el contenedor, pero ya no siente el mismo deseo de buscar. De hecho, no siente deseo de hacer nada. A veces lamenta haberle contado toda la historia a Sergio, no poder fingir que nada de eso ocurrió. Como si dentro de sí hubiese otra persona, alguien que ya no es ella y que a veces le llama la atención, le pide que salga a la calle, que siga buscando, que llame a Julián. Vete de aquí, querría decirle. Nos estamos haciendo daño. Eres un lastre, soy un lastre. Vamos a dejarnos en paz.

Ángeles, de Córdoba, quiere enviarle una canción de The Cardigans a su mejor amiga. Alberto, de Segovia, quiere escuchar «Perfect», de Ed Sheeran, porque ha conseguido un nuevo trabajo. Rubén, desde Cáceres, quiere algo de Nick Cave porque hoy hace un año que su padre falleció, y le encantaba. Antonio, de

Pontevedra, le manda «Riptide» a «la cuadrilla del campamento». Eva, de Málaga, quiere escuchar «algo alegre en español de moda», y la locutora le pone «Lo malo». Marina, de Barcelona, algo de Dua Lipa «para empezar bien el curso». Sortean una Nintendo Switch y gana Noelia, que recuerda el nombre anterior de C. Tangana. Cada nueva llamada le hace sonreír. Tan leve, tan sencillo. Casi igual que los mensajes de chat en los que un montón de desconocidos se solidarizan con alguien que tiene un problema. Ella juega con la idea de llamar y pedir la canción de Elvis, «I Want You, I Love You, I Need You». Para Yna, diría. O para Alejandro.

Al final se anima. Le da vergüenza y tartamudea. Le cuesta encontrar el número. Una reportera le pide su nombre, su ciudad y su edad con un entusiasmo exagerado. Se pregunta qué pensarían sus conocidos si justo la escuchasen.

—¿Qué quieres que te pongamos? —insiste la locutora.

—«You're Not Alone» —dice—. De Michael Jackson.

—¿Y para quién?

—Para Julián.

La presentadora espera que diga algo más.

—¿Nos cuentas un poco por qué?

—Porque sí.

Cuelga. Apaga la radio. Le da vergüenza oírse.

Una noche Sergio le envía un mensaje al salir del trabajo diciéndole que saldrá, aunque ella está en su casa, como todas las tardes y noches de esa última semana. No le explica por qué y la invita a que se quede allí, esperándole. Duda, pero al final acepta. Pasa las horas mirando foros de internet a la vez que hace zapping en la tele. Piensa en irse a su casa pero no lo hace. Qué horror, los estantes vacíos. Piensa en qué hará él, pero casi le duele la indiferencia que siente. Total ausencia de celos o preocupación. Llega a adormilarse y entonces la puerta se abre. Ha vuelto. Huele a alcohol, su piel blanquísima está congestionada. Se queda parado en la puerta, los ojos clavados en el fondo del pasillo. Ella se acerca, le besa, le quita la chaqueta. Él se deja, sin responder demasiado. Ella le toca. Le abre el cinturón, le baja los pantalones. Él reacciona poco. Murmura un «siento llegar tarde».

—No pasa nada. Es igual.

Y de repente él se enciende. La lleva a la habitación, la besa de vuelta. Le quita la ropa solo a medias, la tumba en la cama, apenas la deja moverse. La pone de espaldas, se lo hace fuerte. A mitad, pregunta si le hace daño. Ella dice que no, aunque sí lo hace. Luego él termina. La abraza y ella cree que va a echarse a llorar.

—¿Estás bien?

—No.

—¿Ha pasado...?

—He visto a Andrea.

Sergio rompe a llorar. A ella le resulta raro ver a un hombre adulto llorando así y, aunque es inapropiado, siente envidia de su capacidad de hacerlo. Trata de consolarlo. Él se deja acariciar la cabeza y le da algunos datos: la llamó, ella contestó, se han visto, han tratado de hablar.

—Ahora sale con el otro, el tío del baño. Creo que no puedo soportarlo, es demasiado pronto.

Ella sabe a qué se refiere. No soportaría lo mismo de Julián, pese a estar con Sergio ahora, desnudos en la cama. Es otra cosa.

—Lo siento —dice Sergio.

—No pasa nada.

Las lágrimas le parecen propias, un apéndice extraño de su propio cuerpo. Él, con sus ojos, llora por los dos.

Se despierta con un portazo cuando él llega del trabajo al día siguiente. No pudo dormir hasta el amanecer. Hace un tímido intento de arreglarse en el espejo del baño, quitarse las legañas, disfrazar las arrugas de las sábanas.

—¿Qué tal estás? —pregunta. Se siente desprotegida, ella desnuda y él totalmente vestido.

—Bien —dice él.

Saca dos botes de comida enlatada y los mete en una fuente para microondas. No la mira, no piensa en ella, está impaciente por comer. Abre el microondas cada pocos segundos solo para comprobar que el plato aún no está hecho. Al final, se lo sirve tibio. Ella no se queja.

—¿Tú dormiste bien?

—Sí.

Siguen comiendo en silencio. Ella enciende la radio. Programa de noticias de Cadena 100. Ningún intento de comentar nada, ningún intento de hablar. Qué despropósito, piensa. Ningún término medio entre la intensidad de un amor y otro, de la desesperación absoluta a la indiferencia total, de los celos perversos al más sincero aburrimiento. Cree que puede oír la voz que Sergio tiene en la cabeza, la de Yna esperando a Alejandro, la de Elena exigiéndole a Alejandro, la de Samuel pensando en su hija, la de su propia madre, hace años, cuando su padre las dejó. La suya misma, acallada hasta el total disimulo, hasta ser un parásito invisible.

Sergio termina de comer. Lo ha hecho rápido, de forma casi animal. Ella apenas ha comenzado a remover las lentejas. Están frías, llenas de gelatina. Siente una náusea, no demasiado fuerte. Ni en el asco logra ser visceral.

—¿Quieres que me marche?

—¿Por qué dices eso? —responde Sergio. Parece sinceramente sorprendido.

—No sé si te estoy haciendo bien.

Él no contesta muy rápido. Eso podría llegar a dolerle.

—Creo que sí que me ayudas. —Traga saliva. No la mira a los ojos—. No quiero quedarme solo.

Ella querría decirle que tal vez debería, que hay cosas que tienen que doler, que el sufrimiento solo es malo si es inútil, pero no se siente con fuerzas. Le toma la mano y le pasa su plato de lentejas sin hablar. Él dice «Gracias», no sabe exactamente a qué. También lo engulle. Lo contempla mientras él come. Mientras mastica sin cuidado. Otra vez un tibio asco, de ellos mismos, ella sucia y sudorosa, él manchado. El germen de una existencia embrutecida.

«Ella me dijo que quería verme —le explicó anoche— y me ilusioné. Pero solo quería que le diera sus cosas. Pensaba que tal vez... —Deja la frase en el aire, dándose cuenta de que eso podría molestarla—. Cuando lo dejé con Andrea, tenía miedo de no poder tener nunca más algo así con nadie. No poder confiar, ilusionarme. Pero ahora me da miedo volver a hacerlo, volver a ilusionarme, como hoy, y que luego todo ese esfuerzo, toda esa energía, ya no sirva para nada. En realidad, no era perfecta —añadió—. Odiaba cómo disponía de mi tiempo, cómo nunca recogía, cómo siempre se quejaba de cosas como no comprar tal o cual marca de té. No soportaba a sus amigos y a mí no me aguantaba su madre.»

—Voy a dar un paseo —dice ella cuando termina de tirar los restos de comida.

—Vale.

—Una cerveza —pide a doscientos metros de casa de Sergio.

—¿Doble?

—Sí.

¿Cuál es el punto medio entre esa desilusión y la completa inactividad? ¿Cómo lo hace toda esa gente a su alrededor, en la terraza? Le llevan la caña. Paga. Le llevan el cambio. Una operación sencilla. Sergio le ha hecho una perdida. Es la primera notificación de su móvil en días que no es de promoción.

4/6 Cariño mío da p.u noticias hasta cuando tengo
que esperar, ya es junio, aparte voy a ser
tía? que ilusión sigo, Que mareo entre

Psicólogo y asst social, todos estos problemas se
solucionarían con otro trabajo o casándome contigo
aunque esta no es mi intención solo que
yo ser feliz a tu lado amor yo te Qu
más de lo que puedas pensar, solo tú no me
correspondas, pienso, o eres de los que piensas
cuando te vea te lo explico todo, cual serían
así problemas que hablabas y que al final
me atreviste a dejar en duda yo quiero ayudar
pero no se como tú no se deja que

pasa amor porque no llamas
estarás en España, yo yo no

lo se peor para ti el destino Debra?
da muchas vueltas pero aún tengo Mayo 1990
esperanzas sigue llamas aún Junia
T.Q Jesús

17

Termina la cerveza. Duda, pero cree que es el momento. Llama.

—Hola.

—Eh, hola —contesta Julián—. ¿Cómo te va?

Ella murmura un «bien, ¿y tú?». Él le cuenta que acaba de levantarse, que esa tarde irá a tomarse una cerveza con su primo. Sigue hablando: qué leyó anoche, cómo ha encontrado una nueva receta de puré que le gustará más que la anterior. A ella se le hace un nudo de la garganta. Lo combate, le habla de las cosas que ha hecho omitiendo a Yna, omitiendo a Sergio, omitiendo a Alejandro, aunque entonces queda poco que contar. Sí que le cuenta que ha dejado su trabajo.

—¿Ya se te ha pasado el enfado? —interrumpe Julián—. Pensé que no querías hablar conmigo.

Ella no sabe qué contestar.

—Lo siento.

Él no pregunta por qué. Le deja espacio para que siga.

—Tenía miedo. Últimamente me resulta todo muy complicado. Creo... Necesitaba estar sola.

—Las cosas nunca son sencillas por sí mismas. Y lo hacemos todo complicado.

La frase le parece lejana. No, amistosa. Como un consejo de amigo y no un comentario de amante. ¿Es eso lo que es Julián ahora? ¿Solo un amigo? ¿Un ex? Pero si es así no está jugándose nada.

—Hay muchas cosas que no te conté. He roto con alguien. Y he dejado mi trabajo. —Se atraganta, se le desordenan las frases en la cabeza. Le habla confusamente de Carlos, de su madre, de sus viajes, de su padre, de Ángel, de sus miedos, del diario.

—Eh, espera, para. No me estoy enterando de nada.

Y ella se centra en el último punto. En el diario.

—Me encontré un diario. De una mujer que se llamaba Yna, que estaba sola, que se sentía muy sola mientras esperaba a que Alejandro llamara, que no conseguía calma en ninguna parte. Primero la busqué a ella, pero después me centré en Alejandro. Quería saber quién era el merecedor de tanta pasión, no entendía cómo podía estar tan obsesionada. Tu padre era uno de los candidatos para ser Alejandro, pero justo antes de irme de tu casa descubrí que no lo era. Vivía en Torrero y...

Julián no sabe qué es Torrero. Ella se ríe por ser tan tonta, no logra explicarle nada, luego le dice que perdió el diario y solloza. Julián le pregunta dónde está, ella le dice que en Madrid. Julián le pide que se calme, ella le dice que no puede. Vuelve a disculparse. Julián vuelve a pedirle que se tranquilice, ella repite que no puede, pero lo cierto es que está respirando hondo. Se ha calmado al hablar con él.

—No sé cómo lo haces —dice—. Pero siempre me ayuda hablar contigo.

—Algo tenía que dárseme bien.

—¿Quieres colgar?

—Eh, eso es un avance —valora Julián—. Antes habrías colgado tú, aunque no quisieses. Solo por si acaso a mí me apetecía seguir hablando.

Ella se ríe.

—Es verdad.

Sostienen el silencio unos segundos. Ella siente que tiene que comer algo o que comenzará a marearse. Dice «tengo hambre». «Pues yo estoy comiendo un montón», responde él. Ella suspira mientras Julián exagera el sonido de masticar.

—Gracias por escucharme. Sé que fui un poco drástica. Pero todo me pilló por sorpresa. Lo que tú me contaste, que tu padre no fuese el auténtico Alejandro...

—Y entonces yo dejaba de ser el hijo de Alejandro y ya nada era lo mismo.

—No fue solo eso. ¿Puedo llamarte cuando esté más calmada?

—Claro, cuando quieras.

—Gracias. —No sabe si decir adiós. No cree que él vaya a tomar la iniciativa. Mira la llamada: duración, una hora y cuarenta—. Eh, a...

—¿Puedo decirte una cosa?

Ella le contesta que sí.

—El problema de esa mujer que me has contado...

—¿Yna?

—Sí. El problema de Yna no era que Alejandro no la llamase. Ni siquiera que no estuviese enamorado, o que le diera igual. Era una cuestión de perspectiva. De a qué le daba importancia y a qué no. De en qué se fijaba. Y de todo lo que hizo que ella decidiese ser así. No que él no la quisiera o que no tuviera pareja.

—Pero el mundo funciona así —se queja ella—. Es imposible no darle más importancia a unas cosas que a otras.

—Puede ser. Pero al final, fijarte en lo que ya se ha ido y no tienes, en quién querrías ser, en qué hiciste mal, en qué querrías sentir exactamente, o en lo que querrías tener hace que no te des cuenta de lo que tienes y te hace feliz. Por ejemplo, yo podría estar triste porque te fuiste, pero no lo estoy. No he estado triste. Y ahora me pone contento que estemos hablando y oír tu voz.

—Ya. —No sabe si él le está intentando comunicar algo con eso. Si va con segundas.

—Si esa Yna lo hubiese pensado mejor, se habría dado cuenta de que no estaba tan sola. En realidad, nunca nadie está solo. Incluso cuando alguien se va, nos acompaña —carraspea—. Nada desaparece y hay que aceptar eso. El pasado no desaparece, solo hay que vivir con ello y ver con qué cosas del presente te quieres comprometer.

—Puede ser.

Silencio.

—Yo siempre te voy a acompañar, de alguna forma, lo sabes, ¿no? Aunque no vuelvas a llamarme nunca. Lo mismo que tu padre. Búscalo, o no lo busques si no quieres, pero no va a dejar de estar ahí. O busca a Alejandro. O no busques a nadie. Lo que quieras. Pero no estés así.

—Gracias. —Siente ganas de llorar. No sabe si se está despidiendo o todo lo contrario. Si está comenzando algo—. Tengo que colgar.

En vez de volver con Sergio, va a su casa y pasa la noche en vela, analizando todas y cada una de las palabras de Julián, consolándose en que estará despierto, en alguna parte. Tal vez haciendo el check in de un nuevo inquilino. Descubre ese pensamiento como algo tranquilizador, saber que en alguna parte del mundo la gente a la que quieres aún existe. ¿Debería llamarle mañana? ¿Esa misma noche? ¿O debería dejarlo pasar, estar sola? Traza planes para hablar o no con él. Escribir o no, cuánto tiempo es razonable esperar. Su mente se obsesiona con lo que debe hacer mañana. Qué debe hacer en general. Si recibe una señal de alguna clase, volverá a llamar a Julián. Llamará a su madre, la tranquilizará. Incluso: si recibe una señal, llamará a sus abuelos y tratará de contactar con su padre. Aunque cualquiera de esas cosas suponga una decepción, poco tiene que perder ahora.

Se distrae viendo algunos posts en la red en los que la gente dice «no estás solo». No estás solo si te han sido infiel, si estás en el paro, si se ha muerto tu perro, si no tienes más amigos que tu madre y tus cobayas, si nadie acude a tu fiesta de cumpleaños. Piensa en escribir un post, hablar de amor o de su padre, de la humanidad como un gigantesco hongo enfermizo, de la tía Antonia y de cómo no la valoraron cuando aún vivía. De la pérdida del diario y de cómo ninguna persona parece darle importancia. Y tienen razón: tal vez habría querido dárselo a Alejandro, pero no puede encontrarle.

Ve amanecer. Prepara café, enciende la radio. Oye todas las noticias, se ríe con los interludios de chanza política. Cambia a una emisora musical. Alguien pide una canción. Ángela desde Murcia quiere dedicarle «Friday I'm in Love» a su novio, Óscar; hoy hacen dos años. Maribel, de Cáceres, se regala a sí misma «Veinte años», de Buena Vista Social Club. Fernando quiere escuchar «El rey de la carretera», la copla que más le gustaba a su mujer. Falleció hace ya tiempo. Vuelve a tumbarse en la cama, se adormece.

Y entra en antena Alejandro. Desde Madrid. Como siempre que escucha ese nombre, se pone en guardia, escucha con mayor atención.

—¡Muy bien, Alejandro! ¿Qué quieres que te pongamos? —exclama la locutora con un ánimo que jamás decae.

—Eh... —Tiene una voz muy masculina y profunda, pese a que vacila, como si no estuviese acostumbrado a pedir nada—. Quería algo de Los Chichos.

—¿Cualquier cosa de Los Chichos?

—Eh... esa de «Quiero ser libre». —A Alejandro también le cuesta hablar. Como tantos interlocutores, como ella cuando telefoneó.

—¿Y es para alguien especial? ¿Es para ti?

—Es para el Chani. —Hace una pausa—. Hoy hace veintiséis años que se murió.

Ella se levanta de golpe. Sabe que es 11 de octubre sin comprobar la fecha en ningún calendario.

—¡Vaya! —La locutora consigue conjugar tristeza y ánimo en su voz—. ¡Lo siento mucho! ¡Pero es bonito que todavía se sigan acordando de él!

—Yo me acuerdo mucho. Todos los años. Hoy voy a hacer empedradillo en el bar, con papada y todo. Al Chani le hubiera gustado eso. Quien venga al Chopo hoy lo tomará.

—¡Genial, Alejandro! ¡Muchos recuerdos para todos!

Y pone la canción.

Si el Alejandro de la radio es Alejandro Rodríguez, entonces Alejandro Rodríguez trabaja en un restaurante llamado El Chopo, en Madrid.

Si Alejandro Rodríguez trabaja en El Chopo, entonces puede encontrarlo. Según Google Maps es un restaurante pequeño del barrio de Prosperidad.

Decide levantarse, abandonar la perorata que lleva acompañándola durante horas: si no hubiese conocido a Julián, si no hubiese conocido a Sergio, si no hubiese ido a Peñíscola, si no hubiese perdido el diario. Termina de arreglarse a las nueve y media. Es demasiado pronto para salir de casa, pero no puede aguantar dentro. Pasea, acercándose lentamente la zona de Prosperidad.

Da rodeos innecesarios, escucha la canción que Alejandro le dedicó al Chani o las canciones que Yna copiaba en su diario. Acaba llegando a El Chopo a la una y media de la tarde, cubierta con una fina capa de sudor. Esta vez no se irá. No llegará sumida en dudas y se marchará para volver al día siguiente, se promete. Coge asiento en una de las mesas de la terraza. Hay dos o tres grupos de personas que esperan para comer. Ni rastro de Alejandro. Tardan mucho en atenderla. De hecho, parece que no haya nadie sirviendo. Se acerca una camarera joven y desmañada.

—¿Qué te pongo?

—Una cerveza. Y un empedradillo.

Le cuesta que la voz le salga, como si tuviera un coágulo en la garganta. La chica lo apunta de mala manera en una libreta. Alguien le pide algo desde otra de las mesas, enfadado. Otro hombre sale en su ayuda, un camarero joven, que se disculpa y sale corriendo hacia dentro del bar. La chica tarda más de lo necesario en apuntar su pedido. ¿Estará Alejandro dentro? Sí. Debe estar. Pone «empedradillo» en la pizarra del menú. Ha llamado esta mañana al programa de radio. Tal vez no el Alejandro de Yna, pero sí Alejandro Rodríguez. El hombre joven llega con dos bandejas llenas de cervezas y cacahuetes. Alguien de la mesa de al lado dice «ya era hora». Desde la otra punta alguien le reclama, a ella no le llevan nada de momento. Valora si ir al baño para ver el interior del restaurante.

En ese instante el chico le trae la cerveza. Se disculpa. Va a la mesa de al lado a seguir disculpándose. La chica limpia con parsimonia una de las mesas desocupadas. Ella bebe la cerveza de un trago. Son ya las dos y diez. Desde fuera el restaurante parece un pub irlandés reconvertido en una cantina cualquiera. Los cristales están sucios y la televisión se oye desde la calle.

Al entrar, está a punto de chocarse con el camarero, que corre de un lado para otro. Echa un vistazo a la barra: no da la impresión de que haya nadie al frente. Hay dos familias que esperan sin nada en la mesa. El baño está asqueroso, no se sienta en la taza, solo se mira en el espejo. Oye gritos desde fuera. Una voz masculina y cascada gritándole a alguien que no sabe hacer nada, ¿Alejandro? Sale muy rápido, no quiere verle.

Cuando llega a su mesa, hay una ensalada que no ha pedido. Trata de decírselo a la camarera, que dobla más y más servilletas a pesar de que todo el mundo en la terraza está enfadado, de que el otro camarero no deja de correr, sin tiempo para nada. Una de las mesas ocupadas se levanta para marcharse entre gestos despectivos, murmuran. Nada concreto, solo una exhibición ruidosa de su descontento. Y entonces él sale. Un hombre adulto, algo grueso y con delantal. Pelo ralo mal cortado y piel caída, como una máscara mal puesta. Grita algo indistinguible a las personas que amenazan con marcharse. Una de ellas dice que «es inaceptable», y él coge a una de las jóvenes por los hombros para animarla a que vuelva a sentarse. El padre se molesta y le increpa. Alejandro se defiende: ya casi, ya casi. La familia se marcha sin pagar los refrescos.

Alejandro reprende a la camarera que dobla servilletas, le dice que no vale para nada. Cuando se da la vuelta, choca con el camarero, que llevaba dos cervezas más para los que se han ido y unos cacahuetes. Caen los cacahuetes. Alejandro grita y vuelve dentro con el camarero y las dos cañas que nadie va a beberse. Ella trata de comerse la ensalada, ya está aliñada, tiene demasiada sal. La camarera se agacha para recoger los cacahuetes con sus propias manos, uno a uno. La mesa a su lado empieza a impacientarse. Cree oír un berrido de Alejandro desde el interior. Piensa: ¿qué le habrá llevado hasta aquí? Alejandro sale otra vez.

Camina encorvado, vencido, doblado como un árbol a punto de caerse. Lleva un plato de guiso en cada mano, debe de estar quemándose las palmas. ¿Qué pensaría Yna si le viera? ¿Es esto? ¿Era esto, Alejandro? ¿Esa persona que grita sin ser capaz de articular nada coherente? ¿Alguien tan absolutamente distinto a ella, tan alejado de todas sus cavilaciones sobre Yna, la memoria, el amor?

Consigue que le retiren la ensalada. Las personas de la mesa de al lado han dejado de estar enfadadas. Empiezan a reírse, a pedir cosas innecesarias, como saleros o servilletas, solo para burlarse de los camareros. Son las dos y media. El propio Alejandro le lleva su plato, la piel enrojecida por el esfuerzo. «El empedradillo», dice. Ella murmura «Gracias» cuando él ya no está. Tiene miedo de probar y que no esté bueno, que sea mediocre. De pensar en Yna, en esa juventud gastada en torno a un hombre vacío. Si es él. La chica le lleva pan gomoso. Después, nadie vuelve a aparecer. La mesa de su lado empieza a calcular cuánto esperarán antes de irse sin pagar. «Se merecen un simpa», dice uno, un hombre joven y rubio con cara de insolente. ¿Sería capaz ella de pararlos si se levantaran? Prueba el guiso. No está mal, concede. Tal vez algo frío. Está bueno, en realidad. El frío es su culpa, por esperar. Los de al lado dicen que si en diez minutos no ha ido nadie, se marcharán. Ella se levanta y entra en el restaurante.

Dentro hay cristales en el suelo y Alejandro está tratando de que unas personas no se levanten del asiento agitando una botella de vino tinto. El camarero barre. La camarera asiste como una invitada a todo lo que sucede, sorprendida e impávida. Ella le toca el hombro al camarero y le dice que los de fuera quieren pagar. Él corre, le da las gracias. Al final, los de la mesa de dentro no aceptan el vino, y se debaten entre reírse o estar enfadados. Se marchan. Alejandro da un golpe en la barra y se mete en la cocina. Tira un salero. Ella pide la cuenta a la camarera, que le dice que eso debe hacerlo el jefe y sale a la terraza sin terminar de barrer. Se queda sola en el restaurante, con un par de comensales al fondo. La televisión está muy alta: un documental de paisajes naturales amazónicos llenos de animales carnívoros y aves rapaces. Pero no se trata del bosque de Oregón. Ella se apoya en la barra sucia, casi tanto como la del restaurante de Zaragoza.

Alejandro sale de la cocina. Su cuerpo, tan diferente al suyo propio, como si fuese un ejemplar de otra especie. Clava los ojos en el suelo barrido a medias. Vidriosos, no del todo humanos. Luego los gira al televisor. La ignora.

—La cuenta, por favor —pide ella.

—Todo es un desastre —contesta sin mirarla. Se frota la piel ya enrojecida y por un momento ella teme que vaya a llorar como un niño pequeño—. Un desastre. Era un café solo, ¿no?

—No. Un menú. Un menú completo.

Alejandro chasquea la lengua. Golpea levemente el cristal por su error.

—Ya, es cierto. Son diez euros.

Saca la tarjeta de crédito. Él lucha contra el datáfono, torpe. Ella se disculpa por no tener efectivo. Alejandro la observa mientras mete el pin. Son azules. Llamativos incluso dentro del envoltorio de piel vieja, al menos si consigues fijarte en ellos.

—Estaba muy bueno el empedradillo. Creo que es un plato de mi tierra.

—Yo creo que es de todas partes. —Él arrastra las palabras: yo-crre-o-que-es-de-to-o-das-par-tes.

No le pregunta de dónde es, pero aun así ella se lo dice:

—Soy de Zaragoza.

Él sonríe un poco.

—Yo también. Aunque hace mucho que no voy por allá. Y qué, ¿vienes a trabajar?

—No sé. A probar suerte.

—Haces bien. De joven hay que probar muchas cosas.

—Sí.

—Yo he viajado mucho. Aunque luego hay que vivir.

—Hay que vivir —conviene ella.

Se quedan en silencio. Ella espera algo y él está demasiado cansado. Duda si hablar, pero de qué. Se oye un sonido fuera. Un grito, parece que se ha caído algo. Entonces, Alejandro:

—¿Sabes una cosa que me recuerdo mucho de Zaragoza? —dice entonces Alejandro—. De ese ruido que hace el aire por las noches en el puente, ¿sabes?

—Sí.

—Eso solo se sabe si eres de allí. Y lo sabe todo el mundo. Tú también lo has oído, ¿no?

—Sí, sí —reitera ella.

—Es como un silbido. Como si lo hiciese una persona.

—Sí, es cierto. Yo también lo he escuchado. Lo hace el cierzo al golpear los puentes.

—Sí. Tenía un amigo que decía «Es como si silbase el puente». Y yo decía: «No, es como si silbase el río».

—...

—...

—De verdad que estaba muy bueno el empedradillo.

—Qué va. Ni cocinar sé ya. —Pero sonríe.

—A mí me lo ha parecido.

—Pues hale y ve con Dios.

Agradecimientos

Esta novela no habría sido posible sin el apoyo de la gente que leía mis textos cuando ni siquiera había publicado nada todavía: Rubén Laplaza, Jorge Velasco Baleriola, Diego Pinillos, Francisco Miguel Espinosa, Andrea Chapela (y todos mis compañeros de la Residencia de Estudiantes), Raquel Monteagudo, Ana Muñoz, Julián Pavón, Quique García o Ignacio Redrado. También quisiera agradecer su impulso a dos profesoras que me hicieron tener una relación distinta con la literatura: Isabel Vallespí en el instituto y Sandra Santana en la carrera; y a María Fasce y a Luna Miguel, por confiar en mi texto.

Antes de su publicación esta novela recibió el apoyo del Instituto Aragonés de la Juventud, del Gobierno de Aragón, y de la Residencia de Estudiantes de Madrid.

Índice

Algunos títulos imprescindibles
de Lumen de los últimos años

Una educación | Tara Westover

El canto del cisne | Kelleigh Greenberg-Jephcott

Donde me encuentro | Jhumpa Lahiri

Caliente | Luna Miguel

La furia del silencio | Carlos Dávalos

Poesía reunida | Geoffrey Hill

Poema a la duración | Peter Handke

Notas para unas memorias que nunca escribiré | Juan Marsé

La vida secreta de Úrsula Bas | Arantza Portabales

La filosofía de Mafalda | Quino

El cuaderno dorado | Doris Lessing

La vida juega conmigo | David Grossman

Algo que quería contarte | Alice Munro

La colina que ascendemos | Amanda Gorman

El juego | Domenico Starnone

Un adulterio | Edoardo Albinati

Lola Vendetta. Una habitación propia con wifi | Raquel Riba Rossy

Donde cantan las ballenas | Sara Jaramillo

El Tercer País | Karina Sainz Borgo

Tempestad en víspera de viernes | Lara Moreno

Un cuarto propio | Virginia Woolf

Al faro | Virginia Woolf

Genio y tinta | Virginia Woolf

Cántico espiritual | San Juan de la Cruz

La Vida Nueva | Raúl Zurita

El año del Mono | Patti Smith

Cuentos | Ernest Hemingway

París era una fiesta | Ernest Hemingway

Marilyn. Una biografía | María Hesse

Eichmann en Jerusalén | Hannah Arendt

Frankissstein: una historia de amor | Jeanette Winterson

La vida mentirosa de los adultos | Elena Ferrante

Este libro
acabó de imprimirse
en Barcelona
en septiembre de 2021